KB009187

신마협도

권용찬 신무협 장편 소설

ORIENTAL FANTASY STORY & ADVENTURE

신마협도 9

억강부약(抑强扶弱)

초판 1쇄 인쇄 / 2010년 8월 24일
초판 1쇄 발행 / 2010년 9월 3일

지은이 / 권용찬

발행인 / 오영배
편집장 / 김경인
편집 / 윤대호, 신동철
펴낸 곳 / (주)삼양출판사 · 드림북스

주소 / 서울특별시 강북구 송천동 322-10호
대표 전화 / 02-980-2112 팩스 / 02-983-0660
편집부 전화 / 02-980-2116 팩스 / 02-983-8201
블로그 / blog.naver.com/dreambookss

등록번호 / 제9-00046호
등록일자 / 1999년 3월 11일

값 8,000원

ISBN 978-89-542-3934-9 04810
ISBN 978-89-542-3561-7 (세트)

* 지은이와 협의하에 인지는 생략합니다.
* 잘못된 책은 구입한 곳에서 바꾸어 드립니다.

신마협도
9
억강부약(抑强扶弱)
권용찬 신무협 장편 소설
ORIENTAL FANTASY STORY & ADVENTURE

억강부약(抑强扶弱)

강한 사람을 억누르고 약한 사람을 도와줌.

第三十六章 007

第三十七章 085

第三十八章 153

第三十九章 227

第三十六章

어슴푸레한 밤기운이 밀려나가는 산자락 사이로 새벽기운이 자릴 잡으며 시야를 밝히고 있었다.

그곳에 교주 제석천의 모습이 나타났다.

휘릭 휘릭-

땅과 나무가 바람처럼 스쳐지나갔다.

한 걸음에 석 장이나 떨어진 바위 위로 뛰어 오르고, 다시 한 걸음에 경사진 지형을 가로질렀다.

교주는 주요 지형마다 자리 잡고 있던 교도들의 경탄어린 표정과 어김없이 터져 나오는 탄성을 뒤로하고 양곡산의 험난한 지형을 어려움 없이 타고 오르며 점점 꼭대기에 가까워져가고 있었다.

그러던 어느 순간, 교주는 땅을 박차고 나무 위로 뛰어올라 기다란 나뭇가지 끝에 뒷짐을 지고 섰다.

위아래로 흔들거리는 나뭇가지 위에 서서 아무것도 잡지 않고 균형을 유지하는 것만으로도 교주의 무공이 얼마나 높은 경지에 이르렀는지를 알 수 있었다.

"교주님을 뵙습니다!"

나무 아래에 있던 구반다가 황급히 한쪽 무릎을 꿇고 머리를 숙였다.

그를 중심으로 좌우로 길게 늘어서서 전방을 주시하고 있던 교도들이 깜짝 놀라며 땅에 엎드렸다. 그들은 교주가 왔다는 것도 눈치채지 못하다가 구반다가 인사 하는 걸 보고서야 안 것이다.

밤새 추적과 수색작업을 하느라 심신이 지쳐 감지하는 게 늦었기도 했겠지만, 그만큼 교주의 움직임이 조용하고 은밀하면서도 빨랐다는 뜻이었다.

교주는 말했다.

"일어나라."

구반다를 제외한 교도들은 일어나서도 감히 교주의 모습을 똑바로 올려다보지 못하고 머리를 숙인 채로 있었다.

증장천작과 다문천작, 그리고 두 사람의 심복들을 제외한 천부교도들에게 있어서, 교주는 그렇듯 신성하고 위대한 존재였던 것이다.

교주는 구반다를 내려다보며 물었다.

"그들은 어디에 있느냐?"

구반다는 저도 모르게 어깨를 움츠리며 머리를 숙였다.

얼음조각을 박아 넣은 듯 차갑게 번뜩이는 교주의 시선을 똑바로 마주할 수가 없었기 때문이었다.

"정확한 위치는 알 수가 없으나 꼭대기에 있는 것으로 추측됩니다."

교주는 하얀 구름에 덮인 채로 크고 작은 바위들과 나무들이 뒤섞여 있는 꼭대기 쪽을 가만히 쳐다보았다.

그리고 말했다.

"포위망을 이곳으로부터 오 장 아래로 물려라. 그리고 내가 명하기 전까지는 아무도 올라오지 못하게 하라."

"……?"

구반다는 어리둥절했다.

그만이 아니라 교주의 말을 들은 모든 교도들이 영문을 모르겠다는 표정을 지었다.

당연한 반응이었다. 고생한 끝에 간신히 이곳까지 포위망을 좁혔는데, 다시 뒤로 물러나 도망칠 틈을 열어 주라고 명령하니 어찌 이해할 수가 있겠는가.

허나, 명령을 내린 이는 그들에게 있어서 무소불위의 존재인 교주였다.

구반다를 포함하여 모든 교도들은 그 명을 따라야만 했다. 의문을 제기하는 것 자체가 불신이며, 교주의 권위를 무시하는 짓이었으니까.

그래서 모두 군말 않고 아래쪽으로 내려가기 시작했다.

교주는 교도들의 모습이 보이지 않게 되자 나뭇가지의 탄력을 이용해 위로 뛰어오르고, 다시 몇 개의 나뭇가지를 밟으며 순식간에 꼭대기로 올라섰다.

꼭대기는 의외로 넓었다.

휘잉.

여름과 전혀 어울리지 않는 싸늘한 바람이 불었다.

하얀 구름이 느릿하게 쓸려나가며 불규칙적인 크기의 나무와 바위 사이를 휘돌았다. 고요함만이 가득한 산꼭대기는 깊고 무겁고 차가운 침묵에 억눌려 있었다.

오감이 날카로운 교주였지만 사람의 존재감을 느낄 수도, 찾을 수도 없었다.

그러나 교주의 표정은 급한 기색 없이 담담하기만 했다.

"본좌는 천부교의 교주 제석천이다."

특유의 중성적인 음성이 낮고도 넓게 퍼져나가자 구름이 잘게 일렁였다.

"여기 있는 걸 알고 있다. 본좌가 친히 상대해주고자 교도들을 아래로 물리고 혼자 왔으니, 조금이라도 용기가 있다면 쥐새끼처럼 숨어 있지 말고 모습을 드러내라."

교주는 기다렸다.
정말 그 정도의 도발이 통하리라 생각하는 것일까?
이때까지 도망치기만 했는데 갑자기 그런 말을 믿고 나타날 거라 여긴단 말인가?
그러나 반악에게는 교주의 직접적이고 단순한 도발이 통한 모양이었다.
"누구 보고 쥐새끼래?"
교주의 시선이 오른쪽으로 움직였다.
저 끝 나무 옆에 반악이 인상을 쓰고 서 있었다.
'젊은 놈이 제법이군.'
교주는 자신의 감각에 걸리지 않고 나타난 반악의 능력에 살짝 놀랐다.
하지만 놀람은 길지 않았다. 그의 관심 대상은 반악이 아니었으니까.
'천음지체의 여인도 저쪽에 있는 건가?'
당장 확인해보고 싶었다.
그러나 반악이 그냥 보고만 있을 리가 만무하니 약간의 인내심을 가져보기로 했다.
"이제까지 본교의 추적을 피해서 도망 다닌 능력은 칭찬해줄 만하다. 또한 본좌를 여기까지 오게 만든 것도 기특하다 해야겠지. 그래서 본좌가 아량을 베풀어 한 번의 기회를 주도록 하겠다. 본교에 투항하여 본좌에게 충성하며 하늘님을 받들어라. 그리하면 너의 능력을 크게 쓸 것이며, 높은 자리를 주어 현세와 내세의 극락을 얻게 해줄 것이니라."

반악은 잠시 말이 없었다.

그러나 곧 헛웃음을 지으며 말했다.

"너, 미쳤냐?"

"눈앞에 있음에도 때와 기회를 알아보지 못하는구나. 그것은 용기가 아니라 무지몽매한 것이니라."

반악은 짜증어린 음성으로 맞받아쳤다.

"야, 헛소리 좀 작작 해라. 그리고 그 괴상망측한 말투도 바꿔. 목소리와 옷차림부터 시작해서 하나같이 정상적인 게 없잖아."

"갈-!"

쩌렁한 일갈이 산꼭대기를 떨어 울렸다.

안개가 크게 출렁이고, 나뭇잎들이 파르르 떨릴 정도였다.

하지만 반악은 코웃음을 칠 뿐 별다른 반응을 보이지 않았다.

"목소리만 크면 다냐? 그건 그렇고, 진짜 너 혼자 온 거지?"

"……."

"사실인 모양이군. 네 말이 맞는 것도 있다. 때와 기회를 알아보지 못하는 것은 무지몽매한 거지."

반악은 곧장 땅을 박차고 오른쪽으로 뛰어올랐다.

그리고 다시 왼쪽으로, 다시 오른쪽으로 계속 위치를 바꾸어 이동하면서 교주를 향해 빠르게 접근해갔다.

"어리석은 것!"

교주 역시 기다리지 않고 바위를 뛰어넘으며 마주 다가갔다.

서로를 지척에 둔 순간 반악의 주먹이 먼저 움직였다.

쌕-

날카롭게 공간을 꿰뚫는 소리만큼이나 주먹이 내질러지는 속도가 빨랐다.

하지만 교주의 반응 역시 그에 못지않았다.

파팍!

몸을 살짝 틀어서 반악의 주먹을 피하고, 두 팔을 거의 동시에 올려쳤다.

"흡!"

반악은 내질렀던 주먹을 끌어당겨 공중제비를 돌며 피하고, 동시에 두 발끝으로 교주의 얼굴을 노렸다.

교주는 피하지 않고 양손바닥으로 발끝을 내리쳤다.

파팡!

"……!"

반탄력에 밀려 석 장이나 뒤로 날아간 반악은 공중에서 급히 허리를 구부려 균형을 잡은 뒤 땅에 내려섰다.

그는 자신의 발을 내려다봤다.

'이건……?'

가죽신에 하얀 서리가 묻어 있었다.

아무리 기온이 싸늘하다고 해도 서리가 앉을 정도는 아니질 않은가.

게다가 발끝에서부터 타고 올라오는 이 강렬한 냉기는…….

반악의 머릿속에 하나의 무공이 떠올랐다.

"빙백신공!"

빙백신공(氷魄神功).

닿는 모든 것을 차갑게 얼려버리는, 기운에 스치기만 해도 몸이 굳어져 본래의 속도를 내지 못해 자연히 역량이 급감하고 허망하게 패배할 수밖에 없다 하여 마공으로까지 불리고 있는 무공이었다.

그리고 오래전부터 그 존재가 중원에 알려지긴 했지만 아직까지 많은 것들이 감춰져 있는 신비문파, 북해빙궁의 비전심공인 것이다.

현재 중원 무림에서 활동하고 있는 북해빙궁의 인물은 단 한 명뿐이었다.

"넌 빙혼나찰이었군."

빙혼나찰(氷魂羅刹) 야율단강.

북해빙궁 출신이라는 것 외에는 역시 알려진 것이 많지 않은 자다.

그러나 중원의 무공과는 특성이 다른 강력한 무공과 냉혹

한 손속을 바탕으로 등장과 동시에 여러 유명한 고수들을 패퇴시키고, 이후 빠르게 명성을 쌓아 천하 오십삼 명의 고수로 호명되었으니, 그가 바로 오군(五君)의 일인인 빙군(氷君)이었다.

"어린놈이 제법 눈이 날카롭구나. 그렇다. 과거의 나는 빙혼나찰이라 불리기도 했었지."

"과거?"

"이제 나는 빙혼나찰이 아니다."

"그럼 빙군이라 불러줄까?"

"흥, 천이서생 따위가 마음대로 선정하고 확정시켜버린 별호가 본좌에게 어울리기나 하는 호칭이더냐."

"그럼 넌 뭔데?"

"천신(天神) 제석천이다. 본좌는 과거에도 현재에도 미래에도 다시없을 무림의 유일무이한 존재로서 군림하게 될 것이다."

반악은 황당하고 어처구니가 없었다.

황(皇)도 아니고 제(帝)도 아닌, 신(神)이라니.

고래로 별호에 신 자를 섞긴 했어도 스스로를 진짜 신이라 생각한 무림인은 아무도 없었다.

나라의 공적이 되어 수배될 것이 두려워 감히 황과 제를 사용치 못하고, 기껏해야 존과 왕, 또는 군을 사용하는 게 작금의 무림이었다.

아니, 앞으로도 황과 제를 사용하는 무림인은 나올 수 없을 것이다. 그것이 강과 바다처럼 섞일 수 없다고 하면서도 엄연히 힘의 격차가 존재하는, 부정할 수 없는 현실이었다.

그러니 무림인이 신이라 자칭하며 유일무이한 존재로 군림하겠다는 말이 얼마나 허무맹랑한 소리겠는가.

"너 정말 미쳤구나."

야율단강은 화를 내지 않고 웃었다.

"하하하하!"

다만 중성의 음성인지라 시원스런 느낌보다는 기괴하고 요사스런 느낌이 들었다.

"너 같은 놈이 본좌의 높고도 위대한 야망을 어찌 이해할 수 있으랴! 처음부터 네놈이 이해할 거라고는 티끌만큼도 생각하지 않았느니라."

"그래? 하지만 그런 것 치고는 너무 나불거리는데? 혹시 그 속내를 드러낼 수 없어 답답했던 거 아니냐? 누군가 알아주고 감탄해 주길 바란 거 아냐?"

"……."

"너 같은 놈이 꼭 그렇더라고. 남의 눈을 의식하고, 남의 칭찬을 바라면서, 남이 그런 마음을 몰라주고 공감해주지 않으면 괜히 신경질을 부리고 흥분해서 난리를 치는 거야. 네가 꼭 그런 놈 같다니까."

"……."

"아니냐? 내가 볼 때, 넌 아직도 할 말이 많아. 너 같은 놈은 들어줄 사람이 주변에 아무도 없어서 쌓인 게 많거든. 어때, 내가 들어줄까? 머리에 가득 쌓아놓은 망상에 고개를 끄덕이며 공감하는 척해줄까?"

"이놈!"

반악의 조롱 속에서 들끓었던 살기를 고함에 실어 터트린 야율단강의 신형이 석 장의 공간을 격하고 반악을 향해 날아갔다.

"하하하, 그리 화를 내는 걸 보니 정곡을 찔린 모양이구나!"

반악은 조롱과 함께 득의의 웃음을 터트렸지만, 사실 속으로는 살짝 긴장 하고 있었다.

그답지 않게 싸움 중에 말을 많이 한 것도 단순히 야율단강을 도발하고 평정심을 잃게 하고자 하는 심리적 의도만은 아니었다.

그에게는 야율단강의 빅뱅신공에 맞서기 위한 무공을 운용하기 위해 시간이 필요했다.

"죽어라!"

야율단강의 활짝 펼쳐진 오른손이 반악의 눈앞으로 뻗어나가고, 그 손에서 흐릿하게 새하얀 기운이 강풍처럼 뿜어졌다.

반 장의 간격이 벌어져 있음에도 피부가 얼얼할 만큼의 냉기가 느껴졌다.

짝!

반악은 양손을 딱 부딪치며 눈을 질끈 감았다.

그리고 갑자기 큰 기합과 함께 붙였던 양손을 떼며 앞으로 쭉 내밀었다.

펑!

손이 닿지도 않았는데 두 사람 사이에서 뭔가가 팽창하듯 터지고, 뜨겁고 차가운 바람이 주변에 깔린 구름을 와락 밀어내며 넓게 퍼져나갔다.

"……!"

뒤로 쭉 밀려났다가 다시 세 걸음을 더 물러나고서야 멈춰 선 야율단강은 믿을 수 없다는 시선으로 자신처럼 밀려난 반악을 쳐다보았다.

"네놈이 어떻게 그 무공을 익히고 있는 거지?"

반악은 대꾸는 않고 자신의 손바닥을 확인했다.

'나쁘지 않군.'

손끝에 살짝 생겨났던 서리가 바로 수증기가 되어 사라지고 있었다.

많은 무림인들이 상대하기 껄끄러워하고 두려워하는 한빙공의 기운을 효과적으로 막아낸 것이다.

반악의 무대응에 야율단강이 버럭 화를 냈다.

"대답하란 말이다! 어찌 네놈이 화련공을 익힐 수 있던 것이냐!"

화련공(火練功).

한때 무림십대기공(武林十代氣功)이자 무림오대장공(武林五代掌功)이었던 절세의 무공으로, 본래 벽력산장의 비전무공이었으나 벽력산장의 멸문과 장주의 죽음으로 실전되었다.

그리고 야율단강이 크게 놀라고 당황한 음성으로 따져 묻는 건 너무도 당연했다.

화련공은 극양지기를 발출하는 무공인 만큼 한빙공과 맞서기에 가장 알맞은, 상극의 특성을 가진 무공이었으니까.

하지만 반악은 예전에 거룡성이 멸문시킨 가문 중 한 곳의 비밀금고에서 화련공의 비급을 발견했다는 등의 이야기를 자세히 설명할 생각이 없었다. 이젠 화련공을 펼칠 준비가 완벽히 갖춰졌는데 그와의 대화가 왜 필요하겠는가.

그래서 비웃어 주었다.

"그게 중요하냐? 내가 화련공을 알고 있고 익히고 있는 이유를 알게 되면 뭐가 달라져?"

"……."

"애송이처럼 굴지 말고 덤비기나 해라."

반악은 손끝을 앞으로 내밀어 자신 쪽으로 까딱였다.

덤비라고 하는 도발적 신호였다.

야율단강의 눈동자가 싸늘하게 빛났다.

"오냐. 화련공을 익혔다고 기고만장했던 모양인데, 그게 얼마나 큰 착각인지 깨닫게 해주마."

야율단강은 양팔을 좌우로 활짝 펼치고 공력을 끌어올렸다.

순간 그의 전신에서 냉랭한 기운이 뿜어졌다. 그 기운이 얼마나 강력한지, 멀리 떨어진 반악에게도 서늘한 기운이 느껴질 정도였다.

'저 자의 한빙공은 소문 이상이군. 정말 쉽지 않은 싸움이 되겠어.'

반악은 내심 한숨을 내쉬며 공력을 끌어올렸다.

그의 전신에서 뜨거운 기운이 아지랑이처럼 피어올랐다.

두 사람은 누가 먼저랄 것도 없이 서로를 향해 몸을 날렸다.

*　　*　　*

'젠장, 엄청나군.'

산꼭대기로 올라서는 위치에 교묘히 몸을 감추고 쪼그리고 앉아서 숨을 죽이며 지켜보던 증장천작의 얼굴이 쓴 약을 삼킨 듯 일그러졌다.

야율단강이 강해졌다는 걸 느끼긴 했지만 저 정도로 대단해졌으리라고는 상상도 못했기 때문이었다.

'저렇게 강하면 다문천작과 힘을 합해도 이기기가 힘들겠어.'

그는 자신의 옆에 같은 자세로 전방을 주시하고 있는 다문천작을 힐끔 쳐다보며 내심 한숨을 내쉬었다.

교주가 진정 얼마나 강해졌는지를 확인하고 행동여부를 결정하자고 했지만, 설마 이리 큰 좌절감이 들 줄은 몰랐던 것이다.

증장천작은 힘이 빠진 음성으로 말했다.

"다문천작, 이제 그만 내려갑시다."

"……."

"그리 계속 본다고 해서 뭐가 달라지겠소. 괜히 교주의 눈에 띄어서 좋을 것이 없으니 어서 내려갑시다."

하지만 다문천작은 요지부동이었다.

증장천작은 짜증이 났지만, 목소리를 높일 수 없는 상황이라 다문천작의 소매를 흔들며 가자고 다그쳤다.

그런데 다문천작이 고개도 돌리지 않고 손가락으로 입을 가리는 시늉을 했다.

"쉿!"

"도대체 뭘 보는 것이오?"

"저기."

여전히 짜증이 났지만 한편으로는 궁금증이 일어 눈에 힘을 주고 다문천작의 시선을 따라가 보았다.

그곳에는 유독 구름이 짙게 깔려 있었다. 다른 곳에 비해서 상대적으로 나무는 적었지만 바위가 많아서 몸을 감추기가 용이한 공간이 몇 군데 있었다.

하지만 그 점 외에는 이렇다하게 눈에 띄는 게 없었다.

'대체 뭐가 있다고…… 아!'

아주 잠깐 구름이 흔들거리면서 사람의 머리 모양이 드러났다가 사라졌다.

"교주가 찾던 여자구려."

"그런 것 같소."

"혹시 여자를 노릴 생각이오?"

잠시 반응이 없던 다문천작은 고개를 끄덕였다.

'교주에게 대항할 수 없을 것 같으니, 여자를 잡아서 아부라도 떨 생각인 모양이군.'

가진 바 명성과 실력 등에 비해서 매우 이기적이고 야비하며 기회주의적인 다문천작이기에 전혀 이상할 것이 없는 선택이었다.

솔직히 이번에는 욕하고 싶지가 않았다. 오히려 동참하고 싶은 마음이 크다고 할까.

그래서 노골적으로 물어보았다.

"여자를 붙잡아서 교주의 기분이라도 맞춰줄 요량이오?"

"……."

"다문천작을 비난하려는 게 아니라, 별로 나쁜 생각은 아닌 것 같아서 하는 말이오. 하지만 이왕 교주에게 잘 보이려면 여자를 잡는 것보다는 우리가 여기 있는 걸 드러내고, 싸움에 합세해서 저자를 제거하는 데 한몫을 하는 게 더 낫지 않겠소?"

다문천작은 갑자기 고개를 돌려 증장천작을 쳐다봤다.
"……."
증장천작은 갑자기 기분이 나빠졌다.
다문천작이 그를 한심스럽다는 듯 쳐다보고 있었기 때문이었다.
"왜 그런 눈으로 보시오?"
"증장천작에게 실망해서 그렇소."
"뭐가 실망이란 말이오?"
"그냥 이대로 모든 걸 포기하고 교주에게 머리를 숙이자는 거잖소."
"그럼 어쩌란 말이오. 까놓고 말해서 교주는 예전과는 비교도 되지 않게 강해져버렸소. 도대체 어떤 수단을 써서 저리 강해진 것인지는 모르지만, 딱 봐도 우리 둘로는 어찌 할 수 없을 정도란 말이오. 그렇다고 교주를 신처럼 신봉하는 교도들이 우리의 지시를 따라 교주에게 칼을 겨눌 리 없다는 건 다문천작도 잘 알고 있잖소."
"증장천작의 눈에는 교주만 보이고, 저 젊은 놈은 보이지 않소?"
"……."
증장천작은 무슨 소리를 하는 건가, 하고 한창 치열하게 싸우고 있는 교주를 쳐다봤다.
그리고 깨달았다. 저 엄청난 위력의 한빙공을 펼치고 있는 교주에게 한 치의 물러남도 없이 당당하게 맞서고 있는 반악의 존재를.

'그래, 적의 적은 나의 친구가 될 수 있는 거지.'

교주를 죽일 방법이 바로 눈앞에 있었던 것이다.

하지만 간과해서는 안 되는 부분도 있었다.

"지금 교주를 배반하자는 것이오? 교도들이 저자를 도와 교주를 죽게 했다는 걸 알면 절대 우리를 따르지 않을 거요."

"배반? 함께 의견을 모으고 함께 고생을 해서 함께 천부교를 만들었는데, 조금 강해졌다고 혼자서 모든 걸 꿀꺽 삼키고 우릴 종처럼 부리려고 하는 빙혼나찰이야말로 배반을 한 것이오."

증장천작은 '함께'라는 말이 거슬리기는 했지만 내색 않고 물었다.

"그럼 교도들은?"

"모르는 게 약이라 했소. 이곳에서 벌어진 일은 우리 둘만 알고 있으면 되는 거요."

"하지만 교도들에게 교주의 죽음을 어떻게 설명 한단 말이오?"

교주는 신적인 존재였다.

지금껏 여러 방법을 써서 교주가 엄청난 능력자처럼 보이게 했고, 교도들에게 있어서 절대 죽지 않을 존재로 인식시켜 왔는데, 웬 젊은 놈에게 죽었다고 하면 천부교에 대한,

하늘님에 대한 교도들의 믿음이 뿌리부터 흔들릴 수 있는 것이다.

하지만 그 점에 대해서도 다문천작은 문제 될 것이 없다는 표정을 지었다.

"교주가 죽지 않으면 되잖소."

"……?"

"알다시피 교주의 얼굴을 제대로 본 사람은 우리 둘뿐이오. 정체를 아는 사람도 우리 둘과 심복 넷 밖에 없잖소. 그러니까……."

"그러니까?"

"우리 둘 중에 한 명이 얼굴을 가리고 죽은 교주를 대신하면 되지 않겠소."

"……!"

증장천작은 처음엔 놀랐다.

하지만 곧 다문천작의 말이 그럴듯하다 생각했고, 충분히 가능한 계획이라는 결론에 도달했다.

'역시 교활해.'

증장천작은 별로 하는 일도 없고 할 생각도 없어 보이지만, 자신의 이득을 위해서라면 깜짝 놀랄 계책을 꺼내놓는 다문천작에게 깊은 경계심을 느꼈다.

그래서 물었다.

"그럼 우리 둘 중에 누가 교주를 하는 것이오?"

"증장천작이 하시오."

증장천작은 내심 놀랐다.

야율단강의 행태에서 보여지듯, 교주가 되면 교도들의 일방적인 신봉을 얻고, 여러 일처리에 있어서도 마음만 먹으면 독단적으로 좌지우지 할 수 있는 권력을 행사할 수 있게 된다.

그런데 욕심이 많은 다문천작이 조금의 망설임도 없이 그런 자리를 양보하다니.

갑자기 초탈의 경지에 들어서기라도 한 걸까?

아니면 교주 자리가 너무 귀찮은 자리라고 생각했던 걸까?

아니었다.

사람은 그렇게 한순간에 변할 수 있는 존재가 아니질 않은가.

다문천작도 나름의 생각이 있기에 양보를 한 것이다.

'아무런 걱정도 없는 때라면 수단방법을 가리지 않고 내가 차지했겠지.'

그러나 지금은 그런 때가 아니다.

얼마 있지 않아 황보세가의 문제가 턱 밑으로 치고 올라올 것이고, 교주가 되면 앞장서서 위험에 맞서야만 할 것이다. 잘못되면 교주가 되자마자 목이 나아갈 수도 있다.

이기적이고 교활한 의도가 있다는 걸 전혀 내색 않고 다문천작이 말했다.

"먼저 여자부터 확보합시다."

"여자를 잡아서 뭘 하겠다는 거요?"

"교주가 죽고 나면 저놈이 남지 않소. 여자를 빌미로 우리의 목숨을 보장받아야 할 게 아니오."

증장천작은 고개를 끄덕이면서도, 평소와 달리 자신이 너무 다문천작에게 끌려가는 게 아닌가 하는 느낌이 들어 다른 의견을 내보았다.

"그 때쯤이면 놈도 힘이 빠져 있을 텐데, 그냥 우리 둘이서 힘을 합해 죽이는 게 낫지 않겠소?"

"내 목숨을 걸고 확신할 수도 없는 승부에 모험을 하고 싶지 않소."

증장천작은 할 말을 잃었다.

그도 다문천작과 같은 마음이었으니까.

"동감이오. 괜히 긁어 부스럼을 남길 필요는 없지. 교주를 죽이는 것에만 집중합시다."

둘은 합의를 이루었고 반악과 야율단강이 싸우는 걸 살피면서 은밀하고 조용하게, 나무와 바위를 엄폐물 삼아 묵담향이 있는 쪽으로 이동해갔다.

*　　*　　*

파팡!

반악과 야율단강의 양손바닥이 앞으로 내질러지고, 둘 사이의 공기가 순간적으로 차갑게 냉각되었다가 후끈 달아오르며 폭발하듯 터져나갔다.

야율단강은 신경질적으로 양손을 휘저으며 압력을 좌우로 밀어내고 앞으로 펄쩍 뛰어올랐다.

"……!"

역시 압력에 밀리지 않고 저항하며 앞으로 나아가려던 반악은 예상 못한 야율단강의 발차기를 막기 위해 양팔을 가로로 모아 얼굴을 가렸다.

파파파파팡!

발끝이 팔에 부딪칠 때마다 경쾌한 타격음이 터져 나왔다.

하지만 소리만 요란하고 고작 소맷자락이 찢어졌을 뿐, 반악은 별다른 타격을 입지 않았다.

오히려 역으로 매섭게 발끝을 올려 차며 야율단강을 뒤로 멀찍이 피하도록 만들었다.

'젠장!'

야율단강은 나름 회심의 발차기를 날렸음에도 좋은 결과를 얻지 못했다는 것에 짜증이 났다.

아니, 반악처럼 젊은 자가 이렇게 강할 수 있다는 게 어이가 없고, 화가 났다. 상식적으로 도저히 이해할 수 없는 수준이기 때문이었다.

그런데 반악이 그의 분노에 기름을 끼얹었다.

"천신의 힘이란 게 고작 이거냐?"

반악은 얼굴을 가린 양팔을 좌우로 펼치고 올려 찬 발을 천천히 내리며 입가를 말아 올려 비웃음을 지었다.

일견 그는 매우 여유로워 보였다.

그러나 사실, 보이는 것만큼 여유로운 건 아니었다.

'역시 쉽지 않아.'

그가 화련공을 습득한 것은 맞지만 그 성취는 높지가 않았다.

기껏해야 육성 정도에 불과했다. 반면에 야율단강의 빙백신공의 경지는 거의 최고 수준에 근접했음이 분명했다. 그런데도 지금까지 박빙의 싸움이 가능했던 것은 이전에 그가 복용한 영물의 내단 덕분이었다.

그가 잡은 영물들 중에는 양기를 축적하여 내단을 생성하던 것들도 있어서, 그 내단을 복용함으로서 육성 정도에 불과한 화련공이 수련에 힘을 기울이지 않았음에도 거의 팔성에 가까운 위력을 낸 것이다.

'음기와 연관 있는 무공도 익혀두었다면 좋았을 것을.'

빙백신공과 같은 상승의 무공은 아닐지라도 역시 내단의 영향으로 그 성취가 높았을 테고, 자연스럽게 냉기에 내성이 생겨 지금보다는 수월하게 싸울 수 있었을 테니까.

하지만 익히지도 않은 무공을 아쉬워해서 무엇 하겠는가.

오히려 냉기로 가득 찬 동릉의 은신처라도 있어 수련할 수 있었던 걸 다행으로 여겨야 할 것이다.

'이러저러 복잡하게 고민할 필요가 뭐가 있나.'

반악은 박도의 손잡이를 잡았다.

지금까지는 한빙공의 냉기를 감당하지 못하고 날이 상할까 염려가 되어 사용하지 않으려고 했지만, 이젠 어쩔 수 없었다.

'해보자.'

시도해본 적이 없어 가능할지 확신할 수는 없으나, 화련공의 양기를 박도에 응집시켜 싸워볼 생각인 것이다.

헌데 바로 그 때 증장천작의 음성이 둘 사이로 끼어들었다.

"이봐."

반악과 야율단강의 시선이 동시에 오른쪽으로 돌아갔다.

그곳에 증장천작과 다문천작이 있었다. 그리고 다문천작에게 제압당해 눈만 뜨고 있는 묵담향도.

야율단강의 눈빛이 밝아졌다.

'드디어.'

증장천작 등이 나타나 좋아하는 건 아니었다.

그렇게 원하고 또 원하던 묵담향을 찾았다는 것에 기뻐하고 있는 것이다.

하지만 증장천작이 다시 입을 여는 순간, 그의 밝은 눈빛은 곧 침침하게 가라앉았다.

"이봐, 우리와 힘을 합치는 게 어떻겠나?"

야율단강의 눈동자에 살짝 당황한 빛이 어렸다.

"증장천작, 무슨 말을 하고 있는 거냐."

증장천작은 그 말을 무시하고 다시 반악에게 물었다.

“우린 지금 교주와 사이가 좋지 않다. 그래서 이제는 그쪽과 우리의 목적이 같아졌다고 할 수 있지. 그러니 예전 일들은 모두 잊고 손을 잡아보자.”

반악의 시선이 묵담향에게 향했다.

그러자 증장천작은 안심하라는 듯 손을 내저었다.

“우린 이 여인을 해할 생각이 전혀 없다. 다만, 그쪽이 우리와 힘을 합할 생각이 있는지를 알아야겠고, 나중을 위해서라도 안심할 수 있는 인질이 필요해서일 뿐이야. 교주만 사라지면 곧바로 넘겨 줄 테니, 걱정하지 않아도 된다.”

반악은 내심 비웃음을 지었다.

‘천부교도 내분이 일어나고 있었군.’

그리고 이런 좋은 제안을 거절할 이유가 없었다.

“나야 나쁘지 않……?”

갑자기 신경에 거슬리는 변화를 감지한 반악은 말을 하다 말고 야율단강을 쳐다보았다.

‘뭐지?’

야율단강의 기세가 기묘하게 바뀌고 있었다.

조금 전까지 그의 몸에서는 거리를 두고 있어도 서늘함이 느껴질 만큼 강렬한 냉기가 뿜어지고 있었는데, 그 기운이 점차 엷어지고 있는 것이다.

그렇다고 증장천작 등의 예상치 못한 배반에 힘이 빠져버린 건가, 하고 생각하기에는 눈동자에 동요가 없고 눈빛이 너무나 강렬했다.

"……?"

야율단강이 자신의 얼굴로 손을 가져가 노란 면사를 움켜잡자 반악은 내심 고개를 갸웃거렸다.

의도를 알 수가 없었기 때문이었다.

하지만 의도는 단순했다. 야율단강은 면사를 벗어 얼굴을 드러내려고 하는 것이다.

"요 일 년여 간, 본좌의 얼굴을 본 자는 아무도 없었다."

즉, 이 자리가 처음인 것이다.

이전과는 달라져버린 얼굴을 드러내는 게.

"……!"

반악은 면사를 벗으며 드러난 야율단강의 얼굴을 보고 매우 놀랐다.

'여자?'

살짝 각이 진 턱 선을 제외하고, 눈매와 피부, 입술 등은 분명히 여인의 그것이었다.

'이상하군. 빙혼나찰은 남자라고 알고 있었는데…….'

증장천작과 다문천작을 쳐다보니 그들도 매우 놀란 얼굴을 하고 있었다.

그래서 더욱 의아함이 들 수밖에 없었다.

"너, 여자였냐?"

"하하하하!"

야율단강의 웃음소리가 넓게 퍼져나갔다.

여자의 얼굴에 중성적이기까지 한 음성이라 듣는 이들의 기분을 묘하게 만들었다.

반악은 왠지 모르게 그 웃음소리에 담긴 공력이 이전보다 더 강력해졌다는 느낌을 받았다.

갑자기 웃음을 그친 야율단강이 말했다.

"본좌는 모든 것을 초월한 절대자다."

그리고 순간 야율단강의 얼굴빛이 하얗게 변하기 시작했다.

아픈 사람이 기력을 잃고 핏기가 없어 창백해 보이는 그런 얼굴빛이 아니었다.

말 그대로 눈처럼 하얗게 변해버린 것이다.

얼굴뿐만이 아니었다. 소매 밖으로 나온 손도 눈을 빚어 만든 것처럼 새하얗기 그지없었다.

그리고 미미하게나마 느껴지던 냉기가 거의 느껴지지 않게 되었다.

"이제부터 뇌정신이자 무신이며 또한 천신인 본좌의 힘을 질리도록 느끼게 될 것이다."

야율단강은 가볍게 땅을 박차며 말 그대로 날아올랐다.

그런데 그가 향한 곳은 반악이 아니라 증장천작 등이 있는 쪽이었다.

아니, 더 정확히는 묵담향을 노리고 있는 것이다.

"여자를 뺏기면 안 돼!"

의도를 눈치 챈 증장천작은 다문천작에게 다급히 소리치고는 양손을 흔들었다.

그의 양 소매 안에서 기껏해야 한 척 길이의 짧은 단창 두 개가 툭 튀어나왔다.

양손에 단창을 쥔 증장천작은 곧바로 대응 자세를 잡고 머리 위를 뛰어넘으려고 하는 야율단강을 노려보았다.

"하압!"

힘찬 기합성과 함께 두 개의 단창이 십여 개의 그림자를 만들어내며 야율단강의 하체를 향해 찔러갔다.

"하하하, 그런 장난감 따위로 날 막을 수 있을 것 같으냐!"

야율단강은 다리를 끌어올려 피하지도 않고 조금의 망설임도 없이 활짝 편 오른손을 아래로 쭉 내리눌렀다.

콰직!

"……!"

증장천작은 깜짝 놀랐다.

십여 개의 창영이 너무 쉽게 꿰뚫린 것도 그렇지만, 쇠로 만들어진 창끝이 마치 얼음처럼 산산이 부서져 버렸기 때문이었다.

'이게 무슨…….'

한빙공의 기운 때문에 생겨난 결과라는 건 알고 있다.

하지만 쇠를 그 속성까지 얼려버리고 약화시키지 않는 이상 이렇게 될 수 없었다.

그로서는 상상도 하지 못할 위력인 것이다.

증장천작은 이렇게 엄청난 공격을 막아낼 자신이 없었기에 바닥에 납작 엎드렸다가 옆으로 몸을 날렸다.

"하하하, 그 쥐새끼 같은 모습이 정말 잘 어울리는 구나!"

야율단강은 다시 공격하지 않고 그대로 증장천작을 뛰어넘으며 비웃었다.

'빌어먹을!'

벌떡 일어난 증장천작의 얼굴은 굴욕감으로 인해 잔뜩 일그러져 있었다.

그는 고수였다.

빙혼나찰과 쾌속무영의 명성과 실력에는 미치지 못해서 교의 삼인자가 되었지만, 무림 어디에서든 큰소리를 칠 만큼의 당당한 고수였다.

일품창(一品槍) 교백리.

가문의 전통을 따라 군부에 들어갔고, 특출한 실력으로 수만의 병사들을 가르치는 무공교두까지 되었으며, 한 때는 북방 주둔군 제일의 고수라는 평을 받았던 인물이었다.

하지만 그는 군부에서 만족하지 못했다.

아니, 만족할 수 없었다.

기본적으로 무인으로서의 포부가 컸고, 그러한 마음을 받쳐줄 재능도 충분히 갖추고 있었기 때문이었다.

그래서 가문의 무공인 이십팔섬전추혼창(二十八閃電追魂槍)과 군부에서 배운 난화삼십육로창봉술(蘭花三十六路槍棒術), 그리고 기연을 통해 얻은 구십육수광풍창(九十六手狂風槍)을 집대성하여 구십육섬전추혼광풍창(九十六閃電追魂狂風槍)을 완성하자, 이르다고도 늦다고도 하기 모호한 서른의 나이에 미련 없이 군부를 떠나 무림에 출도했다.

처음엔 자신의 무공이 어느 정도인지를 확인하고 싶다는 마음이 컸었다.

나름 순수한 무인이었다고나 할까.

하지만 일 년여 동안 한 번의 패배도 없이 승승장구하면서 생각이 바뀌기 시작했다. 무림인으로서의 확고한 명성과 권력을 노리게 된 것이다.

일품창이란 듣기 좋은 별호가 붙었을 때만 해도 자신감으로 충만했었다. 하지만 오 년이 지나고, 십 년이 지나도 그의 별호는 여전히 일품창이었다.

무적창(無敵槍), 제일창(第一槍), 혹은 신창(神槍)이라고 하는 새로운 별호가 붙여지길 바랐지만, 누구도 그런 별호로 불러주지 않았다.

흉악한 외모 때문에 천하의 고수로 꼽힌 자도 있었으니, 자신이라고 천하 오십삼 명 안에 들어가지 말란 법이 없지 않겠냐, 하는 생각을 한 적도 있었다.

천이서생은 세간에 알려진 명성을 가지고 평하는 게 아니라 진짜 실력을 알아보고 판단하지 않을까, 하는 기대였다.

하지만 천이서생은 그를 찾아오지 않았다.

어느 날, 술에 만취한 상태로 잠들었다가 깨어난 교백리는 깨달았다.

군부가 좁다고 생각했던 그의 무공과 재능은 마음에 품었던 커다란 포부를 충족시키기에 턱없이 부족했다는 것을.

일품(一品)이란 말이 딱 그의 한계를 말해주고 있다는 것을.

모든 게 자신의 착각이었다는 것을.

적자생존.

무림은 관부와 비교조차 되지 못할 만큼의 무한 경쟁을 통해서 순위를 정하는 냉혹한 세상이었고, 그는 그 세상의 정점을 찍을 만한 인물이 아니었던 것이다.

화가 났다.

이럴 수는 없다고 부정도 해보았다. 그리고 한계를 인정해야 한다고 스스로를 다독이기도 했다. 하지만 결국 남는 건 좌절감뿐이었다. 나중에는 과거로 돌아가고 싶다는 후회까지 생겨날 정도였다.

마음을 추스르기가 너무 힘들어서 정처 없이 떠돌기 시작했다.

그러다 어느 날 동쪽의 외진 어촌마을에서 우연히 야율단강과 서정쾌를 만났다.

그가 될 수 있다고 믿었던, 되고자 했던, 하지만 될 수 없었던 천하의 고수들.

질투심이 생겼다.

호승심도 생겼다.

비무를 청해볼까 하는 생각도 했었다.

하지만 지피지기면 백전백승이란 말을 떠올리고 일단 꾹 참고서 그들과 술을 마시고, 대화를 했다.

그는 얼마 있지 않아서 놀라운 사실을 알게 되었다.

두 사람이 지금의 명성에 만족하지 못하고 있다는 것을.

그리고 그들보다 더 높이 평가받고 있는 고수들을 넘어서지 못해서 괴로워 한다는 것을.

실력과 명성에 있어서 분명한 고저의 차이가 있었음에도 세 사람은 똑같은 고민을 하고 있었던 것이다.

묘한 동질감을 느꼈고, 공감대가 형성 되었다.

그래서 세 사람은 자연스럽게 어떻게 하면 당당해지고, 무시 받지 않을 수 있을 만큼의 명성과 존경을 얻을 수 있을까에 대한 진지한 대화를 하게 되었다.

그러한 대화를 통해 결과적으로 천부교가 만들어진 것이다.

그리고 그때 일품창 교백리는 증장천작이란 이름으로 다시 태어났다.

'노력했다. 최선을 다했다. 그날 이후, 난 나의 모든 것을 걸고 달려왔다.'

증장천작은 그 날 이후의 삶에 충실했다고 생각했다.

이제야말로 그가 바라는 명성과 힘을 손에 쥘 수 있게 되었다고 말이다.

'그런데…….'

한때 같은 고민에 빠져 있었던 야율단강이 아니라고 하는 것이다.

시궁창의 쥐처럼 보이는 게 더 어울린다고 조롱을 하고 있었다.

정말 그런 걸까?

자신은 아무리 노력해도 얻을 수 없는 것일까?

증장천작은 눈을 부릅뜨고 그를 뛰어넘어 다문천작을 쫓는 야율단강을 돌아보았다.

'난 자격이 있다!'

이대로 끝날 수는 없었다.

절대 끝내고 싶지 않았다.

증장천작의 가슴속이 투지로 채워지고, 눈동자에선 열망의 빛이 이글거리기 시작했다.

이때, 반악이 그의 옆을 빠르게 스쳐지나가며 물었다.

"너희 교주가 왜 묵 소저를 원하는 거지?"

* * *

반악은 이제야 야율단강이 묵담향을 원하고 있다는 걸 알았다.

그러나 그 이유에 대해선 여전히 몰랐고, 그래서 증장천작에게 물은 것이다.

증장천작이 그의 뒤를 쫓아 달려오며 말했다.

"사내놈이 여자를 원하는 이유가 달리 뭐가 있겠나."

천음지체로 태어난 여인에 대한 한 가지 음탕한 속설이 반악의 머릿속을 스쳐지나갔다.

하지만 곧 의아해하며 물었다.

"교주가 사내는 맞는 거냐?"

증장천작은 대답하지 못했다.

사실 그도 그 점에 대해서는 의문을 품고 있었으니까.

'어떻게 된 걸까?'

교주는 분명 남자였다.

여자가 따를 만한 미남자이기는 했지만, 결코 여자는 아니었다. 그런데 오늘 드러난 얼굴은 이전의 남성적인 윤곽이 남아 있기는 했지만 분명 여자의 것이었다.

증장천작은 솔직히 옷이라도 벗겨보고 싶은 심정이었다.

반악은 증장천작의 반응을 통해 나름의 결론을 내렸다.

'이자들도 몰랐던 외모의 변화라면 아마도…….'

무공 때문일 가능성이 높았다.

야율단강이 음기에 바탕을 둔 한빙공을 수련했고, 그 수준이 소문 이상으로 엄청나다는 점을 감안한 짐작이었다.

물론 정확히 어떤 특징의 무공인지는 알 수 없었지만.
'여자건 남자건 상관은 없지.'
반악에게 있어서 야율단강의 성별은 중요하지 않았다.
단지 싸워야 할 상대란 것만 알면 되는 것이다.
반악은 다문천작을 거의 따라잡고 있던 야율단강을 향해 소리쳤다.
"빙혼나찰, 내가 무서워 도망치는 거냐!"
야율단강은 뒤를 힐끔 돌아보았다.
그는 비웃음을 지었다. 그 정도의 도발로 자신을 막을 수는 없다는 듯이.
하지만 반악에게는 그 정도의 짧은 머뭇거림만으로도 충분했다.
어느새 휘둘러진 박도 끝에서 반달형의 새하얀 빛이 야율단강의 다리를 노리고 날아갔다.
야율단강은 인상을 찌푸리며 위로 뛰어올랐고, 손을 뻗어 강기를 향해 내리쳤다.
펑!
한빙공의 강력한 냉기와 충돌한 강기가 터져나가고, 그 사이 다문천작은 야율단강으로부터 거리를 벌릴 수가 있었다.
'저자는 진심으로 묵 소저를 원하고 있구나.'
야율단강은 그냥 피하면 되는데도 혹시라도 묵담향이 다칠까 싶어 기력을 소비하면서까지 강기를 막아낸 것이다.

"다문천작, 거기 서라!"

야율단강은 삐죽하게 튀어나온 바위를 밟고 붕 날아올라 다문천작을 향해 손바닥을 쭉 뻗었다.

손바닥에서 반투명하고 동그랗게 응어리진 기운이 튀어나와 날아갔다. 무림에서 명성 높은 다문천작의 경공으로도 피할 수 없을 만큼 빠른 속도였다.

펑!

야율단강의 얼굴이 일그러졌다.

반악이 날린 강기에 맞아서 그가 날린 냉기가 터져버렸기 때문이었다.

'저놈이 자꾸 방해를 하니…….'

짜증이 났다.

마음 같아선 먼저 반악을 죽이고 다문천작을 쫓고 싶었지만, 저러다 다문천작이 여자만 데리고 도망쳐 버릴까 염려가 되어서 그럴 수도 없었다.

이 때 반악과 반대쪽에 자리 잡은 증장천작이 조롱 섞인 비난을 터트렸다.

"빙혼나찰-! 천하의 고수란 자가 음욕에 빠져 날뛰는 꼴이 참으로 보기 좋구나!"

"……!"

야율단강은 순간 깨달았다.

'음욕? 아, 이놈들은 내가 천음지체를 원하는 진짜 이유

에 대해서 모르고 있구나.'

천음지체의 여인이 명기이기 때문에 소유하려는 거라고 생각하는 게 분명했다.

하지만 그건 대단히 큰 착각이었다.

그는 여색에 빠져 정신을 못 차리는 부류가 아니었다. 단지 강해지고 싶을 뿐이었다.

북해빙궁(北海氷宮).

그가 태어나고 성년이 되기 전까지 자란 곳이었다.

무림인들에겐 신비와 두려움의 대상일지 모르지만, 야율단강에게 있어선 고루하고 답답한 겁쟁이 집단에 불과했다.

어떤 무림인들은 북해빙궁이 중원무림을 공격해 오면 엄청난 피바람이 불 것이라고 두려워한다. 또 어떤 이들은 북해빙궁이 중원무림을 뒤엎고도 남을 힘이 있지만 욕심이 없기 때문에 그러지 않는 것이라고 감탄을 한다.

하지만 그건 너무도 모르고 하는 헛소리들이었다.

북해빙궁에서는 오히려 중원무림이 자신들을 공격하지 않을까 노심초사하고 있었다.

욕심이 없다고?

그들은 중원의 풍요로움을 동경하고 있었다.

단지 과거와 현재, 앞으로도 북해는 자신들이 지켜나가야 할 고향이고 터전이라고 주장을 하지만, 실제로는 겁쟁이에 불과한 늙은이들에게 감히 반박할 용기가 없어서, 그들의 반대를 무릅쓰고 나섰다가 싸워 이길 자신이 없어서 중원으로 들어올 생각을 못하고 있을 뿐인 것이다.

야율단강은 그게 싫었다.

진짜 북해빙궁을 위해서라면 과감히 자리를 털고 일어나, 어느 정도의 희생을 감수하면서라도 중원으로 근거지를 옮겨야 한다고 생각했다.

하지만 그의 능력으로는 할 수가 없었다.

왜?

형제들 중에서 막내였으니까.

한곳에서 오랫동안 패권을 차지하고 있는 문파들이 대부분 그러하듯 북해빙궁 역시 매우 고지식하고 확고부동한 관습에 매여 있었다.

궁주는 장자가 승계한다는 것과 그 아래 형제들은 장자인 소궁주에게 절대적인 충성을 맹세해야만 하며, 소궁주를 제외한 형제들은 궁주의 특별한 지시가 있지 않은 이상 궁의 업무와 정책에 있어 일절 개입할 수 없다는 관습법이 존재한다.

과거 이 관습에 반발하고, 저항하고, 반란을 시도 했다가 제거된 이도 적지 않았다.

그래서 야율단강은 무공에 대한 재능을 비롯한 모든 면에 있어서 맏형과 다른 형제들을 월등히 뛰어 넘는데도 불구하고 감히 계승권에 대해 왈가왈부할 수 없었다.

그래서 야율단강은 자신의 생각을 현실화시킬 수가 없었고, 미래를 기약할 수도 없었던 것이다.

그렇다고 노력하지 않은 것도 아니었다. 부친과 맏형에게 자신의 생각과 계획을 입에서 침이 마르도록 설명하고, 소리 높여 주장을 했었다.

언제까지 호랑이 없는 산에서 왕 노릇 하는 여우로 만족하려는 거냐고.

이렇게 있지 말고, 싸우다 죽더라도 무림으로 나가서 북해빙궁의 이름을 드높이자고.

그러나 그에게 돌아온 것은 질책과 근신령 뿐이었고, 장로들, 문도들, 심지어 아내까지도 그를 비웃었다.

야율단강은 더 이상 참을 수 없어 홀로 북해빙궁을 떠나 무림으로 향했다. 명성을 쌓고 세력을 키운 다음 북해빙궁으로 돌아가서 그를 비웃었던 사람들이 땅을 치고 후회하게 만들어주겠다는 다짐과 함께.

하지만 무림에서의 삶은 녹록하지 않았고, 그의 생각처럼 흘러가지 않았다.

그가 익힌 한빙공은 북해빙궁 내에서도 야율가의 직계 일족에게만 전수되는 비전심공이었고 무림에서 충분히 통할 만큼 특이하고 강력했지만, 아쉽게도 최고가 될 수 있을 만큼 강한 무공이 아니었다.

무공에 관한 놀라운 재능을 바탕으로 이십 년이 넘도록

노력 했음에도 불구하고 마찬가지였다.

만약 궁주에게만 전수되는 빙극무허강기(氷極無虛降氣)를 익혔다고 한다면 달랐을지 모르지만, 구전으로만 전수되는 그 무공을 배울 길이란 요원하기에 아쉬워할수록 답답함만 커질 뿐이었다.

게다가 문제는 무공만이 아니었다.

북해빙궁과 달리 자유롭고 열린 세상이라 생각했었지만, 알고 보니 그곳 못지않게 전통과 혈통을 따지는 곳이 중원의 무림이었다.

심지어 실리를 우선한다는 사파도 다를 바가 없었다.

명성을 얻으면 자연히 추종자들이 따르게 되고, 그러면 북해빙궁이 부럽지 않을 만큼의 세력을 만들 수 있을 거라고 생각했던 건 착각에 불과했다.

몇 번 작정을 하고 힘으로 굴복시킨 뒤 수하로 들어올 것을 권유한 적도 있었지만 이를 받아들이는 자는 단 한 명도 없었다.

수십 년 동안 무림에서 활동하면서 누구 못지않은 명성을 쌓았고 천하의 고수로까지 명명되었음에도 북해빙궁 출신이란 딱지는 떨어지지 않았고, 그는 언제 어디서든 외인에 불과했던 것이다.

어쩌다 가끔 그의 곁을 맴돌고 접근하는 자도 있기는 했었다. 허나, 그런 자들은 대부분 실력도 없고 생각도 부족하며 욕심만 많은 쓰레기들에 불과했다.

물론 기존 세력에 들어갈 수도 있었다. 몇 번 제안을 받은 적도 있었고, 개인적으로 그에 대해 고심을 하기도 했었다. 하지만 끝내 마음을 접었다.

그곳에서도 똑같이 외인으로 취급받을 것이란 불안감도 있었지만, 북해빙궁을 떠나 무림에 온 것은 이인자가 아니라 일인자가 되기 위해서였으니까.

그러다 일품창과 쾌속무영을 만났다.

사실 그들을 무시하는 마음이 컸었다. 상대도 안 되는 하수들이라 생각했었으니까. 하지만 그날은 특히 의미가 있는 날이라 매우 기분이 좋았고, 그래서 별로 내키지 않았지만 일품창의 제안을 받아들여 술자리를 같이하게 되었다.

그런데 놀랍게도 셋이서 비슷한 고민을 하고 있다는 걸 알게 된 것이다. 게다가 고민하고 노력해도 방도를 찾을 수 없었던 세력 형성에 대한 해법까지 얻었다.

야율단강은 기회라고 생각했다.

그날 한빙공의 위력을 획기적으로 높일 수 있는 비급을 얻었고, 짧은 시간 내에 거대 세력을 형성할 수 있는 해법을 알게 됐고, 그에 더불어 유용하게 이용해 먹을 두 명의 고수까지 생겼으니까.

그런 기회를 놓칠 수는 없었다.

그래서 그는 두말 않고 적극적으로 일품창의 계획을 지지 했고, 크게 욕심이 없다는 식으로 분위기를 몰면서 은근히 무공실력과 명성의 우위를 내세워 교주 자리를 차지했다.

그리고 두 사람 몰래 비급을 탐구하고 연공에 심혈을 기울였다.

인음전심경(引陰轉心勁).

일품창과 쾌속무영을 만난 날 얻은 비급의 이름이었다.

아주 오래 전에 좋지 않은 명성으로 이름이 높았던 한 고수가 지녔던 무공으로, 우연히 그 존재를 알게 되고 찾아다니던 끝에 근방에 낙향해 살던 전직 관료가 소장하고 있다는 사실을 알았고, 결국엔 손에 넣은 것이다.

괜한 소문이 나서 비급에 대해 알려지고 귀찮아지는 일이 없어야 하기에 전직 관료를 포함해 남녀노소 서른다섯 명의 목숨을 끊어버리고 장원을 불태우기까지 했지만 조금의 후회도 없었다.

인음전심경은 일종의 흡성대법이었다.

크게 두 단계로 나눠지는데, 처음 단계에선 달이 가장 높이 뜨는 삼경에 음기를 습득하여 기초를 잡고, 두 번째 단계에서는 특별히 남성의 양기가 침입한 적이 없었던 순결한 십팔 세 처녀의 음기를 흡수한다.

그러나 두 번째 단계에 있을 때 획기적으로 무공을 상승시킬 수 있는 방법이 있는데, 바로 천음지체, 혹은 극음지체라 하는 여인의 순음지기를 흡수하는 것이었다.

야율단강이 천부교의 모든 전력을 쏟아 부어 묵담향을 쫓도록 하고, 무리가 된다는 걸 알면서도 금력과 인력을 동원해 천라지망을 치게 한 이유가 그 때문이었다.

결코 천음지체의 여인이 명기라서가 아니었다.

사실 그는 여인을 품을 수 없었다. 인음전심경을 통해 엄청난 음기를 몸에 축적하게 되었고, 상대적으로 양기가 약해지면서 육체가 반 여성화 되어버렸으니까.

하지만 강해질 수만 있다면 그는 모든 걸 감수할 생각이었다.

'아무래도 다문천작이 산 아래로 도망칠 염려는 없을 것 같구나.'

가만히 생각해 보면 다문천작은 진작 도망칠 수 있었음에도 그러지 않았던 것이다.

다문천작과 증장천작은 그가 다른 교도들 모르게 이곳에서 죽기를 바라고 있었고, 반악이 돕지 않는다면 자신들의 힘으로는 가능하지 않다는 걸 알기 때문임이 분명했다.

'지금껏 괜한 짓을 했구나.'

야율단강은 웃었다.

그리고 다문천작이 아니라 반악을 쳐다보았다.

"아무래도 저 둘이 너를 믿고 본좌에게 반기를 든 모양이야."

"……."

"그렇다면 우선 너부터 처리할 수밖에."

*　*　*

반악은 야율단강의 말을 들으며 다문천작을 쳐다봤다. 정확히는 다문천작에게 잡혀 있는 묵담향을 보는 것이었다.

묵담향은 말을 할 수 없었지만, 그녀의 눈빛은 분명 미안하다고 말하고 있었다.

'쓸데없이 마음이 약해.'

반악은 묵담향이 무림에 어울리지 않는 여인이라 생각했다.

겉으로야 똑똑하고 용감하고 당당한 모습을 보이지만, 남을 밟고 올라서서 살아남아야 인정받는 무림에서 살기에 그녀는 너무 마음이 여리기 때문이었다.

하지만 그녀는 무림을 떠날 수 없었다. 최소한 거룡성이 무너져 당주 하총평이 목적한 바를 이루기 전에는 떠날 수 없을 것이었다.

그러나 그 때까지 묵담향이 살 수 있을까?

'짜증나는군.'

묵담향과 그녀의 동생은 천형이라 불리어도 이상하지 않을 특이한 육체를 타고나 일찍 죽는다고 했다.

누구도 이해하기 힘든 고통을 마음에 담은 채 살아가고 있었던 것이다. 그러면서도 웃으려 노력하는 여자였다.

그런 묵담향이 저런 상황에 처하고, 또 자신에게 미안해 한다는 게 이상할 정도로 화가 났다.

반악은 박도를 꽉 움켜잡았다.

그의 몸에서 열기가 점차 사라지기 시작했다. 화련공의 운용을 풀어버린 것이다.

대신 그의 단전에서 노도와 같은 공력이 솟구쳐 올라 온몸을 휘돌았다.

그는 혼잣말처럼 중얼거렸다.

"마음에 안 들어."

높이 날아 그를 향해 다가오는 야율단강이 새하얀 손바닥을 앞으로 내밀었다.

그 손바닥에서 반투명하게 응어리진 기운이 튀어나왔다.

반악은 눈에 힘을 주고 버럭 소리쳤다.

"마음에 안 든다고!"

* * *

놀란 증장천작은 저도 모르게 뒤로 한 걸음 물러났다.

반악의 고함소리는 마치 불문의 사자후처럼 웅혼하면서도 위엄이 넘쳤고, 등골이 오싹할 만큼 강렬한 살기와 분노가 그 밑바닥에 깔려 있었다.

증장천작은 기가 죽은 표정으로 반악과 야율단강의 격돌

을 멍하니 지켜볼 수밖에 없었다.
조금 뒤 그의 옆으로 다가온 다문천작이 물었다.
"그냥 이대로 보고만 있을 생각이오?"
"그럼, 다문천작은 저기 끼어들겠다는 거요?"
다문천작은 증장천작이 눈으로 가리키는 곳을 가만히 쳐다봤다.
반악과 야율단강은 땅과 공중을 막론하고 치열하게 싸우고 있었다. 거리가 떨어져 있음에도 피부로 느껴질 만큼 강력한 위력의 강기와 냉기가 난무하고, 그들의 움직임은 눈으로 쫓기 어려울 만큼 빨랐다.
주변에 깔린 하얀 구름 위를 오르락내리락 하며 싸우는 그들의 모습은 말 그대로 전설의 용과 호랑이가 싸우는 것처럼 무시무시했다.
'저들 앞에서는 쾌속무영이란 내 별호가 무색해지는군.'
다문천작은 씁쓸한 표정으로 말했다.
"일단 그냥 지켜봅시다."
물론 작정하고 뛰어들겠다고 한다면 할 수 있겠지만, 굳이 위험을 무릅쓸 필요는 없었으니까.
쾅—
하나의 충돌음이었지만, 박도와 냉기가 세 번이나 연속으로 부딪쳐 생긴 결과였다.
야율단강은 팔이 저릿하게 울리는 느낌에 인상을 찌푸리

면서도 번개처럼 옆으로 움직이며 반악의 옆구리를 향해 손을 뻗었다.

손끝에 스치기만 해도 옷과 피부가 얼어버릴 것을 알기에, 반악은 급히 몸을 옆으로 꺾어 피하며 박도를 아래로 내리쳤다.

홍-

"……!"

야율단강의 미간이 좁혀졌다.

박도를 피했음에도 불구하고 그의 앞섶이 세로로 길게 베어졌기 때문이다. 박도를 둘러싸고 있는 강기의 영향이었다.

"몸이 꽤 풍만하시군."

반악의 비웃음에 야율단강의 새하얀 얼굴이 살짝 붉어졌다.

앞섶을 베이면서 여자의 유방처럼 부풀어 오른 가슴을 감추기 위해 꽁꽁 동여맨 비단이 드러난 것이다.

'빌어먹을!'

야율단강의 눈동자는 살기와 함께 수치심으로 번들거렸다.

강해지기 위해선 모든 것을 감내할 수 있다고 다짐했지만, 사내의 몸으로 유방을 가지고 있다는 게 부끄럽지 않을 리가 없었다.

"죽어라!"

야율단강은 더욱 하얗게 변해버린 양손을 모아 앞으로 내밀었다.

후아아-

반악은 이전보다 두 배나 커진 냉기 덩어리를 피하기 위해 황급히 뒤로 몸을 빼고 박도를 휘둘렀다.

펑!

"크!"

냉기는 박도에 막히고도 그 힘을 완전히 잃지 않고 반악의 가슴과 어깨를 스치고 지나갔다.

쩌적.

앞섶과 어깨부위의 옷깃이 굳어지고 갈라지더니 얼음조각처럼 부서지며 땅으로 떨어졌다.

밖으로 드러난 피부가 붉게 달아올라 있었다.

'얼얼하고 가렵다.'

붉어진 피부를 손으로 만져보니 시릴 만큼 차가웠고, 금방이라도 벗겨져 버릴 것처럼 밀려나는 느낌이 났다.

정통으로 맞았다기보다는 스쳤다고 해야 할 타격에도 동상의 초기 증상이 나타나고 있는 것이다.

야율단강이 득의의 웃음을 터트렸다.

"하하하, 이제 알겠느냐? 화련공을 사용하지 않고 본좌의 빅뱅신공에 맞서면 그렇게 되는 것이다."

"……."

"……?"

야율단강은 의아한 시선으로 반악을 쳐다봤다.
고통에 인상을 찌푸리거나, 당혹감에 얼굴이 굳어져야 하는데 입가에 미소가 생겨나고 있었기 때문이었다.
"왜 웃지?"
"내 표정 하나하나마다 반응하는 게 웃겨서. 그래서 넌 나를 절대 못 이겨."
반악은 곧장 앞으로 짓쳐 들어갔고, 야율단강은 급히 양손을 앞으로 내밀었다.
여지없이 냉기 덩어리가 튀어나왔고, 반악은 박도를 내리쳤다.
펑!
폭음과 함께 냉기가 둘로 갈라지고, 반악은 상반신을 뒤덮으려는 냉기를 무시하며 박도의 뒤를 쫓아 그 안으로 짓쳐 들어갔다.
"이야압!"
반악은 멈추지 않고 기합성을 내지르며 박도를 든 두 팔에 맹렬한 기세를 더했다.
두 쪽으로 나뉜 냉기의 많은 부분이 다시 박도에 갈라지고 좌우로 밀리며 흩어졌다. 하지만 아직도 남은 기운이 있었고, 그 기운이 반악의 얼굴과 상반신을 휩쓸고 지나갔다.
"……!"
야율단강은 놀랐다.

상의가 얼어붙어 조각조각 부서져나가고, 얼굴을 비롯한 피부가 차갑게 굳어지는데도 반악은 전진을 멈추지 않고 그의 지척에까지 다다랐기 때문이었다.

스악-

박도가 직선으로 내리쳐졌고, 야율단강은 급히 몸을 옆으로 움직여 피했다.

하지만 반악의 공격은 끝난 게 아니었다.

파파파파파파!

한순간 십여 개로 늘어난 반악의 양발이 야율단강을 몰아쳤다.

퍼퍼퍼퍼퍼퍽-

야율단강은 양팔로 몸을 보호하며 뒤로 물러나려고 했지만 반악의 발끝은 이미 그의 상체를 뒤덮어 사정없이 때려대고 있었다.

물러나고 또 물러나도 반악의 발차기는 멈출 생각을 하지 않았다.

처음엔 완벽하게 양팔로 막았다. 하지만 막는다고 고통스럽지 않은 건 아니었다. 상반신 전체를 뒤흔드는 충격에 속이 울렁거릴 정도였으니까.

그러면서 방어가 약해지고 아주 조금씩 틈새가 벌어지기 시작하더니, 어깨와 옆구리, 얼굴을 스치듯 차이기 시작했다.

'빌어먹을!'

이대로 계속 맞기만 하다가는 더 큰 곤경에 처할 것만 같았다.

"으아-!"

야율단강은 온몸 가득히 공력을 응축시켰다가 고함과 함께 양팔을 활짝 펼쳤다.

떨어져서 지켜보는 증장천작과 다문천작의 눈에도 확연하게 보일 만큼 새하얀 반투명의 막이 야율단강을 중심으로 쫙 퍼져나갔다가 사라졌다.

냉기에 바탕을 둔 일종의 호신강기였다.

'놈은?'

호신강기를 펼치느라 한순간에 막대한 공력을 사용한 야율단강은 숨을 헉헉거리며 반악이 어디 있는지 찾았다.

눈앞에선 보이지 않았다.

그러나 좌우 뒤에도 존재감이 걸리지 않았다.

'그렇다면…….'

야율단강은 빠르게 고개를 들어 하늘을 쳐다봤다.

"……!"

반악이 딱 그의 머리 위쪽 공중에서 내려오고 있었다.

박도의 끝을 그의 정수리에 겨냥하고서.

"크하하, 피한다는 게 고작 거기냐!"

야율단강은 비웃음을 지으며 다시금 빙백신공의 공력을 끌어올렸다.

'윽!'

야율단강은 저도 모르게 움찔했다.

공력을 끌어올린 순간 바늘에 찔린 것처럼 단전에 통증이 일었기 때문이었다.

'벌써?'

야율단강은 당혹감을 느꼈다.

단전이 아파온다는 것은 영원할 것 같았던 그의 막대한 내공이 거의 고갈되어 가고 있다는 뜻이었으니까.

'하필이면.'

완성되지 않은 인음전심경의 문제가 바로 이거였다.

습득한 음기가 본래 그의 것이 아니기에 한꺼번에 너무 많이, 그리고 너무 쉽게 방출되는 것이다.

'아직은 괜찮다.'

야율단강은 단전의 고통을 무시하고 공력을 끌어 올렸다.

양손에 냉기가 차오르자마자 위쪽을 향해 뻗었다.

펑!

'윽!'

박도와 부딪친 순간, 묵직한 충격이 전신을 내리눌렀다.

야율단강은 이를 악물어 고통을 참고 반악이 어디 있는지를 찾았다.

반악은 공중에서 핑그르르 회전을 하고 땅에 내려서고 있었다.

타탁.
반악은 내려서자마자 빠르게 땅을 박차고 달려들며 박도를 휘둘렀다.
슈샤사사-
박도가 무게감이 없는 듯 연속으로 휘둘러지고, 새하얀 강기의 줄기가 그 끝에서 길게 늘어나며 야율단강의 상반신을 뒤덮어갔다.
'물러나선 안 된다.'
야율단강은 오른발을 뒤로 빼고 몸을 굳건히 한 뒤 양손을 맹렬하게 앞으로 내질렀다.
콰콰콰콰콰-
강기의 줄기와 냉기의 덩어리가 연속으로 부딪치고, 충돌의 여파는 광풍이 되어 서로를 밀어낼 듯 휘몰아쳤다.
두 사람은 조금씩 뒤로 물러났다. 아니 밀려나고 있었다. 그러나 간격이 떨어지고 있음에도 그들의 공격은 더욱 거세졌다.
'저게 무슨 광경이야!'
증장천작의 눈동자가 크게 확장되었다.
반악과 야율단강은 마치 서로를 바라보며 수련을 하는 것 같았다. 한 사람은 혼자 칼춤을 추고, 또 한 사람은 허공을 향해 손바닥을 내지르며 장공을 연마하는 모양새였다.
그들 사이에서 새하얀 기파들이 연속으로 충돌하며 광풍

이 불고 있지만 않았다면 누구라도 그렇게 믿을 수밖에 없을 것이다.

증장천작은 혼잣말처럼 중얼거리며 물었다.

"저들이 인간인가?"

다문천작은 대꾸하지 않았다.

그도 두 사람의 싸움에 압도당해 눈도 깜빡하지 않고 지켜보고 있었다.

*　　*　　*

'그때도 이런 기분이었나?'

한순간이라도 틈을 보였다가는 그대로 냉기에 격중 되어 큰 낭패를 당할 상황에도 반악의 마음과 머리는 이상할 정도로 여유로웠다.

점점 긴장감이 사라지고 있다고 할까.

지금껏 한빙공의 특성과 파괴력 있는 공격에 밀렸다고 보기 어려울 만큼 막상막하의 형세를 유지할 수 있는 것도 그 때문이었다.

한빙공의 냉기 때문에 움츠렸던 몸과 마음이 싸움이 거듭될수록 풀어지면서 본래의 냉정함을 되찾고, 전체적으로 움직임이 부드러워지고 있는 것이다.

'확신할 수는 없지만…….'

두 번이나 경험을 했지만 기억하지 못했던, 고작 한 걸음 정도 내딛었던 상승의 경지를 또렷한 의식 속에서 느끼고 펼쳐나가고 있는 것 같다는 생각이 들었다.

그리고 그걸 인식한 순간 반악의 공세가 야율단강보다 우위를 보이기 시작했다.

"……!"

야율단강의 얼굴에 당혹스런 빛이 어렸다.

그도 자신의 공세가 밀리기 시작했다는 걸 느낀 것이다.

하지만 당혹스러움은 포기할 수 없다는 의지가 되었고, 야율단강은 무모하다 싶을 정도로 힘껏 공력을 끌어올려 손에 집중시켰다.

그러나 형세에는 변화가 생기지 않았다.

분명 냉기는 더욱 강해지고 매서워졌다. 하지만 반악은 한 걸음씩 앞으로 전진 했고, 그의 박도는 더 빠르고 부드럽게 냉기를 가르고 밀어냈다.

그리고 두 사람 사이에서 일어나던 충격의 강풍은 점차 약해지기 시작했다.

반악의 공격이 냉기의 덩어리가 가진 파괴력을 효과적으로 막아내고 있다는 뜻이었다.

야율단강은 이를 악물었다. 이젠 남아 있을 것 같지도 않은 공력을 더욱 많이 끌어올리려는 것일까?

"하압!"

야율단강은 기합을 내지르며 다시금 냉기를 바탕으로 호신강기를 발출했다.

반악은 아까처럼 물러나진 않았지만, 아주 잠깐 공세를 늦출 수밖에 없었다. 그리고 야율단강은 무리한 공력의 운용으로 입가를 타고 흐르는 피를 닦을 생각도 않고 그 잠깐의 틈새를 이용해 뒤로 몸을 뺐다.

그가 물러나자마자 달려간 방향은 멍하니 지켜보고 있던 증장천작과 다문천작 쪽이었다.

*　　*　　*

'저놈을 죽인다고 능사가 아니다.'

묵담향을 빼앗기 위해 몸을 날리는 야율단강은 스스로에게 그렇게 변명을 했다.

계속 싸운다면 반악을 죽일 수 있을 테지만, 이런 식의 승리는 자신과 어울리지 않는 모습이라고.

묵담향을 취해 인음전심경을 완성한 다음 더욱 강해진 힘으로 반악을 압도해서 승리해야 한다고.

단전에 끔찍한 고통이 느껴질 만큼 공력이 고갈되었는데 무리가 된다는 걸 알면서도 너무 고집스럽게 공력을 운용해 내상을 입었고, 그 탓에 더 이상 박빙으로 싸울 힘이 없어서, 그래서 반악과 싸워 이길 자신이 없어 물러난다는 사실을 무시해버렸다.

만약 그걸 인정하게 되면 자신이 그렇게 욕하고 무시했던 부친과 형들, 그리고 북해빙궁의 늙은이들과 다를 바가 없는 것이니까.

"젠장, 여잘 맡아!"

다문천작은 증장천작에게 묵담향을 떠넘기고 야율단강의 앞을 막아섰다.

"다문천작, 네깟 놈이 감히 본좌를 막겠다는 거냐!"

야율단강은 매섭게 소리치며 손을 뻗었고, 반악을 상대할 때와는 현격하게 떨어진 속도와 위력의 냉기 덩어리를 날렸다.

다문천작은 몸을 틀어 가까스로 냉기를 피했다. 그리고 특유의 경쾌한 신법을 이용해 야율단강의 좌우를 오가면서 검을 휘둘렀다.

카카카카캉-

마치 대여섯 명이 한꺼번에 공격하듯 십여 개의 검영이 생겨났지만 야율단강의 손이 만들어내는 방어를 뚫지 못했다. 고작 앞으로 나아가려는 그의 움직임을 아주 조금 늦췄을 뿐이었다.

그러나 다문천작의 노력은 반악이 벌어진 거리를 다시 좁힐 수 있는 시간을 벌어주었다.

스악-

다문천작을 물러나게 한 뒤 증장천작을 쫓으려고 했던 야율단강은 뒤통수를 강하게 두드리는 위험 신호에 반응하여 앞으로 힘껏 몸을 날렸다.

"……!"

야율단강은 피했다고 생각했지만, 왠지 모르게 허전한 왼쪽을 쳐다보고 심장이 떨어져 나가는 줄 알았다.

왼팔이 팔꿈치부터 보이지 않았던 것이다.

야율단강은 불신의 시선으로 반악을 쳐다보았고, 자연스럽게 그의 발치에 떨어져 있는 잘린 팔이 눈에 들어왔다.

"끄아아!"

그의 입에서 여인의 것 같기도 하고, 사내의 것 같기도 한 비명이 터져 나왔다.

반악은 냉소를 지으며 말했다.

"화나지? 그럼 다시 덤벼봐라."

반악은 야율단강의 강함이 필요했다.

그와의 싸움을 통해서 기억해 낼 수 없었던 무공의 새로운 경지를 명료한 정신 속에서 느끼기 시작했기 때문이었다.

비명을 멈춘 야율단강은 오른손으로 왼팔의 잘린 부위를 감싸 쥐었다. 그러자 그 부위가 하얗게 얼어붙으며 출혈이 멈췄다.

"네, 네놈이……."

야율단강은 새하얀 얼굴과는 상반되게 붉게 충혈된 눈동자를 번뜩이며 바드득거리는 소리가 날 만큼 이를 갈았다.

야율단강은 제정신이 아니었다. 팔을 잃었다는 사실이 그의 이성을 빼앗아버린 것이다.

"죽여 버리겠다!"

한이 서린 듯한 고함을 터트린 야율단강의 전신에게 엄청난 냉기가 뿜어졌다.

조금 전과 비교할 수 없이 많은 양의 붉은 피가 입가를 타고 흘러나온다는 건 단전과 몸 전체에 엄청난 부담을 주고 있다는 의미였지만, 조금도 개의치 않는 것 같았다.

그는 오직 반악을 죽이겠다는 생각밖에 하지 않고 있는 것이다.

'어디, 해보자.'

반악은 긴장하지 않았다.

오히려 호흡을 편안하게 내쉬며 몸과 마음을 부드럽게 풀려고 노력했다.

야율단강이 그를 향해 한 걸음 내딛었다. 그 발에 닿은 땅이 물이 번지듯 얼어붙고, 유리 깨지는 소리가 났다. 그리고 그의 옷도 조금씩 부서지며 땅으로 떨어지기 시작했다.

몸에서 발산되는 너무나 강력한 냉기 때문에 옷이 견디질 못하는 것이다.

반악은 그러한 외견상의 변화가 아니라도 야율단강에게서 뿜어지는 냉기가 이전에 비할 바 없이 강렬해지는 걸 온몸으로 느낄 수가 있었다.

하지만 두려움이 아니라 기대감만 더욱 상승했다.

그런데 갑자기 반악이 누군가의 행동을 만류하듯 손을 뻗었다.

"안……!"

스악-

반악을 향해 뛰어오르려고 했던 야율단강의 신형이 우뚝 멈춰졌다.

마지막 그의 표정을 보면 고개를 뒤로 돌리려고 했음이 분명했다. 하지만 그가 반악에게 모든 감각을 집중한 틈을 타 뒤로 접근한 다문천작에 의해 목이 완벽하게 잘린 상황에서는 불가능한 일이었다.

툭.

야율단강의 머리가 땅에 떨어졌다. 하지만 몸은 무너지지 않았다. 그 자신이 마지막까지 발출하던 강력한 냉기가 그의 몸을 얼음 조각상처럼 굳혀버렸기 때문이었다.

조금 전까지 엄청난 무위를 보여주었던, 천하에서 손꼽히는 명성을 가진 고수답지 않게 너무도 허망한 죽음이었다.

"후~"

다문천작은 길게 숨을 내쉬며 뒤로 한 걸음 물러났다.

온몸을 잔뜩 조이고 있던 두려움과 긴장감이 야율단강의 죽음과 함께 풀려버린 것이다.

"하하하, 잘했소! 다문천작, 정말 대단하오!"

증장천작이 안도와 기쁨의 웃음을 터트리며 다가왔다.

하지만 잠깐 사이에 다시 긴장하기 시작한 다문천작은 그를 쳐다보지도 않고 손을 올려 함부로 움직이지 말라는 신호를 보냈다.

증장천작은 왜 그러냐는 표정을 짓다가 다문천작의 시선을 따라 고개를 돌리고는 얼굴이 굳어졌다.

반악이 노여움으로 이글거리는 눈을 하고서 그들을 쳐다보고 있었기 때문이었다.

'왜 저러지?'

증장천작과 다문천작은 반악이 화가 난 것을 이해하지 못했다.

너무나 강력하고 무서운 공통의 적을 손쉽게 죽였으면 안도하거나 기뻐해야지, 저리 분노한 시선으로 쳐다볼 이유가 없는 것이다.

그들은 반악이 야율단강과의 싸움을 통해 무공 경지를 높이려 했다는 걸 모르고 있으니 어리둥절해 하는 게 당연했다.

'저놈들이 그 감각을 다시 느끼게 할 수 있을까?'

반악은 금방이라도 터져버릴 듯한 분노를 억누르며 잠시 고민을 했다.

야율단강에 비할 바는 아니지만, 다문천작과 증장천작의 실력이면 절대 만만히 볼 수 없는 수준이고, 꽤 힘겨운 싸움이 될 수 있지 않겠는가.

하지만 곧 생각을 접었다.

'기분이 안 나.'

야율단강은 그에게 흥이 나는 상대였다.

싸워보고 싶다, 마음껏 부딪쳐보고 싶다는 의지가 생기게 만드는 적수인 것이다.

그러나 왜인지 모르겠지만 다문천작과 증장천작에게서는 그런 느낌을 받지 못했다.

물론 막상 싸워보면 달라질지도 몰랐다.

'그러나…….'

묵담향이 증장천작에게 잡혀있다는 걸 간과할 수 없었다.

반악은 공격적인 자세를 풀고 박도를 도집에 넣었다.

금방이라도 자신들에게 덤벼들 것 같은 분위기여서 잔뜩 긴장하고 있었던 증장천작과 다문천작은 내심 안도의 한숨을 쉬었다.

분명 격렬한 싸움으로 인해 힘이 약화되었을 테지만, 그 무지막지한 위력을 보인 야율단강과 맞서고 물러나게까지 한 반악과 싸울 자신이 없었기 때문이었다.

반악은 증장천작을 쳐다보며 말했다.

"내놔."

증장천작은 어깨에 들춰 메고 있던 묵담향을 양손으로 잡으며 물었다.

"이 여자를 넘겨주면 우릴 공격하지 않는다는 걸 어찌 믿을 수 있소?"

다문천작은 내심 욕을 하며 증장천작을 쳐다봤다.

이럴 때일수록 강한 모습을 보이며 협상을 해야 하는데, 왜 처음부터 지고 들어가는 자세를 취한단 말인가.

'그렇게 똑똑한 척 굴더니만…….'

증장천작은 평소 이런 실수를 거의 하지 않았다.

그러나 지금은 애송이처럼 굴고 있으니 한심스러울 수밖에.

'하긴…….'

반악의 막강한 실력을 바로 눈앞에서 질리도록 봤는데, 그 앞에서 강한 척하기가 쉬운 일은 아닐 것이다.

"너희들의 목숨 따위엔 관심 없다."

반악의 매섭고 퉁명스런 대꾸에 당황한 증장천작이 바로 반박을 하지 못하자 다문천작이 대신 말했다.

"그래도 약조를 받아야겠소."

하지만 반악의 반응은 싸늘하기만 했다.

"너희들하고는 약조 같은 거 안 해. 죽기 싫으면 당장 그 여자를 넘겨."

자신들을 완전히 무시하는 반악의 태도에 내심 울화가 치밀어 올랐지만, 협상이 전혀 통하지 않는 상대란 것을 인정하지 않을 수 없었다.

그래서 다문천작은 증장천작에게 눈짓을 보내 묵담향을 바닥에 내려놓게 하고 두 사람은 뒤로 멀찍이 물러났다.

반악은 두 사람을 조금도 개의치 않는다는 듯 거침없이 다가와 묵담향을 집어 들었다.
다문천작이 말했다.
"떠나기 전에 내 말 좀 듣고 가시오."
"……?"
"교주가 죽었다는 말을 하지 마시오. 그럼 다시는 당신들을 쫓지 않겠소."
반악은 눈을 게슴츠레하게 뜨고 다문천작과 증장천작을 쳐다봤다.
그리고 뭔가 감추는 게 있다는 듯 똑바로 시선을 마주치지 않으려는 걸 보고 비웃음을 지었다.
'교주가 죽었으니, 둘이서 천부교를 나눠 먹겠다는 속셈이군.'
하지만 자신을 더 이상 귀찮게만 하지 않는다면 둘이 천부교를 삶아먹든 구워먹든 상관할 이유가 없었다.
"한 식경을 기다려줄 테니, 그 때까지 모두 데리고 산을 내려가 떠나라. 만약 내 말을 무시하고 계속 싸우겠다고 한다면…… 시산혈해가 뭔 뜻인지 너희들의 눈으로 직접 확인시켜 주겠다."
반악은 발설하지 않겠다는 확답도 주지 않고 등골이 오싹해지는 경고만 남긴 채 사라졌다.
"……."

남은 두 사람은 한동안 말이 없었다.

조금 뒤, 반악이 사라진 방향에서 시선을 떼고 얼음 조각처럼 서 있는 야율단강의 목 없는 시신을 쳐다본 증장천작이 침묵을 깨고 입을 열었다.

"다문천작은 저 정도의 나이에 빙혼나찰에 준하는, 아니, 그 이상의 실력을 가진 자에 대해서 들어본 적이 있소?"

"없소."

예상한 대답이었다.

하지만 증장천작은 다시 묻지 않을 수 없었다.

"그럼 저 자는 뭐란 말이오?"

"반로환동한 전대의 고수일지도 모르지."

증장천작은 다문천작을 빤히 쳐다보았다.

다문천작은 피식 웃었다.

"농담이었소."

그러나 증장천작은 웃지 않았다.

왠지 모르게 다문천작의 말이 농담으로 들리지 않았기 때문이었다.

하지만 곧 자신이 너무 심각하게 받아들였다는 생각에 피식 웃었다.

'반로환동 같은 게 가능할 리가 없지.'

누군지도 모를 전대 고수가 반로환동했다는 말보다는 반악 정도의 젊은 자가 빙군을 압도할 정도로 강하다는 게 더 현실감 있는 주장일 것이다.

'우리와는 비교도 안 될 천재인가보지.'

증장천작은 혼자만의 생각에 빠져 있다가 다문천작이 야율단강의 목 없는 시신으로 다가가 만지작거리는 걸 보고 의아하여 물었다.

"뭘 하는 거요?"

"아, 이게 진짜 유방인가 궁금해서 확인했소. 그리고 증장천작이 지금 당장 교주 노릇을 하려면 이 옷을 입어야 하잖소. 그래서 어떻게 벗겨야 할까 걱정이 되어 살펴봤소."

물론, 그 두 가지 이유 말고도 더 중요한 이유가 있었다.

'비급을 가지고 있지 않다면 자신의 거처에 숨긴 걸까?'

그는 야율단강이 이전에 비할 바 없이 강해진 게 새로운 무공을 익혔기 때문이라 생각했고, 혹시 그 무공의 비급을 품에 지니고 있는지 확인하기 위해서 몸을 살핀 것이다.

'만약 그렇다면 증장천작보다 더 신속하게 움직여서 손에 넣어야 한다.'

증장천작도 얼마 있지 않아 야율단강의 실력이 강해진 이유데 대해 강한 의문점을 느끼고 자신처럼 무공비급을 찾기 위해 혈안이 될 테니까.

"아무래도 이 옷을 벗기는 건 포기해야 할 것 같소."

"그럼 교도들에겐 무엇이라 설명을 해야 한다는 것이오?"

"일단 하늘님의 계시를 받아 기도에 들어갔다고 하고, 그 사이에 총단으로 가서 옷을 챙겨 입고 나와 교주로 행세하면 되지 않겠소."

"그거 좋은 생각이오."

"서두릅시다. 그자가 진짜 작정을 하면 이 산에 있는 교도들이 남아나질 않을 것이오."

"그런데 그자의 이름이 뭔지 아시오?"

"모르겠소."

증장천작은 어처구니가 없다는 듯 한숨을 내쉬었다.

"우릴 이 지경으로 만든 자의 이름도 모르니, 나 자신이 참으로 한심스러울 지경이오."

"이미 끝난 이야기를 후회해서 무엇 하겠소. 정 알고 싶으면 나중에 조사하면 되는 거고, 우선 아무도 발견하지 못하게 빙혼나찰의 시신을 처리하고, 서둘러 교도들을 데리고 하산합시다."

두 사람은 이제 곧 황보세가의 문제가 눈앞에 들이닥칠 거라는 걸 인식하고 야율단강의 몸과 머리를 땅에 묻은 뒤 급히 산 아래로 달려 내려갔다.

* * *

천부교의 무리가 동쪽으로 떠난 뒤 산을 내려온 반악 등은 저 멀리 양곡산을 뒤로 하고 서쪽으로 걸어가고 있었다.

아까부터 소매와 상의 곳곳에 묻어 있는 핏자국을 신경질적으로 문지르고 있던 염서성은 결국 상의를 뒤집어 입으며 물었다.

"이왕 이렇게 된 거, 우리도 황보세가와 합류해서 놈들과 싸워야 하는 거 아닙니까?"

그러자 견일이 뭔 헛소리를 하는 거냐는 듯 쳐다봤다.

"우리가 왜? 황보세가하고 맹약을 맺었기 때문에?"

"그것도 그렇고, 우릴 개고생시킨 놈들한테 제대로 한 방 먹여주지 않고 그냥 떠나는 것도 이상하잖소."

견일은 답답한 소리 하지 말란 표정으로 고개를 흔들었다.

"이상하긴 뭐가 이상해. 몇 번 치고받았다고 꼭 사생결단을 내야겠냐? 그런 식이면 무림에서 살아남는 사람은 아무도 없겠다. 따져보면 우리보다 천부교쪽이 더 화날 상황이야. 우릴 쫓다가 죽은 놈들도 적지 않고, 결국 교주까지 죽었잖아. 그리고 황보세가와 천부교가 싸우기 시작하면 언제 끝날지도 모르는데 무턱대고 끼어들어? 저번에 우리가 왜 그냥 떠났겠어. 황보세가는 우리가 없어도 알아서 잘 하는 애들이니까 그런 거야."

할 말이 없어진 염서성은 잠시 침묵하다가 묵담향에게 물었다.

"묵 소저, 둘 중에 누가 이길 거라고 보시오?"

"황보세가겠죠."

단순히 황보세가의 명성 때문에 하는 말이 아니었다.

최고 고수이고 교도들의 구심점인 교주가 양곡산 꼭대기에서 죽어버렸으니 천부교의 전력이 확연하게 급감했다고 봐야 하기 때문이었다.

물론 자신들이 함구하는 이상 교주가 죽었다는 게 알려지진 않겠지만.

갑자기 의문이 들었다.

'그들은 언제까지 교주의 죽음을 감추고 있으려는 거지…….'

묵담향은 뭔가 딴 생각에 빠진 듯한 표정을 하고 있는 반악에게 물었다.

"반 소협은 어찌 생각하나요?"

"묵 소저와 같은 생각이오. 하지만 한 가지 분명한 것은 싸움이 쉽게 끝나지는 않으리라는 것이오."

"왜죠?"

"교주가 죽었다고 해도 실질적으로 교를 운영하는 걸로 보이는 강력한 고수가 둘이나 살아 있기 때문이오. 그리고……."

두 사람이 교주의 죽음을 교도들에게 알리지 않고 있는 이상, 여전히 확고한 믿음 속에서 사는 교도들은 어떠한 상황에서도 천부교를 배반하지 않을 테고, 몸과 마음을 바쳐 싸우려 할 게 분명했다.

게다가 종교단체의 특성상 일반적인 무림의 신생 문파들처럼 구심점 역할을 하는 사람이 죽었다고 해서 모래성처럼 무너지진 않는다.

종교단체는 원래부터 눈에 보이는 사람이 아니라, 보이지 않는 존재를 구심점으로 여기며 모여든 무리니까.

그러니 전력상 우위에 있는 황보세가라고 해도 그러한 신념을 가진 교도들을 상대로 단기간에 결과를 내기는 쉽지 않을 것이었다.

"그들도 교주의 죽음으로 생겨날 파장을 잘 알고 있기 때문에 내게 말을 하지 말라고 했을 거요. 아니, 나와 힘을 합해 교주를 제거하자고 하기 전부터 이미 다른 계획을 세워 두고 있었을 가능성이 높소."

가만히 듣고 있던 견이가 물었다.

"주인님, 그럼 우리에겐 안 좋은 거 아닙니까?"

맹약을 맺은 문파가 다른 세력과 싸우느라 정신이 없으니, 반룡복고당이 원하는 활동을 해줄 여력이나 있겠냐는 의미의 물음이었다.

반악은 대답할 필요성도 못 느낀다는 듯 어깨를 으쓱였다.

그래서 묵담향이 대답해 주었다.

"그러한 상황도 그것 나름의 효과가 생겨날 거예요."

"……?"

"인접한 지역에서 두 세력의 대립이 생겨나면 그에 인접한 문파로서는 촉각을 곤두세울 수밖에 없지요. 언제 자신들에게 불똥이 튈지 알 수가 없으니까요. 물론 우리가 원하는 만큼의 효과를 얻지 못한다는 게 아쉽기는 하지만, 상황이 저러니 이 정도에 만족해야지 별수 없잖아요."

"주인님, 그래서 교주의 죽음을 황보세가에 알릴 필요가 없다고 하신 겁니까?"

"그것도 그렇고, 알려줘도 소용이 없어."

설사 알린다고 해도 별다른 반향도 일으키지 못할게 분명했다.

일단 천부교는 교주의 죽음에 대해 부인할 테고, 황보세가는 진실을 입증하지 못할 테니까.

견일 등은 고개를 끄덕이며 수긍의 표정을 지었고, 더 물을 게 없는지 자신들끼리 잡담을 하기 시작했다.

묵담향이 앞장서서 걸어가는 반악의 옆으로 다가가며 물었다.

"반 소협, 상처 난 부위는 괜찮은가요?"

야율단강과 싸우면서 입은 상처에 금창약을 바르는 등의 응급처치를 꼼꼼하게 해두기는 했지만, 묵담향은 아직도 마음이 놓이지 않는 모양이었다.

"괜찮소. 이 정도 상처쯤은 내게 아무것도 아니니 신경 쓸 필요 없소."

반악이 워낙 담담하게 반응하는지라 묵담향은 더는 묻지

않았다.

하지만 반악이 아까부터 상념에 빠진 듯한 얼굴이라 신경이 쓰이는 건 어쩔 수 없었다.

'무슨 생각을 하고 있는 걸까?'

사실 반악은 양곡산에서 있었던 일들을 생각하고 있는 중이었다.

'처음부터 사정을 봐주지 않았다면…….'

양곡산까지 물러나는 것은 어쩔 수 없었다고 해도, 소수의 인원으로 다수를 상대하기 용이한 지형이었던 양곡산 내에서 계속 물러나기만 했던 것은 전혀 그답지 않은 행동이었다.

아무리 묵담향의 시선을 신경 써야 했었다고 해도 말이다.

'예전의 나였다면 피해 다니는 것보다 산이 온통 시체로 뒤덮이는 쪽을 택했을 테지.'

그러나 이번에는 스스로 귀찮아지는 길을 선택했다.

'이런 내 행동이 좋은 건지 나쁜 건지 모르겠군.'

항마철불이 그에게 했던 말들이 스치듯 머릿속에 떠올랐다가 사라졌다.

'그가 내게 영향을 미쳤을까?'

확실히 영향을 주었다고 생각하진 않았지만, 아니라고 부정하지도 못했다.

'됐다. 그렇다고 해서 무슨 상관이랴.'

반악은 누구도 아닌 자신의 마음이 이끌어주는 대로 행동했다.

그 결정이 맞느냐 틀리느냐, 자신답냐 아니냐를 머리 아프게 고민하고 내린 결정이 아니라, 자연스럽게 생겨나는 의지를 따른 것이다.

'그거면 충분하지.'

반악은 고민을 멈췄다.

"묵 소저, 이렇게 가다가는 마을에 당도하기도 전에 아무런 준비 없이 노숙을 해야 할 거요."

해의 위치를 확인한 묵담향은 동감한다는 듯 고개를 끄덕였다.

"그렇겠네요."

"하지만 힘들더라도 경공을 사용해 달려가면 해가 지기 전까지 마을에 도착할 수 있을 거요."

묵담향은 반악의 의도를 눈치채고 한숨을 내쉬었다.

"절 안고 가야 한다는 뜻이군요."

"그렇소."

"알겠어요."

"이해해줘 고맙소."

반악은 익숙한 자세로 묵담향을 안아 들었다.

공력을 끌어올리며 준비를 하고 있는 견일 등에게 고개를 끄덕여 보인 반악은 먼저 서쪽으로 뛰기 시작했고, 견일 등도 곧장 그 뒤를 따라 달렸다.

*　　　*　　　*

반악 등이 떠나고 얼마 있지 않아서 어디서나 볼 수 있는 평범한 행색의 두 사내가 나타났다.

사궁삼호와 사궁사호.

그들은 오행궁 사궁주 육관명의 명을 받고 강소에서부터 반악 등을 뒤쫓아 다니고 있던, 일명 사궁조(四宮鳥)라 불리는 무리의 조원들이었다.

두 사람은 반악 등이 사라진 방향을 바라보며 이야기를 시작했다.

"마을이 나타날 때가지 달릴 셈인 거 같은데."

"그렇다면 충분히 기다렸다가 쫓아야겠군."

"성급히 쫓아갔다가 놈에게 들킬지도 모르니 어쩔 수가 없지."

"하여튼, 알아갈수록 대단한 놈이야. 천부교가 천라지망을 펼쳐 포위했음에도 결국 유유히 빠져나가다니."

"그렇게 집요하게 쫓던 천부교가 순순히 물러난 걸 보면 산 위에서 무슨 일이 있었던 게 분명해."

"그렇겠지. 조금 무리를 해서라도 따라 올라가 지켜볼 걸 그랬나?"

“그러다 걸리면 무슨 꼴을 당하려고. 사궁주님도 걸리지 말고 최대한 멀리서 지켜보라고 하셨잖아.”

“하긴. 사궁주님께서 우리에게 쫓으라 하신 것은 놈의 행보 정도만 알기 위해서지, 그 이상의 세부적인 걸 파악하고자 하시는 건 아니었을 거야.”

만약 반악과 그 무리를 꼼꼼하게 관찰하고 알아내려 했다면 겨우 자신들 두 사람만 보내지는 않았을 테니까.

“하지만 이제 좀 지겹군. 언제까지 이 짓을 해야 하는 건지도 기약이 없잖아.”

“그러게. 하지만 명을 받았으니 따를 수밖에.”

사궁삼호와 사궁사호는 조용히 육포를 씹으며 일 각 정도 기다렸다가 반악 등의 흔적을 따라 적당히 빠른 걸음으로 서쪽을 향해 움직였다.

第三十七章

하남 동쪽 기현, 신시(申時, 오후3~5시) 무렵.

허름한 짐마차를 탄 반악과 일행들이 마을 입구에 들어섰다.

"이곳은 신기할 정도로 번성한 마을이군요."

묵담향은 넓고 길게 뚫린 대로와 그 좌우로 반듯하게 자리 잡은 건물들, 오고가는 수많은 짐마차들을 쳐다보며 감탄한 표정을 지었다.

그녀는 이곳처럼 깨끗하고 잘 정비된 마을을 본 적이 없었다.

염서성이 동감한다는 듯 고개를 끄덕였다.

"사람들의 표정이 다른 곳들과 비교할 수 없이 밝은 것 같소. 여긴 진짜 살기 좋은 마을인 모양이오."

여름의 뜨거운 태양빛 아래에서 땀을 뻘뻘 흘리면서도 짜증스런 표정 없이 열심히 일하고 있는 사람들.

그만큼 자신들의 일에 자부심과 만족감을 느끼고 있고, 마을의 체계와 환경이 그들을 잘 뒷받침해주고 있다는 뜻이 아니겠는가.

"제일 먼저 보이는 객잔으로 가라."

반악의 지시를 받은 견일은 알겠다고 대답하고 고삐를 옆으로 흔들었다.

"어서 오십시오."

마차를 객잔에 딸린 마구간에 맡기고 안으로 들어서자 주인이 밝게 인사를 건넸다.

반악의 눈짓을 받은 염서성이 앞으로 나섰다.

"방 세 개가 필요한데, 있소?"

주인은 의아한 시선으로 쳐다봤다.

여자가 한 명 있으니 두 개는 그럴 만하다 싶지만, 굳이 세 개까지 빌릴 필요가 있는가 싶었던 것이다.

'무림인들 같은데, 돈이 많은가 보군.'

"당연히 있지요."

"보다시피 우리 모두 씻어야 하니까 목욕물도 넉넉하게 준비해주시오."

"알겠습니다. 그럼, 식사는 어찌 하시겠습니까?"

"우선 씻고 내려와 먹겠소."

"목욕물을 준비하려면 시간이 조금 걸릴 텐데요?"

염서성은 반악을 돌아보았다.

그러자 반악은 묵담향을 쳐다보았다. 자신들은 남자니까 괜찮지만, 여인으로서 외모를 신경 쓰지 않을 수 없는 그녀가 결정 하라는 의미였다.

"그렇다면 먹고 올라가도록 하죠. 왠지 씻고 나면 바로 쓰러져 잠들 것 같아요."

산동의 서쪽 작은 마을에서 대충 갈아입을 옷과 짐마차를 구한 뒤, 덜컹거리는 마차 안에서 기껏해야 선잠이나 취하며 이틀 동안 거의 쉬지도 않고 이동해왔으니 피곤한 게 당연했다.

반악은 고개를 끄덕였다.

"그럽시다.

점소이가 자리로 안내하겠다며 다가왔다.

반악은 바로 따라가지 않고 계산대에 기대서서 주인에게 물었다.

"녹류산장으로 가려면 어디로 가야 하오?"

순간 주인의 얼굴에서 경계의 빛이 빠르게 나타났다가 사라졌다.

반악은 이상하다 싶었지만 그냥 모르는 척하고 대답을 기다렸다.

"대로를 따라 위쪽으로 쭉 가다보면 대해표국이라고 있습니다. 거기가 녹류산장이 운영하는 곳입니다."

주인은 그 정도의 설명이면 충분하다 여겼는지 입을 다물었다.

아니면 혹시라도 무림인들의 일에 개입되어 곤란을 겪게 될까봐 몸을 사리는 걸까?

'녹류산장의 위치가 아니라 그곳이 운영하는 표국의 위치만 알려준다는 건…… 모르는 사람에게 함부로 말해줄 수 없다는 거겠지.'

반악은 녹류산장이 이곳 기현에서 차지하는 영향력이 꽤 크다는 걸 짐작할 수가 있었다.

'하긴 하남을 대표하는 소림의 속가제일문이니까.'

사실 그래서 반악과 일행이 바로 녹류산장의 위치를 수소문해 찾아 가지 않고 먼저 객잔에 들른 것이다.

대등한 협상을 하려면 외견부터 그에 맞는 격을 갖추어야 한다. 그러나 양곡산에서의 싸움과 오랜 여정으로 지친 몸 상태로는, 그리고 지저분한 옷차림과 허름한 짐마차를 타고는 그럴 수가 없었다.

첫 만남부터 만만한 인상을 줄 수는 없다고 할까.

그래서 먼지와 때를 말끔하게 씻어내고, 좋은 옷으로 갈아입고, 타고 갈 마차도 새로 준비한 다음 녹류산장을 방문할 생각인 것이다.

"간단하게 요기할 만한 걸로 빨리 갖다 주시오."
반악은 주문을 하고는 묵담향 등이 앉은 자리로 걸어갔다.
"주인님, 객잔 주인이 영 이상한데요?"
견일 등이 그들을 살피듯이 힐끔 거리는 주인의 시선을 인식한 것이다.
"신경 쓰지 마."
반악이 대수롭지 않다는 반응을 보이자 나머지도 주인의 시선을 그냥 무시해버렸고, 조금 뒤 점소이가 가져온 음식들로 배를 채우고 이층 객방으로 올라갔다.

* * *

유시(酉時, 오후5~7시) 초 무렵.
가부좌 하고 앉아 운기와 명상에 집중하고 있던 반악이 눈을 떴다.
그리고 조금 뒤 누군가 문을 두드렸다.
똑똑.
"손님, 잠시만 나와 주시겠습니까?"
객잔 주인이었다.
반악은 침상에서 내려와 문으로 걸어갔다.
끼익.
문을 열자 살짝 긴장하고 있는 주인의 얼굴이 나타났다.

반악은 그가 왜 나와 달라고 하는지 대략 짐작하고 있었기에 담담한 음성으로 물었다.

"산장에서 사람이 왔소?"

"……!"

당황한 주인은 자신이 녹류산장의 사람들을 불렀다는 걸 눈치챈 반악이 분노하여 해코지라도 할까 두려웠는지 얼른 뒤로 물러났다.

반악은 피식 웃으며 물었다.

"그들은 어디 있소?"

이 때 옆방의 문이 열리고 견일 등이 밖으로 나왔다.

그들은 난간 밖으로 고개를 내밀어 아래층을 내려다보고 반악에게 눈짓을 보냈다.

아래층에 있다는 의미였다.

반악은 긴장하여 말도 못하는 주인을 지나쳐 아래층으로 내려가는 계단 쪽으로 걸어갔다. 견일 등도 그의 뒤를 따랐다.

일층엔 사람들이 적지 않았지만 말소리 하나 들리지 않았다. 뭔가 심상치 않은 분위기를 느낀 것이리라.

반악은 중앙의 탁자 쪽으로 걸어갔다.

주인이 알려주진 않았지만, 반악은 그곳에 앉아 있는 사람들이 녹류산장의 사람들이란 것을 알 수가 있었던 것이다.

반악은 탁자 앞에 멈춰 서서 실망스런 표정을 지었다.

탁자에는 사내들 다섯이 앉아 있었다. 그 중 네 명은 건장

하고 단단한 체구에 매서운 인상을 한 이십대 초반의 청년들이었다. 하지만 반악은 그들을 보고 있지 않았다.

그가 쳐다보는 자리엔 청년들보다 훨씬 더 어려보이는, 외모도 곱상하게 생긴 사내가 앉아 있었다. 옷차림, 자세, 표정 등으로 판단할 때 그가 무리를 대표하고 있는 게 분명했다.

그리고 그 점이 반악을 실망시킨 것이다.

"어리군."

무게감도 느껴지지 않는 애송이가 나타나다니.

반악의 말이 마음에 들지 않는지 사내의 얼굴이 굳어졌다. 그러나 화를 내진 않았다. 오히려 좌우에 앉은 청년들이 뭐라 그러려는 걸 손을 들어 막았다.

'아주 애송이는 아니군.'

사내는 반악의 뒤에 선 견일 등을 빠르게 훑어 보고나서 물었다.

"난 녹류산장의 서문학찬이오. 그쪽은?

"반룡복고당의 반악이오."

'반룡복고당? 반악?'

서문학찬은 내심 고개를 갸웃거렸다.

어디선가 들어본 이름들 같은데 기억이 나지 않았기 때문이었다.

반악은 서문학찬의 표정을 보고 그가 반룡복고당에 대해

모른다는 걸 눈치챘다.

'녹류산장은 안휘의 정세에 대해 관심이 없는 건가?'

그렇다면 별로 좋은 상황은 아니었다.

평소 관심도 없는 사람들을 설득하기란 쉽지 않은 일이니까.

하지만 청년들 중 하나가 반룡복고당은 안휘에서 거룡성에 저항하는 단체라고 서문학찬에게 설명해주는 걸 보면 다행히도 그 정도는 아닌 모양이었다.

서문학찬은 의구심이 완전히 가시지 않은 듯하면서도 호기심어린 표정을 지으며 물었다.

"당신들이 녹류산장의 위치를 물었다고 하던데, 맞소?"

"맞소."

"안휘에 있다는 반룡복고당의 당원들이 녹류산장에는 무슨 용건이오?"

"당신보다 윗사람과 논할 문제요. 그러니 돌아가시오."

탕!

서문학찬이 주먹으로 탁자를 내리치자 마음을 졸이며 지켜보고 있던 손님들이 깜짝 놀라며 어깨를 움츠렸다.

그리고 하나둘씩 자리에서 일어나 객잔을 나가기 시작했다. 괜히 싸움이라도 일어나면 무슨 낭패를 당할지 모르기 때문이었다.

"난 무시당할 사람이 아니오."

왠지 어린애 투정처럼 들려서 반악은 내심 고소를 지었다.

아마도 평소 쌓인 게 좀 있었던 모양이었다.

좌우에 있던 청년들이 서문학찬이 녹류산장의 넷째 공자이니 함부로 말하지 말라고 경고했다.

"설사 당신이 녹류산장의 넷째 공자가 아니라고 해도 무시할 생각이 없소. 그리고 당신이 누구이건 상관없이, 내 용건은 장주에게 있소. 그러니까……."

반악은 어깨를 으쓱였다.

애초부터 장주하고만 이야기할 생각이었는데, 더 무슨 설명이 필요하겠냐는 표현이었다.

그러나 서문학찬은 수긍하지 못한 모양이었다. 아니, 반악의 태도에 기분이 더 상한 듯했다.

그는 비웃음을 지으며 말했다.

"당신이야말로 착각하지 마시오. 아버지가 아무나 만날 수 있는 분인 줄 아시오?"

"그건 내 문제니 내가 알아서 하리다."

서문학찬은 또 무시를 당했다고 생각했는지 신경질적으로 반응했다.

"당신들이 기현에 있으니 나의 문제이기도 하오!"

"……."

"그리고 당신들이 어떤 의도로 아버지를 만나려고 하는지도 알지 못하는데, 내가 이대로 그냥 돌아갈 것 같소?"

반악 등을 믿지 못하겠다는 뜻이었다.

"잠시 기다려주세요."

서문학찬의 시선이 소리가 들려온 이층으로 향했다.

그곳에는 막 잠에서 깨어나 가볍게 세수를 하고 나온 묵담향이 있었다. 그녀는 서둘러 계단을 내려왔다.

"전 반룡복고당 당주님을 대리하고 있는 묵담향이라고 해요."

묵담향이 등장하고부터 뭔가 멍한 표정을 짓고 있던 서문학찬은 급히 일어나서 포권을 취했다.

그 때문에 좌우에 있던 청년들도 분분히 일어나야만 했다.

"반, 반갑소, 묵 소저. 본인은 서문학찬이라 하오."

단지 인사를 했을 뿐인데도 서문학찬의 낯빛이 살짝 붉어졌다.

반악은 내심 웃었다.

'원래 여자 앞에서 부끄러움을 잘 타는 건가? 아니면……'

묵담향이기 때문에 긴장을 한 것일까.

"앉으세요."

"고, 고맙소."

묵담향은 자리에 앉으면서 서문학찬이 보지 못하게 반악을 향해 눈을 흘겼다.

자신을 왜 깨우지 않았냐는, 그리고 왜 서문학찬의 기분을 상하게 만들었냐는 의미의 시선이었다.

반악은 고개를 돌려 그 시선을 피했고, 묵담향은 언제 그랬냐는 듯 서문학찬에게 미소를 지어보였다.

"먼저 반 소협이 공자님의 기분을 상하게 했다면 제가 대신 사과를 드릴게요. 그러나 결코 공자님을 무시해서가 아니에요. 원래부터 말투가 투박한 사람인데다 저희의 목적에 대해서 함부로 발설하지 말라는 당주님의 당부가 계셨고, 또 당주님의 대리자로서 책임을 져야 할 제가 없었기 때문에 대화를 회피하다보니 공자님께 오해를 사게 된 것이에요."

묵담향의 설명에도 반악을 쳐다보는 서문학찬의 곱지 않은 시선은 달라지지 않았다.

그러나 묵담향이 재차 이해해달라고 말하자 시선을 마주하지도 못하고 머리를 긁적이며 알겠다고 대답했다.

'뭐야, 이 녀석은?'

반악은 코웃음이 나오려는 걸 간신히 참았다.

묵담향이 애써 바로잡은 분위기를 망칠 수는 없는 노릇이었으니까.

"나름의 사정이 있어 지금 이 자리에서 저희가 찾아온 이유에 대해서 말씀드릴 수는 없어요. 그러나 절대 사특한 마음을 가지고 온 게 아니란 걸 알아주세요. 기현에 도착하여 바로 녹류산장을 찾아가지 않은 것도, 최소한의 예의라도 갖추어 방문을 하기 위해서일 뿐, 불순한 의도가 있어서가 아니었어요."

"그렇다면야 안심이 되는구려."

반악을 상대할 때는 그렇게 자존심을 세우고 딱딱하게 굴더니만, 지금은 마치 딴사람이라도 된 듯이 너무나 쉽게 수긍을 했다.

"그럼, 오늘 이 자리는 이것으로 파했으면 좋겠는데, 공자님은 어떻게 생각하시나요?"

서문학찬은 잠시 머뭇거리다가 슬쩍 시선을 들어 묵담향을 쳐다보며 물었다.

"묵 소저께선 내일 본 산장을 찾아오실 생각이시오?"

"준비를 마치고 정오 정도에 나서려고 했어요."

"그럼 내일 정오쯤에 내가 여기로 와서 묵 소저의 길잡이 역할을 해드리겠소."

"그래주시면 저와 일행들로서는 매우 감사드릴 일이죠. 하지만 괜한 수고를 끼치는 게 아닌지 걱정이 드네요."

서문학찬은 얼굴을 붉히며 쑥스러운 미소를 지었다.

"주인이 손님을 맞이하는데 그 정도쯤이야 너무도 당연히 해야 할 일이 아니겠소."

서문학찬은 자리에서 일어나고, 청년들도 따라 일어섰다.

"묵 소저, 그럼 내일 다시 뵙겠소."

"조심히 돌아가세요, 서문학찬 공자님."

묵담향이 객잔 입구까지 배웅을 하고 돌아오자 반악은 어이가 없다는 듯 말했다.

"정말 이상한 녀석이오."

견일 등과 염서성도 같은 생각이라는 듯 고개를 끄덕였다.

하지만 묵담향은 공감할 수 없는 모양이었다.

"가는 말이 고와야 오는 말이 고운 거예요. 서문학찬 사공자의 나이가 어리다고, 반 소협이 너무 무시하듯 말을 하니 기분 나빠 하는 게 당연하죠."

"누가 무시를 했다는 거요?"

"반 소협의 평소 말투를 생각하면 어찌 말을 했을지 뻔하잖아요."

반악은 승복할 수 없다는 듯 반박했다.

"그 녀석, 내 앞에서는 별 것도 아닌 말에 욱해서 콧대를 높이 세우다가, 묵 소저의 앞에서는 새색시처럼 얼굴 붉히는 걸 보시오. 내 말투에 문제가 있는 게 아니라, 원래부터 괴상한 놈이란 말이오."

"사공자와 같은 나이 때는 대부분 저래요. 이제 한창 이성에 눈을 뜰 때라 여자 앞에서 당당하지 못하고, 부끄러움을 많이 탄다고요. 이상한 게 아니라 그게 오히려 정상이에요."

일반적이고 정상적인 성장 과정을 겪어보지 못했던 반악으로서는 선뜻 이해할 수 없는 말이었다.

그래서 반악은 묵담향의 말이 맞느냐는 듯 견일과 염서성을 쳐다봤다.

"생각해보니 그런 것 같기도 한데요, 주인님."

"하긴, 제대로 겪어보기 전에는 여자들이 완전 딴 세상 사람처럼 보였죠."

"나도 나도."

"지금 생각하면 여자라고 해서 크게 다를 게 없었는데, 그때는 왜 그리 긴장을 했었던 건지 모르겠다니까요."

염서성과 견일 등도 묵담향의 말에 힘을 실어주자 반악은 말문이 막혔다.

"그리고 본인 스스로도 잘 알고 있겠지만, 반 소협의 말투 자체가 공격적이에요. 사공자 뿐만이 아니라, 그 누구라도 반감을 가지게 만드는 말투라고요."

"……."

"그러니 이제껏 그래왔듯이 이번 임무에 있어서도 모든 대화를 나에게 맡겨 주세요."

반악은 반박할 말이 없었기에 알겠다고 대답했다.

"올라가 잘게요."

묵담향은 얼마 자지도 못하고 깨어난 상태라 참았던 하품을 하며 이층 객방으로 올라갔다.

그녀만큼은 아니었지만 견일 등도 피곤한 건 마찬가지였기에 일어날 기미도 보이지 않는 반악을 원망스레 쳐다봤다.

'아, 졸려. 안 주무실 거면 우리 먼저 올라가라고 하시든지…….'

결국 견일이 나머지의 소리 없는 압력에 떠밀려 말했다.

"주인님, 저희도 이만 올라가 자겠습니다."
"너희들이 할 게 있다."
견일 등은 내심 욕을 했다.
지금껏 아무 말 않고 있다가 난데없이 무슨 할 일이 있다는 말인가.
염서성이 살짝 도전적인 어투로 물었다.
"급한 일입니까?"
반악은 염서성을 날카롭게 쳐다봤다.
"급하지 않은 일이라고 하면 안 할래?"
염서성은 내심 움찔 하며 고개를 흔들었다.
"그럴 리가 있겠습니까. 주인님의 명이라면 당연히 해야죠. 저희들이 뭘 하면 될까요?"
견일 등은 그러면 그렇지, 하는 시선으로 염서성을 쳐다보며 내심 헛웃음을 지었다.
"우선 좋은 마차를 구하고, 내일 입을 깔끔하고 적당히 고급스런 옷과……."
그 외에 반악에게 필요한 몇 가지 물품을 구해오라고 말했다.
"그리고 녹류산장의 평판에 대해서 알아봐. 이번처럼 득달같이 찾아오지 않도록 드러나지 않게 조용하고 은밀히."
순간 견일 등의 눈빛이 빠르게 교차했다.
"주인님, 제 생각에, 매우 객관적이고 솔직한 평판을 얻고자 한다면 그 지역의 주점과 기루를 둘러보는 게 제일 좋을 것 같습니다."

반악은 피식 웃었다.

조금 전까지 피곤해 죽겠다는 표정을 했으면서, 술과 여자를 탐닉할 기회가 오자마자 딴 사람이 된 듯이 생기가 충만한 눈빛을 번뜩이고 있으니, 어찌 웃지 않을 수 있겠는가.

하지만 최근 여러 가지로 애를 쓰고 꽤 고생을 한 그들에게 하룻밤 정도의 자유와 일탈 정도는 허락해줘도 괜찮을 듯싶었다.

"정보를 제대로 수집하기만 한다면 어딜 가든 상관없다. 하지만 여기 치안이 꽤 엄한 것 같으니 자잘하게라도 사고 치지 말고, 늦지 않게 들어와라."

"명심하겠습니다, 주인님."

견일 등과 염서성은 희희낙락한 표정이 되어 객잔을 나섰다.

"……."

이층으로 올라가기 위해 일어서던 반악은 문득 창밖을 보고 다시 앉았다.

달이 떠 있었다.

크고 새하얗게 빛나는 반쪽의 달.

아무런 연관도 없는데, 괜스레 누군가의 모습이 떠올랐다.

기분이 이상해졌다. 우울함인지, 짜증인지, 그리움인지, 분노인지 명확하게 설명을 하기가 어려운 기분이었다.

이런 기분으로는 운기도, 명상도, 잠을 자는 것도 제대로 할 수 없을 것 같았다.

반악은 텅 비어버린 일층 구석에 멍하니 앉아 있는 주인을 불렀다.

"주인장."

"……."

"주인장."

"아, 예!"

"모태주 있소?"

"있긴 있습니다만……."

주인은 다른 술과 비교할 수 없이 비싼데 괜찮겠냐는 말을 차마 하지 못했다.

괜히 그 말을 했다가 자신을 무시하냐고 화를 내며 칼이라도 휘두를까 염려가 되었기 때문이었다.

반악은 주인의 속내를 알아채고 품에서 다섯 냥짜리 은원보를 꺼내 탁자에 올려놓으며 말했다.

"일단 모태주 한 병 가져오시오. 그리고 각기 고기, 생선, 야채를 주재료로 해서 만든 세 가지 요리를 가져오되, 느끼하지 않고 담백하게 만들어 오시오."

저녁 장사는 날렸다는 생각에 의기소침했던 주인은 활짝 웃었다.

"금방 가져다 드리겠습니다, 손님!"

*　　*　　*

다음날 진시(辰時, 오전7~9시) 무렵.

반악은 견일 등에게 어젯밤 기현의 상가들과 술집, 기루를 폭넓게 돌아다니며 수집한 녹류산장의 평판에 대해 듣고 있었다.

"……습니다. 분명히 말씀드릴 수 있는 건, 이렇게 평판이 좋은 무림문파는 처음이란 겁니다. 상인들은 물론이고, 일꾼들을 비롯해서 기녀들까지 누구 한 명 욕하거나 불평하지 않고 녹류산장을 칭찬하더군요. 기현에 그 흔한 하오문 하나 없는 것도 녹류산장 때문이고 합니다. 그들은 행패를 부리거나 약자를 착취하는 무리들을 절대 용납하지 않는다고 하더군요. 여기 사람들은 억울한 일을 당하거나 도움이 필요하면 관가가 아니라 녹류산장을 찾아갈 정도라 하니 말다 한 거죠."

견일은 무림에 진정 이런 문파가 존재할 수 있을 것이라고는 생각도 못했기에 혹시라도 후환이 두려워 말을 못하는 게 아닌가 싶어서 취객과 기녀들을 취하게 만들어 몇 번이나 확인했지만, 그들의 대답은 한결같고 변함이 없었다고 했다.

'의협을 실천하는 문파라…….'

반악은 어제 만났던 서문학찬을 떠올리며 내심 고개를 갸웃거렸다.

서문학찬의 성정과 태도를 보면 그 정도로 평판 높은 문파의 공자처럼 보이진 않았기 때문이었다.

'하지만 천이서생 그 늙은이가 녹류산장의 장주를 팔성(八星)의 일인인 진성(軫星)으로 꼽은 것엔 다 그만한 이유가 있겠지. 어쨌든, 오늘 가보면 진위여부를 알 수 있을 테니까.'

"나가봐."

견일 등은 졸린 눈을 비비며 방을 나갔고, 반악은 그들이 사온 옷으로 갈아입고 침상에 가부좌하고서 운기와 명상에 집중했다.

*　　*　　*

정오가 되기 전에 눈을 뜬 반악은 자고 있던 견일 등을 깨운 뒤, 이미 아래층에 내려가 기다리고 있던 묵담향과 가볍게 식사를 끝내고 차를 마시며 서문학찬이 오기를 기다렸다.

일 각 뒤, 서문학찬이 객잔에 들어섰다.

그러나 왠지 그의 표정이 밝지 않았다. 뭔가 불만스러우면서도 주눅이 든 모습이라고나 할까.

모양새를 보아하니 같이 객잔에 들어선 사내 때문인 모양이었다.

사내는 서문학찬과 달리 크고 단단한 체구에 각진 얼굴, 사내다운 분위기를 풍기고 있었다. 하지만 그러면서도 뭔가 닮은 구석이 보였는데, 알고 보니 그는 서문학찬과 형제 사이로, 대해표국의 표두로 일하고 있는 장주의 둘째 아들이었다.

"서문왕성이라 하오. 어제 막내가 찾아와 소란을 피우고 불편을 끼쳤다고 들었소."

서문학찬은 대해표국으로 돌아가자마자 객잔의 이야기를 이미 전해 듣고 방에서 기다리고 있던 서문왕성으로부터 크게 질책을 받았다.

그에게 아무 말도 않고 함부로 표사들을 데리고 나가서 누군지도 모를 사람들을 만난 것도 그렇지만, 험악한 분위기를 조성하여 객잔에 피해를 끼쳤다는 점 때문이었다.

서문왕성은 서문학찬에게 눈짓을 했다.

그러자 서문학찬은 별로 내켜하지 않는 듯 축 처진 어깨를 하고 앞으로 나서서 반악에게 포권을 취하고 머리를 숙였다.

"반 소협에게 함부로 행동한 것에 사과드리오."

반악은 묵담향을 힐끔 쳐다보고는 마주 포권을 취했다.

"나의 잘못도 있으니 서로 비긴 것으로 합시다."

서문학찬은 고맙다고 말하며 서문왕성의 뒤로 물러나 객잔 주인에게도 사과하기 위해 계산대 쪽으로 갔다.

“인사가 늦었네요. 전 반룡복고당의 묵담향이라고 해요.”

상황이 일단락되었다 생각한 묵담향이 앞으로 나서서 자신을 시작으로 견일 등을 차례로 소개하고, 녹류산장을 방문해 장주를 뵙고 싶다고 정식으로 요청을 했다.

“이미 산장에 여러분들의 방문을 통보했고, 아버님께서도 만나겠다는 답문을 보내셨소. 그러니 지금 우리와 함께 가도록 합시다.”

묵담향은 서문왕성의 제안을 흔쾌히 받아들였고, 무리는 어제 견일 등이 마련한 마차를 타고서 대로를 따라 동쪽으로 이동했다.

*　　*　　*

녹류산장은 기현의 동쪽 청록산 자락에 위치하고 있었다.

거대한 규모는 아니었지만, 멀리서 봐도 고풍스러움과 전통이 물씬 풍겨 나오는 모습의 산장이었다.

마차는 천천히 속도를 줄여 정문으로 들어서자마자 멈춰 섰고, 무리가 마차에서 내리기를 기다리고 있던 종복이 달려와 고삐를 잡고 마구간으로 끌고 갔다.

“이쪽으로 오시오.”

서문학찬은 모친에게 인사를 드리러 가야 한다며 묵담향에게 나중에 다시 보자는 말을 남기고 오른쪽 담장으로 사라지고, 서문왕성이 무리를 왼쪽 담장 문으로 이끌었다.

그들이 또 다른 담장 문으로 들어설 때 왼쪽 멀리서 수십 명이 내지르는 기합소리가 들려왔다.

'근처에 연무장이 있는 모양이군.'

반악은 소림의 속가제일문답게 힘찬 기합소리라고 생각했다.

헌데, 반악이 연무장 쪽을 쳐다보자 서문왕성이 진지한 표정으로 물었다.

"한번 가서 보시겠소?"

반악은 어리둥절해 했다.

자신이 아무리 손님이라지만, 최대한 타인에게 드러나지 않게 해야 할 자파의 무공 수련을 구경해보겠냐고 묻다니.

'우리에게 자신들의 힘을 과시하려고 하는 건가?'

하지만 필요에 의해 찾아온 건 자신들이고, 녹류산장은 자신들이 왜 찾아왔는지도 모르는 마당에 꼭 그럴 필요가 있을까, 하는 의구심이 들었다.

염서성이 깊은 관심을 드러내며 물었다.

"우리가 봐도 되는 거요?"

"지금 하고 있는 수련은 외인에게 보여도 상관이 없소."

서문왕성이 문제가 되지 않는다고 하자 염서성은 보고 싶다는 간절함이 담긴 표정으로 반악을 쳐다봤다.

외공에 있어 천하에서 제일이라고 알려진 소림의 무공을 직접 보고 싶어 하는 것은 그가 익힌 무공의 특성 때문이리라.

직접 배우는 것만큼은 아니겠지만, 눈으로 보는 것만으로도 적지 않은 경험을 얻게 될 테니까.

반악도 녹류산장의 수준이 어느 정도인지를 알고 싶다는 마음에 고개를 끄덕였다.

"방해가 되지 않는다면 부탁드리겠소."

"이쪽으로 따라오시오."

기대감 가득한 염서성과 반악 등은 서문왕성을 따라 연신 힘찬 기합성이 들려오는 쪽으로 움직였다.

*　　*　　*

연무장에는 대략 삼십 명 정도의 장정들이 웃통을 벗은 채, 힘찬 기합과 함께 땀을 뻘뻘 흘리며 주먹을 내지르고, 쿵쿵 소리가 날 만큼 발을 구르고, 때론 맹호처럼 뛰어오르며 수련에 열중하고 있었다.

감탄한 표정으로 둘러보던 묵담향이 고개를 갸웃거리며 물었다.

"저기 단상에 동자승이 있네요. 소림의 분들과 같이 온 건가요?"

묵담향이 가리킨 단상은 보통 수련을 책임지는 사람이 서 있는 곳이었다.

헌데, 무공사범은 보이지 않고 승복처럼 보이는 회색 장삼에 빡빡 깎아 파릇한 머리를 하고 있는 아이만 보였던 것이다.

그녀는 아이가 힘들게 수련하는 장정들과 대비되는 존재인지라 물은 것이었지만, 서문왕성이 당혹스럽다는 표정을 짓자 자신이 뭔가 실수 했다는 걸 깨달았다.

하지만 무슨 실수를 했는지를 알 수가 없어 두루뭉술하게 사과할 수밖에 없었다.

"죄송해요. 제가 말을 잘못 한 모양이군요."

"내막을 모르는 사람이면 착각을 할 수도 있으니, 묵 소저의 잘못이라 할 수는 없소."

"……?"

"단상에 계신 분은 나의 형님이시오."

"……!"

묵담향은 어리둥절한 표정을 지었다.

견일 등도 이해할 수 없다는 반응이었다. 그들의 눈에는 기껏해야 열 살을 조금 넘을까 싶은 아이로 보였기 때문이었다.

그러나 반악은 무슨 뜻인지 바로 알아챘다.

"소인증이군."

소인증(小人症).

주유증(侏儒症), 소체증(小體症), 유치증(幼稚症)이라고도 불리는 병에 걸려 보통 사람보다 성장이 늦어서 어린아이의 체구를 지니게 되는데, 보통 그런 이들을 왜인(矮人) 또는 왜자(矮者), 혹은 난쟁이란 말로 얕잡아 부르기도 했다.

녹류산장의 대공자 서문유강은 과거 잔혹마 시절의 반악에 준하는 장애를 갖고 있었던 것이다.

염서성이 뭔가를 기억해내고 물었다.

"녹류산장의 일공자라면…… 저 아이, 아니, 저분이 만봉철벽이란 말이오?"

만봉철벽(萬棒鐵壁).

말 그대로 만 개의 봉을 휘둘러 쇠처럼 단단한 벽을 만든다고 할 정도로 봉술 실력이 뛰어나다고 하는, 최근 이름을 알리기 시작한 무림의 후기지수들 중에서도 손에 꼽히는 인물이었다.

소림에서조차 속가제자에 불과한 그를 굉요 대사님 이후 최고의 무재라고 공공연히 말을 할 정도로 미래가 밝은 신진 고수인 것이다.

헌데, 그런 인물이 무림인으로서는 치명적인 장애를 갖고 있었다니.

서문왕성은 염서성의 반응이 흔히 있는 일이라는 듯 담담하게 확인해주었다.

"형님의 별호가 만봉철벽이 맞소."

염서성은 경탄어린 시선으로 단상을 응시했다.

서문유강에 대해서 잘 몰랐던 견일 등과 묵담향도 새삼 관심 있게 쳐다봤다.

그러나 반악은 무덤덤했다.

저러한 장애를 갖고 그처럼 뛰어난 실력과 높은 명성을 얻었다는 건 대단한 일이지만, 그렇다고 특별히 감탄할 이유는 없었으니까.

무엇보다 반악 자신이 만인의 비난을 받을 정도의 장애를 딛고 천하의 고수로 꼽혔기 때문에 별 감흥이 없었고, 한편으로는 장애가 있긴 하지만 녹류산장과 소림사라는 거대하고 듬직한 배경을 등에 업고 성장했을 거라는 생각에 서문유강을 크게 인정할 수 없다는 마음이라고나 할까.

그런데 서문왕성이 반악의 표정을 살피며 이상한 말을 했다.

"반 소협은 별로 놀라지 않는 걸 보니, 이미 내 형님에 대해 알고 계셨던 모양이오?"

"몰랐소. 만봉철벽이란 별호도 처음 듣소."

"……!"

"내가 몰랐다는 게 이상하오?"

서문왕성은 왠지 기분이 상한 듯한 표정으로 고개를 끄덕였다.

"같은 잠룡에 꼽힌 반 소협이 내 형님을 몰랐다고 하니 이해가 가지 않아서 그렇소."

마치 반악이 서문유강을 모르는 것은 그를 무시하고 있기 때문이 아니냐는 어투였다.

그러나 반악은 어리둥절했다.

"잠룡? 그게 뭐요?"

"반 소협은 천이서생이 꼽은 오인잠룡을 모른단 말이오?"

오인잠룡(五人潛龍).

최근 천이서생 등현목이 천하의 고수가 될 재목으로 손색이 없다고 평가한 다섯 명의 신진고수를 지칭하여 부른 말이었다.

만봉철벽 서문유강은 봉룡(棒龍), 철심무정협객 반악은 의룡(義龍)이었다.

'의룡?'

반악은 헛웃음이 나오려는 걸 간신히 참았다.

'그 늙은이가 미쳤군.'

안휘에서 철심무정협객이란 별호가 붙어 나도는 것도 황당할 지경인데, 그 별호가 하남까지 퍼진데다 의룡이란 새로운 별호까지 생겨나다니.

게다가 천이서생이 천하의 후기지수로 꼽았으니, 이제 전 중원에 그의 이름과 별호가 널리 퍼져나갈 게 분명했다.

'혹시 철심 어쩌고 하는 별호도 그 늙은이가 만들어서 퍼트린 거 아냐?'

산적들이 노호채를 찾아간 그의 의도를 잘못 이해하여 만든 것이라 여겼는데, 가만 생각해보니 산적들이 그렇게 유식한 별호를 생각해냈다는 게 영 어색하게 느껴졌다.

게다가 자신들에게 피해를 준 사람을 칭송하듯이 거창한 별호를 붙여준다는 것도 이상하지 않은가.

반악은 결국 모든 게 천이서생의 짓이라고 결론을 내렸다.

"하긴 천이서생이 오인잠룡을 언급한지 한 달도 채 되지 않았으니, 반 소협이 모를 수도 있겠구려. 미안하오, 내가 오해를 했소."

"괜찮소."

하지만 담담한 대답과 달리 반악은 짜증이 나는 것을 드러내지 않기 위해 노력하는 중이었다.

'조만간 늙은이를 찾아내서 쓸데없는 짓을 하지 못하게 단단히 주의를 줘야겠어.'

과거에는 추귀라고 불러 기분을 상하게 하더니, 이제는 원치도 않는 협객이니 의룡이니 하는 별호를 붙인단 말인가.

물론, 천이서생은 추귀와 의룡이 같은 사람이라고는 생각도 못하고 있을 테지만.

조금 뒤 서문왕성이 그만 가자고 하여 모두 문 쪽으로 돌아섰다.

'응?'

반악은 뒤통수가 따가울 만큼 강렬한 시선을 느끼고 뒤를 돌아봤다.

수련에 열중하는 장정들이 한눈을 팔 리가 없기에 단상을 쳐다보았다. 하지만 서문유강은 이전과 다름없이 수련하는 장정들에게 집중하고 있었다.

'분명 시선이 느껴졌었는데…….'

반악은 이상한 기분을 완전히 떨치지 못한 채 문을 빠져나가는 일행의 뒤를 쫓아 걸어갔다.

*　　*　　*

반악 등은 서문왕성을 따라 열 명 정도가 들어가도 넉넉할 만큼 커다란 방에 들어섰다.

"어서 오시게. 내가 장주인 서문열홍일세."

팔성(八星)의 일인인 진성(軫星)이자 녹류산장의 장주 서문열홍.

자리에서 일어나 포권을 취하며 시원스럽게 인사를 건넨 서문 장주는 서문왕성이 나이가 들면 저렇지 않을까, 싶은 외모의 장년인이었다.

그리고 그의 옆에는 역시 비슷한 외모의 셋째아들 서문만준이 있었다.

형제들 중 서문학찬만이 부친이 아니라 모친을 닮은 모양이었다.

"인사드리겠어요. 저는……."

늘 그러했듯 묵담향이 대표로 나서서 자신의 이름과 일행의 이름을 밝히며 인사를 했다.

특히 반룡복고당의 존재적 정당성과 녹류산장과의 동질성을 강조하기 위해 반악이 남궁세가의 전인임을 밝혔는데, 서문 장주는 기대만큼의 반응을 보여주지 않았다.

남궁세가의 멸문을 안타깝게 생각했는데 맥이 끊어지지 않아 다행스런 일이군, 하는 정도의 간단한 표현이 끝이었다.

"앉으시게."

서문 장주가 자리를 권하자 묵담향과 반악이 마주볼 수 있는 반대쪽 자리에 앉고, 견일 등과 염서성은 호위처럼 그 뒤에 섰다.

그러한 모습을 통해 상하관계를 짐작한 서문 장주는 견일 등은 왜 앉지 않느냐고 묻지 않았다.

서문만준이 직접 묵담향과 반악에게 차를 따라주고 돌아와 앉자 서문 장주가 물었다.

"저 멀리 안휘에서 찾아와 날 만나고 싶어 한 이유가 무엇인가?"

의미 없는 인사말과 겉치레적인 이야기를 꺼내지 않고 본론으로 들어가는 걸 보면 서문 장주는 매우 소탈한 성정을 가진 인물임이 분명했다.

그래서 묵담향도 부차적인 설명 없이 단도직입적으로 녹류산장의 도움을 청했다.

자신들은 거룡성에 맞서 싸우는데 지금으로선 정면대응 할 만한 전력이 아니니 그들의 힘을 분산시킬 방법이 필요하고, 그래서 녹류산장이 반룡복고당과 맹약을 맺고 서쪽 지역에서 거룡성과 긴장관계를 조성해주길 바란다고 말이다.

그리고 이미 산동과 강소의 대표적인 문파 두 곳이 자신들과 맹약을 맺었다는 걸 밝혔다.

"거절하겠네."

묵담향은 당혹감을 느꼈다.

단박에 응할 것이란 기대는 하지 않았지만 최소한 생각할 시간을 달라느니, 조금 더 숙고해 보겠다느니, 맹약을 맺으면 자신들에게 어떤 이득이 있냐는 정도의 대답이나 물음이 나올 줄 알았기 때문이었다.

그런데 논할 필요도 없다는 듯 이렇게 단박에 거절을 하다니.

"하지만 서문 장주님. 작금의 안휘 무림은 거룡성에 의해 피폐해지고 있습니다."

묵담향은 거룡성이 저지르고 있는 횡포에 대해서 설명하려 했다.

그러나 서문 장주는 손을 내저으며 그녀의 말문을 막았다.

"반룡복고당은 그런 말을 할 자격이 없네."

"……."

"거룡성이 안휘의 패자가 되면서 많은 문제들이 일어났다고는 하나, 남궁세가가 주인 노릇을 할 때도 조용하지만은 않았어. 그리고 아무리 거룡성에 의해 안휘 무림이 피폐해져가고 있다고 해도, 그들이 한창 패권싸움에 열중할 때만큼은 아닐 걸세. 자네들은 인정할 수 없겠지만, 지금 안휘는 안정기로 접어들고 있네. 그러나 반룡복고당이 그들의 횡포를 막고 과거 자신들이 누렸던 것들을 되찾겠다는 이유로 다시금 안휘를 싸움판으로 만든다면 많은 사람들이 지금의 평화를 그리워할 만큼 고통을 겪게 되겠지."

"그러나……."

"내게 옳고 그름을 말하고 싶은가? 거룡성은 사파고, 반룡복고당은 정파라고 이야기하려는 건가?"

"……."

"녹류산장은 개파한 이후 쭉 정도를 추구해왔지만, 현실 자체를 무시한 적은 없었네. 앞뒤를 살피지 않고 편협한 감정에만 치우쳐 옳고 그름을 따지는 정의가 얼마나 부질없고 위험한 것인지 잘 알고 있기 때문이야. 그러니 내게 어쭙잖은 의와 협을 말하지 말게나."

묵담향은 내심 한숨을 내쉬었다.

소림사의 속가제일문이라는 명성, 구김살 없어 보이는 기현의 사람들, 잘못한 것에 대해 망설임 없이 사과할 줄 아는 서문왕성의 태도를 보면서 이제까지 거쳐 왔던 문파들보다 수월하게 설득할 수 있을 것이라 생각한 것은 대단히 큰 착각이었다.

'의를 내세워 설득하려고 했던 것 자체가 실수인지도…….'

차라리 처음부터 문파의 이득을 논하고, 안휘가 하나의 세력에 의해 좌지우지 되었을 때 인접한 녹류산장에도 이로울 것이 없다는 식으로 이야기를 할 걸 그랬다는 후회가 일었다.

묵담향은 혹시 반악에게 서문 장주를 설득할 방도가 있지 않을까 싶어 무슨 말이든 해보라고 눈짓을 보냈다.

허나 반악은 그녀의 남은 기대마저 사라지게 만들었다.

"잘 알겠소. 이 이상의 논의는 의미가 없는 듯하니 우린 이만 떠나겠소."

서문 장주는 새삼 흥미롭다는 시선으로 반악을 쳐다봤다.

'천이서생의 안목은 확실히 남다르군.'

말을 많이 한 것도, 본신의 무공을 드러낸 것도 아니지만 반악은 그의 눈에도 범상치 않은 무게감을 지닌 인물이었던 것이다.

물론 남궁세가의 유일한 전인이란 점도 그러한 평가를 내리는데 영향을 주었다.

"회담의 성사여부를 떠나 손님들이 먼 길을 지나 내 집까지 왔는데, 식사 한 끼도 대접하지 않고 그냥 돌려보낸다면 사람들이 나를 예의도 모르는 사람이라 욕할 걸세. 그러니 오늘 하루 머물며 여정의 피로를 풀고 빈 속을 채운 뒤에 내일 떠나는 게 어떻겠나?"

반악은 별로 내키지 않았으나 거절을 하기도 전에 묵담향이 그러겠다고 대답을 해버렸다.

"주인의 청을 거절하는 것도 예의가 아니니, 오늘 하루 신세를 지도록 하겠어요."

그녀는 서문 장주를 설득하는 걸 아직도 포기하지 않고 있는 게 분명했다.

"셋째가 객실로 안내해줄 걸세."

반악 등은 곧 서문만준과 함께 방을 나섰다.

*　　*　　*

서문 장주와 서문왕성은 반악 등이 방을 나가고도 자리를 지키고 앉아 조용히 차를 마셨다.

반각 쯤 흘렀을까.

방문이 열리고 누구라도 동자승이라 착각할 외모의 서문유강이 안으로 들어왔다.

서문유강은 서문왕성의 맞은편 자리에 앉으며 말했다.

"이야기가 일찍 끝난 모양이군요."

말투는 성숙했으나 목소리는 변성기를 겪지 않은 소년처럼 가늘고 여렸다.

서문 장주가 손수 차를 따라주며 회합의 내용을 이야기해

주었다.

"의룡이라 하는 그 철심무정객이 쉽게 수긍을 하더구나. 살짝 건방져 보이기는 하지만, 태도에 가식이 없는 게 마음에 들어서 하루 묵고 가라 했다."

"아버님이 칭찬을 하신다면 분명 뛰어난 인물이라 할 수 있겠지요."

"이미 천이서생이 인재라 칭하며 세상에 알린 아이를 칭찬한 것뿐인데, 어찌 내 안목의 고하를 따질 수 있겠느냐."

서문유강은 반박 하지 않고 미소를 지었다.

어린아이의 그것처럼 순진무구해 보이면서도 원숙함이 느껴지는 미소였다.

"아버님, 청이 있습니다."

외모는 어린애 같아도 서문유강은 평소 부탁이란 것을 잘 하지 않는 독립심이 매우 강한 아들이었기에 서문 장주의 얼굴에 의아함이 떠올랐다.

"말해 보거라."

"보름 전 산장에 찾아와 아들의 죽음을 하소연한 오 노인의 이야기를 들으셨습니까?"

오 노인은 가죽신을 만들며 작은 상점을 운영하는 장인인데, 기현뿐만이 아니라 근방에서 실력이 가장 좋기로 유명한 직공이었다.

그래서 장주를 비롯한 녹류산장의 사람들 대부분이 오 노인에게 신발을 주문해 신고 있었다.

그런 그에게는 아들이 두 명 있었는데, 그 중 첫째가 두 명의 일꾼과 함께 석 달에 한 번씩 가죽신을 짊어지고 하남 곳곳을 오가며 신발을 팔고 있었다.

사실 오 노인은 작은아들처럼 묵묵히 기술을 배우는 데만 힘쓰지 않고 보부상 노릇을 하려는 것이 썩 내키지 않았으나, 그가 만든 신발이 얼마나 좋은지 더 많은 사람들에게 알리고 싶다는, 그래서 그가 하남에서 제일 유명해지는 걸 보고 싶다는 큰아들의 생각이 기특해서 막지 않았던 것이다.

헌데, 얼마 전 같이 떠났던 일꾼들이 초췌한 몰골로 돌아와, 그의 큰아들이 원양현으로 가기 위해 배를 타고 황하를 건너던 중 수적 떼를 만나 목숨을 잃었다는 안타까운 소식을 전했다.

오 노인은 깊은 슬픔 속에서도 뭔가를 하기 위해 사방으로 뛰어다녔다.

하지만 기현뿐만이 아니라 관할권을 가진 중모의 관부에서 조차 아무런 노력도 하지 않은 채 잡을 방도가 없다며 손을 놓았고, 관부에는 더 이상 하소연할 길이 없던 오 노인은 마지막 희망을 가슴에 품고 녹류산장을 찾아와 아들의 억울한 죽음을 토로했던 것이다.

"소자는 오 노인의 슬픔과 눈물을 모른 척 해서는 안 된다고 봅니다."

"우리가 나서서 황하의 수적을 토벌하자는 말이냐?"

"어려운 일이 되리란 것은 잘 알고 있습니다. 그 아들을 살해했다고 하는 수적들을 찾아내는 것부터가 쉽지 않은 일일 겁니다. 그러나 최소한 오 노인의 아픔을 보듬어 줄 수 있을 정도의 노력은 해야 하지 않겠습니까. 전 오 노인에게 피붙이가 억울하게 죽어도 위로받을 곳 하나 없을 만큼 세상이 척박하지 않다는 것을 알려주고 싶습니다."

서문 장주는 고심을 하는 듯 눈을 감고 아무 말도 하지 않았다.

이 때 서문만준과 서문학찬이 방으로 들어왔다.

"무슨 일 있습니까?"

서문학찬이 무겁게 가라앉은 분위기에 의아해하며 물었다.

서문왕성이 간략하게 오 노인에 대한 이야기를 해주었고, 모두 조용히 부친의 입이 열리기를 기다렸다.

잠시 뒤 눈을 뜬 서문 장주가 물었다.

"몇 명이면 되겠느냐?"

"수적들의 정확한 규모도 모르는 상태에서 그들을 대대적으로 토벌한다는 것 자체가 요원한 일이니, 오 노인의 아들을 죽인 자들만 찾아 책임을 묻는 선에서 그쳐야 할 것입니다. 그래서 스무 명 정도면 적당하다고 봅니다."

이 때 서문왕성이 자신도 함께 가겠다고 말했다.

"오 노인이 만든 신발을 신고 다니면서 모른 척할 수는 없는 일이지요."

그러자 서문만준도 끼어들었다.

"저 역시 오 노인의 신발을 신고 있으니 형님과 같이 가야겠습니다."

서문유강은 부친을 쳐다보았다.

그의 입장으로야 동생들이 같이 가준다면 천군만마를 얻은 듯 든든한 일이겠지만, 위험한 일임이 분명하기에 독단적으로 허락할 수는 없지 않은가.

부친의 분명한 허락이 필요한 것이다.

서문 장주는 갑자기 호탕한 웃음을 터트렸다.

"하하하, 내 아들들이 하나 같이 호방하고 의협심이 높으니 내일 죽는다 해도 조상님들께 부끄럽지가 않겠구나!"

"허락해주시는 겁니까?"

"당연히 허락하고말고. 이참에 녹류산장이 약자의 어려움을 방관하지 않는, 용담호혈과 같은 문파란 것을 만방에 알리고 오도록 해라."

"걱정 마십시오, 아버님."

서문왕성과 서문만준은 황하의 수적들을 모두 때려잡아 녹류산장의 이름을 떨치고 오겠다고 목소리를 높였다.

헌데, 서문유강의 청은 한 가지가 더 있었다.

"아버님, 이번 여정에 반 소협을 데리고 갔으면 합니다."

"의룡을? 흠, 한 명의 고수라도 더 있다면 나쁠 것이야 없겠지만, 그가 너와 같이 갈 이유가 없지 않느냐."

"함께 가서 수적들과 싸우는 조건으로 맹약을 맺어주겠다고 하면 거절하지 않을 겁니다."

서문 장주의 표정이 살짝 굳어졌다.

이미 그가 거절한 일을 다시 뒤바꾸란 말이 아닌가.

다른 세 형제는 부친의 기분이 상했나 싶어 숨을 죽였다.

"넌 우리가 반룡복고당과 맹약을 맺어야 한다고 보는 것이냐?"

"맺을 이유는 없지만, 맺지 않을 이유 또한 없다고 생각합니다."

"나 역시 같은 생각이고, 그래서 거절을 했다. 헌데, 철심무정객의 도움을 받겠다고 의미도 필요도 없는 맹약을 맺자는 것이냐?"

"외람된 말씀이지만, 맹약을 조건으로 이번 일에 반 소협을 동행시키고자 하는 것은 소자의 개인적인 욕심 때문입니다."

아우들은 살짝 놀랐다.

그들이 알고 있는 서문유강은 욕심하고 담을 쌓은 사람이었으니까.

직계가 아니면 아무도 모르는 사실이지만, 오 년의 속가생활을 끝내고 소림 방장의 적극적인 권유로 다시 오 년을 더 소림에 머물다가 귀환한 서문유강은 가문의 후계구도에서 완전히 물러나겠다고, 가문이 가진 이권을 관리하는 직무와 업무에도 일절 개입하지 않겠다고 선언을 했다.

심지어 의식주마저 녹류산장의 일공자라 생각할 수 없을 만큼 너무나 소박한, 마치 수도하는 고승과 같은 생활을 하고 있는 그가 개인적인 욕심이라 말하다니.

"알겠다."

서문왕성 등은 다시 놀랐다.

부친 역시 서문유강의 성정을 알고 있는 이상 개인적인 욕심이란 말에 의문을 느껴야 하고, 그 내막을 물어야 정상이 아니겠는가.

그런데 아무런 물음도 던지지 않고 수긍을 하다니.

'아버님은 뭔가 짐작하고 계신 거라도 있는 걸까?'

왠지 그런 느낌이 들었다.

아니면 평소 부탁을 잘 하지 않고 거의 무욕에 가까운 삶을 살고 있는 큰아들의 청이라 무조건적으로 들어주는 건지도 모르지만, 아무래도 전자의 이유가 더 그럴 듯하게 여겨졌다.

"네가 원한 일이니, 반 소협에게는 네가 직접 가서 제안을 하거라."

"알겠습니다. 그리고 허락해주셔서 감사합니다."

"아버님, 저도 형님들과 같이 가겠습니다."

서문학찬의 갑작스런 선언에, 서문 장주는 난감한 표정을 지었다.

서문유강 등도 당혹스럽다는 얼굴로 그를 쳐다봤다.
서문 장주는 고개를 내저었다.
"넌 안 된다."
"저 역시 아들을 잃은 오 노인의 아픔에 분노를 느끼고 있습니다."
"그 마음만으로도 충분하다."
서문학찬은 승복할 수 없다는 듯 눈에 힘을 주었다.
"저는 아버님의 아들이 아닙니까? 형님들의 아우가 아닙니까?"
"학찬아!"
너무 도발적인 물음이라 서문왕성 등은 깜짝 놀라 소리쳤다.
하지만 서문학찬은 조금도 굽히지 계속 이야기했다.
"저 역시 서문 씨 성을 물려받았습니다. 소림사에서 오 년의 속가생활을 마쳤고, 두 달 전에는 성년이 되기도 했습니다. 그런데 왜 안 된다고 하시는 겁니까?"
서문 장주는 막내아들의 주장 자체가 곤란하기 그지없다는 듯 고개만 내저었다.
서문학찬은 서문유강을 쳐다보았다.
"큰형님도 제 무공실력을 인정하지 않으셨습니까. 제 실력이 아직은 형님들만 못하지만, 제 몸 하나 건사할 정도는 됩니다. 설사 수십 명의 수적들을 대적하게 된다고 해도 충분히 상대할 자신이 있습니다. 그러니 큰형님이 아버님께

절 데려가겠다고 말씀 좀 해주십시오."

서문유강도 난처하기는 마찬가지였다.

서문학찬의 참여는 단순히 나이가 차고 어디서든 제 몫을 할 정도의 실력이 된다는 정도로 허락하기가 어려운 사정이 있다.

그러나 서문유강의 입장으로는 그에 대해 단도직입적으로 이야기를 할 수가 없었다.

왜?

어려운 사정이란 것은 서문학찬을 보물처럼 아끼는 모친이 용납하지 않을 거란 점 때문이었으니까.

그녀가 서문학찬을 얼마나 아끼고 보호하려고 하느냐 하면, 직계의 사내아이가 열 살이 되면 소림사에서 오 년간 속가제자로 무공을 수련해야 한다는 녹류산장의 전통에 따라 서문 장주가 서문학찬을 소림사에 보내려고 하는 것까지 막으려고 했을 정도였다.

시어머니를 비롯하여 산장의 어른들까지 나서서 그녀의 고집을 꺾으려고 했지만, 소림 무승을 초빙하여 가르치면 되지 않느냐고 주장하며 일주일 동안 물만 마셔가며 단식을 하기까지 했다.

그래도 서문 장주가 안 된다고 하며 서문학찬을 소림사에 보내자, 기도와 시주를 핑계로 친정집 드나들 듯이 뻔질나게 소림사를 찾아갔고, 그녀의 열성에 탄복한 소림사 방장이 서문학찬 몰래(하산할 무렵에야 알게 되었다) 멀리서나마 지켜 볼 수 있도록 허락하며 승방을 내주기까지 했으니, 그녀가 서문학찬을 염려하는 마음이 어느 정도로 대단한지는 누구라도 짐작하고 남음이 있지 않겠는가.

그러나 서문유강은 어린 동생의 자존심이 상할까 걱정이 돼서 노골적으로 이유를 말 할 수가 없었다.

하지만 서문왕성과 서문만준은 달랐다.

"이 녀석아, 어머니가 절대 허락을 하지 않으실 거란 걸 너도 잘 알고 있지 않느냐."

"그래, 네 마음은 알겠다만, 아버님이나 형님이나 우리가 결정할 수 있는 문제가 아니란 말이다."

서문만준의 말에 서문 장주는 헛기침을 하며 서문학찬의 시선을 외면했고, 서문유강은 난처한 기색을 감추지 못한 채 어색한 미소만 짓고 있었다.

그만큼 서문 장주의 아내이자 녹류산장의 안주인인 윤 부인에 대한 이야기는 거론하기 난처하고 민감한 부분이었던 것이다.

서문유강에게는 더욱 그러했으니, 이유인즉 그가 윤 부인의 친아들이 아니기 때문이었다.

그는 형제들 중에서 가장 연장자였지만, 서문 장주의 첩이었던 임 부인에게서(서문유강이 어릴 때 병으로 죽었다) 태어난 서자였다.

그나마 녹류산장이 전통적으로 태생에 차별을 두지 않았기에 장애까지 있는 그가 큰 마음고생 없이 지금에 이를 수 있었던 것이다.

하지만 표면적으로 드러나지 않았을 뿐, 그와 윤 부인 사이에는 보이지 않는 벽이 존재했다.

그 벽은 서문 장주가 손을 댈 수 없고, 서문유강이 노력한다고 해서 치워버릴 수도 없는, 윤 부인이 스스로 허물지 않는 이상 절대 사라지지 않을 그런 벽이었다.

어머니의 이야기가 나오자 살짝 기가 죽었던 서문학찬은 곧 결심을 굳힌 듯 말했다.

"어머니는 제가 설득할 수 있습니다."

서문 장주와 서문유강은 내심 한숨을 쉬었고, 서문왕성과 서문만준은 헛웃음을 터트렸다.

"네가 어머니의 고집을 몰라서 하는 소리냐? 말도 되지 않는 소리 하지 말고 포기해라."

"게다가 네가 그런 식으로 자꾸 억지를 부리면 어머님이 이번 토벌 자체를 반대하고 나설지도 모른단 말이다. 그러니 오 노인을 안쓰럽게 생각한다면 제발 물러나 있어라."

서문학찬은 화가 난다는 듯 입술을 악물었다.

그러나 더는 같이 가겠다거나 모친을 설득하겠다는 말을 하지 않았다.

서문 장주는 결국 포기하고 마음을 돌린 것이라 여기고,

내심 안도하며 일어섰다.

"우리가 나설 것이란 이야기가 밖으로 나가면 그 소문이 황하까지 전해져 이를 들은 수적들이 몸을 사릴 가능성도 충분히 있다. 오 노인은 내가 따로 불러 설명하고 일이 마무리될 때까지 함구하라 당부를 할 것이니, 너희들도 무사들을 선별하고 여정을 준비하는 데 있어서 함부로 입을 놀리지 말고 은밀히 진행을 해야 할 것이니라."

"명심하겠습니다, 아버님."

서문 장주는 잘 하리라 믿는다는 격려의 말을 남긴 뒤 서문학찬과 함께 방을 나갔고, 서문유강 등은 한 식경 가량 각자 해야 할 일들에 대해 간단히 의견을 나눈 뒤, 내일 다시 모여 세부적으로 이야기를 하기로 하고 방을 나섰다.

* * *

꿀꺽.

묵담향은 답답하다는 듯 가득 채운 술잔을 단번에 비워버렸다.

쪼르르.

벌써 석 잔을 연이어 마셨음에도 부족한지, 다시 잔을 채운 묵담향은 침상 위에 가부좌한 채 눈을 감고 있는 반악을 빤히 쳐다보았다.

하지만 그녀가 방 문을 두드렸을 때 들어오란 말만 하고 미동도 하지 않았던 반악은, 일 각여의 시간이 흘렀는데도 여전히 아무런 반응을 보이지 않았다.

"정말 반 소협이 무슨 생각을 하고 있는지 모르겠어요."

"……."

"서문 장주님이 그렇게 단박에 거절을 할 거라고는 나도 예상하지 못했어요. 하지만 그리 쉽게 수긍해버리고 떠나겠다는 말을 하다니요."

"……."

"혹시 녹류산장에 대해서 내가 모르는 이야기라도 들은 게 있나요? 안 좋은 이야기에요? 그래서 할 마음이 생기지 않았나요?"

그래도 대꾸가 없자 살짝 짜증이 난 묵담향은 다시 술잔을 비웠다.

문득 어제의 일이 떠올랐다.

'혹시 사공자와 생긴 문제 때문인가?'

하지만 곧 고개를 흔들었다.

그녀가 알고 있는 반악은 그 정도로 속이 좁은 사람이 아니었고, 무엇보다 이미 사과까지 받아서 끝난 일이 아니던가.

"반 소협, 사람 답답하게 만들지 말고 무슨 말이든 해보세요."

반악이 눈을 뜨고 물었다.

"술은 어디서 난 거요?"

"시녀에게 부탁했더니 바로 가져다주더군요."

"그렇게 술을 마시는 건 기분이 나빠져서요, 아니면 몸에서 한기가 느껴져서 그런 거요?"

묵담향은 잠시 대꾸하지 않다가 반악의 시선을 회피하며 말했다.

"지금 그게 중요한 게 아니잖아요."

"대답하기 꺼려하는 걸 보니 한기 때문인 모양이군."

그러고 보면 묵담향은 이상할 정도로 술을 자주, 그리고 잘 마셨는데, 다 그만한 이유가 있었던 것이다.

"반 소협이야말로 화제를 바꾸려 하지 말아요."

반악은 침상에서 내려와 짐을 뒤적거리더니 견일에게 사오게 했던 지필묵을 꺼내들었다.

그리고 한쪽 탁자에 앉아서 뭔가를 적고, 그리기 시작했다.

반악이 등을 돌리고 앉아서 볼 수가 없던 묵담향은 술잔을 비우며 물었다.

"뭘 하는 건가요?"

반악은 돌아보지도 않고, 계속 쓰고 그리면서 말했다.

"묵 소저가 태어나고 자랐다는 마을에 대해 이야기해 보시오."

"그건 왜요?"

"듣고 싶소."

"이야기해주지 않으면 내 물음에도 대답하지 않을 건가요?"

"그렇소."

묵담향은 한숨을 내쉬고는 자신의 고향이 어디이고, 그곳의 풍경과 그곳에서 살아가는 사람들의 생활에 대해서 설명을 했다.

말을 하다 보니 추억이 새록새록 떠오르는 듯 그녀가 어린 시절에는 어디서 어떻게 놀았고, 또 얼마나 즐거웠는지에 대해서 이야기 했다.

"그 때는 뭘 하든지 재밌고, 행복했었죠. 아마도 순수했기 때문일 거예요."

"지금은 순수하지 않단 말이오?"

"이런 나이에 순수할 리가 없잖아요."

"내가 볼 때 당신은 충분히 순수하오. 그런 점 때문에 무림에는 어울리지 않아서 문제지만."

묵담향은 반박하지 않고 쓴웃음을 지으며 잔에 술을 따랐다.

"이제 대답해 봐요. 왜 바로 수긍해버린 거죠?"

반악은 잠시 붓을 멈췄다가 곧 다시 움직이며 말했다.

"특별한 이유는 없소. 단지 그가 설득이 될 사람이 아닌 것 같아서 하지 않았소."

"그리 생각하게 된 것에 어떤 근거라도 있나요?"

"글쎄. 이번에는 그냥 육감을 따랐다고 해야겠지. 물론 녹류산장에 대해 알게 된 이야기들이 약간의 영향을 준 것도 있지만."

반악은 견일 등이 알아낸 녹류산장의 평판에 대해 이야기해 주었다.

가만히 듣고 있던 묵담향은 한숨을 내쉬며 고개를 끄덕였다.

"반 소협의 말이 맞는 것 같네요. 어떤 말을 해도 설득할 수 없었을 거예요. 그 이야기를 진작 해주지 그랬어요?"

"그때는 확신하지 못했소. 묵 소저의 말에 서문 장주가 어찌 반응하고, 무슨 말을 하는지 들어봐야겠다고 생각해서 고의로 말해주지 않은 거요. 묵 소저도 서문 장주와 이야기해 보지 않았다면 지금처럼 금방 수긍하진 않았을 게 분명하오."

즉, 무림에 이런 문파가 있을까 싶을 정도로 평판이 좋은 녹류산장의 장주가 어쭙잖은 의와 협을 말하지 말라고 했을 때 그의 성향이 어떠하다는 걸 확신하게 된 것이다.

묵담향은 힘이 빠진 표정으로 잔에 술을 따랐다.

"왠지 맥이 빠지네요. 반 소협도 한잔하겠어요? 안주가 필요 없을 만큼 맛이 좋아요."

"서문 장주와 저녁 식사를 해야 하잖소."

묵담향은 웃으며 말했다.

"어차피 거절당했는데, 잘 보여야 할 필요는 없잖아요."

원래는 식사를 하면서 설득할 방도를 찾아보려고 했었지

만, 반악의 말을 듣고 그녀도 완전히 포기를 해버린 것이다.
반악은 잠시 고민했다.
'어제 마시긴 했지만, 오늘 또 마신다고 해서…….'
새삼 몸 상태를 걱정할 필요는 없지 않은가.
그런데 문득 마지막으로 여자와 술을 마시고 생겨났던 일이 떠올랐다.
부용설과 있었던 일이 말이다.
"난 됐소."
"반 소협도 거절인가요? 오늘 내 운수가 별로인 모양이네요."
묵담향은 쓴 웃음을 지으며 술병을 들고 일어났다.
자리를 옮겨 계속 술을 마실 생각인 걸까, 아니면 그만 마시고 자신의 방으로 돌아가 쉬려는 걸까.
궁금하기는 했지만 반악은 묻지 않았다.
헌데, 바로 그 때 누군가 방문을 두드렸다.

* * *

"반 소협, 안에 계시오?"
어른스런 말투였지만, 어린아이의 성향을 가진 기묘한 목소리였다.
묵담향은 자신이 잘못 들었나 싶어서 고개를 갸웃거렸지

만, 반악은 짐작되는 사람이 있어 누구냐 묻지 않고 들어오라고 말했다.

문이 열리고 서문유강이 방안으로 들어왔다.

그는 묵담향이 안에 있는 줄 모르고 들어왔기에 살짝 놀랐다가 얼른 포권을 취했다.

"서문유강이라 하오. 그런데 내가 두 분의 시간을 방해 한 것 같구려. 나중에 다시 찾아오겠소."

무슨 소리인가 싶었던 묵담향은 곧 그 의미를 깨닫고 얼굴을 붉히며 손사래를 쳤다.

"우린 그런 사이가 아니니 오해 마세요. 그냥 당의 일에 관련하여 대화를 나누고 있었을 뿐이에요."

서문유강은 그렇다면 다행이라는 듯 고개를 끄덕이며 앉아도 되겠냐고 물었다.

"앉으시오."

반악은 말을 하면서도 여전히 뒤를 돌아보지도, 적고 그리던 작업을 멈추지도 않았다.

'뭘 하는 거지?'

서문유강도 묵담향과 같은 궁금증을 느꼈지만 물어볼 수는 없었다.

하지만 묵담향이 서문유강과 통성명을 하고 가볍게 인사말을 나눈 뒤에도 반악은 좀처럼 작업을 멈추지 않았다.

"반 소협께 할 이야기가 있소."

"듣고 있으니 말하시오."

묵담향이 하던 것을 잠시 멈췄다가 나중에 다시 하라고 말했지만, 반악은 듣는 데는 아무런 지장이 없다며 꿈쩍도 하지 않았다.

서문유강은 상관없으니 그냥 이야기하겠다고 하면서 용건을 말하기 전에 당부부터 했다.

"우선 두 분께 하는 이야기는 절대 밖으로 퍼져나가서는 안 되는 내용이란 것을 밝혀두겠소."

"우리의 입은 무거우니 일공자께선 아무 염려하지 않으셔도 돼요."

서문유강은 반악에게서도 같은 말을 듣길 바랐지만 그는 돌아보지도 않았다.

"반 소협도 외부에 발설하지 않겠다는 약속을 해주셨으면 좋겠소."

"목이 마른 건 내가 아니잖소."

목마른 사슴이 우물을 찾는다고, 필요해서 찾아온 사람은 그런 요구를 할 자격이 없다는 뜻이었다.

'확실히 만만하지 않군.'

서문유강은 결국 듣기를 포기하고 그냥 믿어보자는 마음으로 이야기를 시작했다.

말 그대로 자신이 원해서 찾아온 것이니까.

"이번에 우리 녹류산장은……."

서문유강은 황하의 수적들에게 자식을 잃은 오 노인에 대한 이야기와 그의 슬픔을 조금이라도 보듬고 위로해주기 위해서 자신이 직접 산장의 무사들을 이끌고 흉수들을 찾아 나설 것이라는 이야기를 했다.

그리고 이런 이야기가 자신들이 황하에 당도하기도 전에 소문이 나면 미리 소식을 접한 수적들이 몸을 사릴 가능성이 있어 신중을 기하려 한다고 말이다.

묵담향은 다 듣고 나서 의문을 드러냈다.

"그런데 왜 우리에게 그런 이야기를 하는 거죠?"

"여러분들도 이번 일에 동참해 주길 바라기 때문이오."

"……!"

묵담향은 예상 못한 제안에 의아해 하며 물었다.

"일공자께서도 이미 들으셨겠지만 장주님은 우리의 제안을 거절하셨어요. 그런데 갑자기 우리에게 동참해 달라고 하니, 솔직히 말해서 이해도 안 되고 혼란스럽기까지 하네요."

동맹을 맺은 사이도 아닌데, 어찌 그런 위험천만한 일에 동참해 달라고 요구할 수 있느냐는 일종의 비난이었다.

서문유강은 이런 반응일 줄 예상했기에 전혀 기분나빠하지 않았다.

"이번 일에 힘을 보태준다면 반룡복고당과 맹약을 맺겠소."

"일공자님 개인의 생각인가요? 아니면……."

"아버님께 이미 허락을 받은 사안이니, 묵 소저께선 약속의 실행여부에 대해서 염려하지 않으셔도 되오."

묵담향은 내심 너무나 기뻤지만, 그런 속내가 얼굴에 드러나지 않도록 노력했다.

'이런 식으로 반전의 기회가 오다니.'

그녀는 반악을 쳐다보며 물었다.

"반 소협은 어찌 생각하나요?"

물론, 서문유강의 제안을 받아들여야 하느냐, 아니냐에 대해서 그의 의견을 적극 반영하겠다는 의도로 물은 게 아니었다.

단지 기다렸다는 듯 덥석 잡아채면 자신들이, 그리고 반룡복고당이 궁색하게 보일까 염려가 되어 고민하는 척하는 모습을 보이려는 의도였다.

그런데 반악이 그녀의 의도를 과도하게 뛰어넘는 대답을 해버렸다.

"내키지 않소."

"……!"

묵담향은 당황한 기색을 감추기 위해서 서문유강을 향해 웃었다.

헌데, 그녀가 반악과 둘이서 따로 의논을 해보겠다는, 그러니 잠시 자리를 비켜달라는 등의 말을 하기도 전에 서문유강이 반악에게 물었다.

"무엇 때문이오? 동참하면 맹약을 맺겠다는 조건이 마음에 차질 않는 것이오, 아니면 아들을 잃은 아비의 슬픔을 조금이라도 해소시켜주겠다는 취지가 이해가 안 가는 것이오?"

반악은 잠시 붓을 멈추고 대답했다.

"우릴 그 일에 끌어들이려는, 아니, 나를 끌어들이려는 당신의 진짜 의도를 모르겠어서 내키지 않소."

"……."

침묵이 흘렀다.

묵담향은 갑자기 무겁게 흘러가는 분위기에 말문이 막혔고, 서문유강은 무슨 생각을 하고 있는지 알 수 없는 표정으로 반악의 등만 쳐다봤다.

그런데도 반악은 다시 뭔가를 쓰고 그리는 데만 열중했다.

잠시 뒤, 다 끝냈는지 반악이 붓을 내려놓고 일어섰다.

그는 돌아서서 처음으로 서문유강과 시선을 똑바로 마주하며 물었다.

"내 실력이 궁금한 거요? 아니면……."

서문유강이 말을 다 듣지도 않고 대답했다.

"천이서생께서 침이 마르도록 반 소협을 칭찬하시더이다. 그분은 오인잠룡 중에서 반 소협이 가장 먼저 천하의 고수로 불리게 될 것이라 했소. 사실은 이미 그만한 자격을 갖추었다고 생각하지만, 아직은 실력만큼의 명성이 없어서 천하의 고수로 꼽지 않았을 뿐이라고 말이오."

반악은 눈살을 찡그렸다.

'그 정신 나간 늙은이가 여러 가지로 쓸데없는 소리를 하고 다니는군.'

반악은 지금 당장 견일 등을 내보내 천이서생이 어디 있는지 추적하도록 시킬까, 심각하게 고민했다.

"그래서 직접 보고 싶었소."

"내가 그만한 평가를 받을 만한 실력이 되는지를 확인해 보겠다는 거요?"

"그렇소."

물론 다른 이유도 있었다.

'사조님께서 훗날 천하제일인이 될 인물로 꼽은 자의 실력을 봐야겠다.'

서문유강의 사조는 현재 불명이라 자칭하며 무림을 떠돌고 있는 불존 굉요 대사였다.

단순히 소림의 속가제자라서가 아니라, 소림 내의 계열로 따졌을 때 서문유강을 직전제자로 삼은 사부가 굉요 대사의 직전제자였기 때문에, 그는 진정으로 불존을 사조라 칭할 수 있는 자격이 있는 것이다.

그리고 이틀 전, 불존이 아무도 모르게 그를 찾아와 가르침을 주고, 역시 아무도 모르게 조용히 떠나기 전에 반악에 대해서 이야기를 했었다.

'지금껏 그만한 나이에 그 정도의 경지에 이른 인물을 단 한 명도 본 적이 없었다. 아직은 완성되지 않았으나, 그가 세상을 알고 사람을 알고 자신까지 알게 된다면, 무림은 역사상 처음으로 천하제일의 고수를 볼 수 있게 될 것이니라.'

좀처럼 다른 무림인의 이름을 콕 집어서 거론하지도 않고, 그렇게 극찬을 한 적도 없는 불존이었기에 서문유강은 충격과 동시에 질투를 느꼈다.

그리고 불존이 마지막으로 남기고 간 말은 그에게 의문까지 던져주었다.

'혹시라도 그를 만나게 되면 버들가지처럼 흘려보내거라.'

반악이 광폭한 태풍이라 거목처럼 맞서게 되면 부러질 수 있다는 뜻일까?

아니면 싸울 일이 있으면 소림무공의 강점에 연연하지 말고 부드러움을 갖춰서 맞서야한다는 충고일까.

혹은 전혀 짐작하지 못한 의미가 숨겨져 있는지도 몰랐다.

서문유강에게는 불존의 말이 일종의 선문답이었다. 그 의미를 이해하고 깨닫기 위해서는 뭔가 계기가 필요했다.

그래서 오 노인의 눈물 가득한 하소연을 듣고 난 이후부터 쭉 생각해온 수적 토벌을 부친에게 주창하고, 반악도 데리고 가겠다고 한 것이다.

물론 순수하게 무인의 입장으로 반악의 실력이 궁금한 것도 사실이었다.

'그의 일거수일투족을 관찰하다보면 사조님이 남기신 말씀을 이해할 수 있게 될지도 모른다.'

"같이 가겠소?"

"내 실력을 보기 위해서라면 굳이 황하까지 갈 필요는 없을 것 같은데."

"……?"

"당장 앞마당으로 나가서 싸워보면 될 게 아니오. 대신 난 비무와 싸움을 구분하며 칼을 휘두르지 않으니, 단단히 각오해야 할 것이오."

순간 서문유강의 가슴 저 밑바닥에서 강력한 열기가 꿈틀거렸다.

호승심이었다.

누군가에게 이기고자 하는 마음보다는 가풍을 따르며 거의 자기수도의 개념으로 무공을 배우고 수련해온 그에겐 매우 낯선 감정이었다.

사실 불존이 극찬하는 말을 듣고 느꼈던 질투심 역시도 낯설기는 마찬가지였다.

서문유강은 저도 모르게 손을 꼭 말아 쥐며 고개를 내저었다.

"사양하겠소. 난 응당 필요할 때가 아니면 사람을 상대로 주먹을 쓰지 않소."

반악은 주먹 쥔 서문유강의 손을 슬쩍 내려다보며 피식 웃었다.

어린아이의 얼굴로 고사리 같은 손을 말아 쥐며 무겁고 진중한 이야기를 하는 서문유강의 모습이 영 적응이 되질 않는 것이다.

그러다 문득 깨달았다. 과거 끔찍한 차별에 시달리며 살아왔던 자신도 이렇게 생각하는데, 다른 사람들은 오죽할까.

'이 사람의 삶도 내가 생각했던 것만큼 그리 수월하지만은 않았겠군.'

"싫다면야 별 수 없지."

"어찌하겠소, 같이 가겠소?"

반악은 묵담향을 쳐다봤다.

표정에 드러나진 않았지만, 그녀가 어떤 대답을 바라고 있는지는 듣지 않아도 알 수 있었다.

그래서 반악은 말했다.

"결정은 묵 소저가 할 거고, 난 그녀의 결정에 따를 것이오."

서문유강은 그래서 묵담향을 쳐다봤다.

묵담향은 고맙다는 듯 반악에게 고개를 살짝 끄덕여보이고는 서문유강과 시선을 똑바로 마주하며 말했다.

"우린 동등한 자격을 가진 조력자의 입장이고, 수하처럼 명령을 받는 일은 없을 거예요. 그리고 출발하기 전에 끝나고 나서 맹약을 맺는다는 걸 증명할 문서를 작성해주셔야 합니다. 문서에는 당연히 장주님과 일공자님의 인장이 찍혀 있어야 하겠죠. 이를 수용하신다면 함께 가도록 하겠어요. 어떻게 하시겠어요?"

서문유강의 대답은 묵담향과 반악이 어떤 요구를 하려 했는지에 상관없이 이미 정해져 있었다.

"수용하겠소."

*　　*　　*

묵담향 등과 이야기를 끝내고 객실을 나온 서문유강은 잠시 거처에 들려서 문서를 작성하고 나서 부친을 찾아갈 생각이었다.

그런데 작성한 문서를 들고 방을 나온 그에게 윤 부인 곁에서 시중드는 여종이 다가왔다.

"마님께서 일공자님을 찾으십니다."

서문유강은 어쩔 수 없이 그녀를 따라 내처 쪽으로 가야 했다.

내처에 당도한 서문유강은 방 앞에 서서 자신이 왔음을 알렸다.

"어머님, 소자 유강입니다."

"들어오너라."

몸종이 열어준 문 안으로 들어간 서문유강은 꼿꼿하게 허리를 편 자세로 의자에 앉아 있는 윤 부인에게 공손히 머리를 숙였다.

"찾으셨다 들었습니다."

고개를 든 서문유강은 윤 부인의 옆 자리에 고개를 푹 숙이고 앉아 있는 서문학찬을 쳐다봤다가 윤 부인에게 시선을 돌렸다.

그녀가 서문유강을 바라보는 시선엔 약간의 노기가 담겨 있었다.

이십대 후반에 이른 나이와 진중한 성정, 그리고 어른스런 말투에도 불구하고, 어린아이의 성향과 외모 때문에 대부분의 사람들은 그에게 아이를 마주하는 듯한 친근감과 유쾌함을 느꼈다.

자연히 그 시선이 부드럽고, 따듯할 수밖에.

그러나 윤 부인의 표정과 시선에는 노기 외에는 다른 감정이 전혀 느껴지질 않았다.

그녀가 계모이기 때문일까?

아니면 서문유강이 첩의 자식이고, 그 첩이 한때 남편의 사랑을 그녀보다 더 많이 받았기 때문에 첩이 죽은 지 오래인 지금도 아직 앙금이 남아 있는 것일까?

모를 일이었다.

분명한 것은 평소 그녀가 이런 식으로 서문유강을 쳐다본 적이 한 번도 없었다는 점이었다. 사실 그녀는 서문유강에게 애정이나 증오 같은 감정 자체를 드러낸 적이 없었다.

굳이 정의를 내리자면, 명목상의 모자지간 이상도 이하도 아닌 관계였다.

그렇기에 지금 윤 부인이 노기를 보이고 있다는 것 자체가 매우 드물고 특이한 경우인 것이다.

"앉거라."

"예, 어머님."

서문유강이 마주하고 앉자 마자 윤 부인이 따지듯 물었다.

"내가 왜 불렀는지 짐작하고 있겠지?"

윤 부인의 음조는 평소와 달리 살짝 높았다.

그녀가 전체적으로 살짝 격앙되어 있다는 의미일 것이다.

"학찬이의 일 때문이라 짐작하고 있습니다."

"맞다. 너를 따라 황하로 가겠다고 하는구나. 이를 어찌하면 좋겠느냐?"

서문유강은 슬며시 고개를 들고 그를 쳐다보는 서문학찬을 바라봤다.

그리고 차분한 음성으로 대답했다.

"학찬이도 저와 함께 갔으면 합니다."

"……!"

윤 부인의 얼굴이 굳어졌다.

그녀는 탁자를 내리치며 노성을 터트렸다.

"찬이가 다치기라도 하면 어찌하려고 그런 소리를 하는

것이냐!"

"……."

"네가 가문에 하등 도움이 되지도 않을 일을 계획하고, 구태여 진행하려 하는 것이야 내가 상관할 바는 아니다! 허나, 찬이까지 데려가겠다니! 이 어린 것을 꼭 위험 속으로 끌고 들어가겠다는 의도가 무엇이냐!"

윤 부인은 마치 서문유강이 억지를 부려 서문학찬의 목숨을 위태롭게 만들려고 한다는 듯 말하고 있었다.

"소자에게 다른 의도는 없습니다."

"그럼 이유가 무엇이냐? 바깥양반이 시키지도 않는 일을 네가 나서서 벌여놓고, 스무 명의 무사들에다 왕성이와 만준이까지 따라가겠다고 하는데도 충분치 않다니. 나중에는 녹류산장을 통째로 들고 가겠다고 할 셈인 게냐?"

"어머니, 그만하세요!"

도저히 더 듣고 있을 수 없다는 듯 서문학찬이 벌떡 일어났다.

"큰형님이 절 데려가겠다는 게 아니라, 제가 가고 싶기 때문이라고 말씀드리지 않았습니까! 그런데 왜 자꾸 큰형님의 탓을 하신단 말입니까! 알겠습니다! 가지 않겠습니다! 제가 안 가면 되잖습니까! 그러니 큰형님을 그만 내버려두세요!"

서문학찬은 가슴에 쌓인 것들을 모두 쏟아내고는 방을 뛰쳐나갔다.

잠시 침묵이 흘렀다.

윤 부인은 서문학찬이 그녀에게 이처럼 반발하며 화를 내는 게 처음이었기에 꽤나 충격이었던 모양이었다.

서문유강은 말했다.

"학찬이에게 기회를 주십시오."

"……."

"녀석은 이제 어린아이가 아닙니다. 그리고 자신이 어른이 되었음을 아버님과 형들에게, 그리고 산장의 사람들에게 인정받고 싶어 하고 있습니다. 제가 옆에 있고, 왕성이와 만준이도 있지 않습니까. 설사 천군만마와 함께 가더라도 어머님께서 마음이 놓이지 않으실 거란 건 알고 있지만, 어머님이 우려하시는 일이 학찬이에게는 일어나지 않을 것입니다. 만약 이번에 학찬이의 의지를 막으신다면, 녀석은 앞으로 오랫동안 어머님을 원망하며 살 게 분명합니다."

"……."

"그러니 학찬이가 저희와 함께 갈 수 있도록 허락해 주십시오."

입술을 꾹 다물고 있던 윤 부인이 서문유강의 눈을 똑바로 쳐다보며 물었다.

"약속할 수 있느냐?"

"……?"

"네 목숨을 걸고 찬이가 무사히 돌아올 수 있다고 약속할 수 있느냔 말이다."

서문유강은 잠시 동안 눈도 깜빡이지 않고 그 시선을 마주하다가 고개를 끄덕였다.

"예, 어머님. 약속드리겠습니다."

"네 심장에 손을 얹고 말해라."

서문유강은 고사리같이 작은 손을 가슴에 붙이고 다시 말했다.

"제 목숨을 걸고 약속드리겠습니다."

*　　*　　*

이틀 뒤.

서문유강은 세 동생들과 스무 명의 산장 무사들, 그리고 견일 등과 염서성, 반악과 함께 무리를 이루어 이른 새벽에 조용히 녹류산장을 빠져나가 북쪽으로 이동했다.

묵담향은 산장에 남았다. 마차가 아닌 도보로 이동하고, 황하에서는 수적들을 탐문해야 하기 때문에 그녀 스스로 짐이 될 것을 우려하여 빠진 것이다.

第三十八章

오 노인의 장남이 수적들에게 살해되었다고 하는 곳으로 가려면 중모 선착장에 가야하고, 그곳은 기현에서 마차로 대략 하루 반나절 거리에 있었다.

그러나 서문유강 등은 경공을 배제한 채 도보로 움직였고, 혹시라도 자신들의 동태가 선착장에 당도하기 전에 대외적으로 알려지는 것을 방지하기 위해서 관도가 아닌 소로를 통해 이동했기 때문에 시간은 더욱 지체될 수밖에 없었다.

"저기에서 야숙을 해야겠다."

서문유강은 오른쪽 작은 언덕배기 아래에 움푹 들어간 곳을 가리키며 동생들에게 말했다.

새벽에 산장을 나와 요기를 할 때 외에는 쉬지 않고 걷다 보니 어느새 시간이 유시(酉時, 오후5~7시)를 넘겨 해가 서쪽으로 기울어 가는 때가 되었다.

서문왕성 등은 무사들에게 야숙을 준비하라고 지시했다.

서문유강은 반악 등을 쳐다봤다. 그들은 말을 해주지 않았음에도 즉각 눈치를 채고 알아서 야숙 준비를 하고 있었다. 그것도 자신들보다 더 빠르고 능숙하게.

다만, 그들은 서문유강이 가리킨 언덕배기 아래가 아니라, 그 옆쪽으로 넉 장이나 떨어진 커다란 나무 밑동에 자릴 마련했다.

반악은 산장을 나서기 전, 이동 중 먹고 자고 쉬는 일은 자신들이 알아서 할 테니 신경 쓰지 않아도 된다고 했었는데, 지금껏 별 문제없이 잘하고 있는 것이다.

'저리 조용하고 엄숙한 사람들일 줄은 예상도 하지 못했어.'

사실 서문유강은 반악 등에게 내심 감탄을 하고 있었다.

오는 동안 잠깐씩 쉴 때마다 반악은 가부좌하고 앉아 명상을 했고, 견일 등은 진지한 표정으로 무슨 내용인지 모를 종이에서 한 시도 눈을 떼지 않았으며, 염서성은 구석에서 기마자세를 취하며 몸을 단련했다.

지금도 마찬가지였다. 마른 나무를 주워 불을 피우고 육포로 간단하게 요기를 한 뒤에 반악은 명상을 하고, 견일 등은 종이를 읽고, 염서성은 기마자세를 취했다.

야숙 준비를 끝내고서 느긋이 앉아 가져온 만두와 고기를 먹으며 농담이나 하고 반악 등을 이상하게 쳐다보는 동생들, 그리고 산장 무사들과 너무나 비교되는 모습이었다.

하지만 내막을 알게 된다면 서문유강이 감탄까지 할 일은 없었을 것이다.

반악이야 평소에도 운기와 명상을 하는 일이 흔하지만, 견일 등이 잡담 한마디 하지 않고 종이만 보고 있는 건 어제 반악이 새로운 무공 초식을 그린 종이를 나눠주며 삼 일 뒤에 확인할 테니 동작을 눈에 익히고 내용을 완전히 외우라고 압박을 주었기 때문이었다.

그리고 염서성의 경우에는 반악과 견일 등이 상대도 해주지 않고, 마땅히 할 일도 없는데 보는 눈은 많아 혼자 늘어져 있으면 민망할 것 같아서 반쯤은 억지로 기마자세를 취하며 육체를 단련하고 있었던 것이다.

즉, 견일 등이 조용하고 엄숙하다고 생각한 것은 반악에 대한 천이서생과 불존의 평가에서 비롯된 서문유강의 기대심리가 만들어낸 결과라고나 할까.

하지만 같이 어울린 시간이 이제 고작 하루에 불과하니, 서문유강이 견일 등의 진짜 모습을 알게 되고 자신의 감탄이 착각이란 걸 깨닫기까지는 더 오랜 시간이 필요할 것이다.

'내가 왜 이런 생각을 하는지 모르겠군.'

서문유강은 문득 자신의 생각이 너무 편협하다는 걸 깨닫고 스스로를 질책했다.

그의 동생들과 산장 무사들은 성실한 무인들이었다.

자신들과 직접적으로 연관된 일이 아닌데도 잘못되면 목숨을 잃을지도 모를 일에 동생들을 비롯한 무사들 모두가 스스로 자청하여 따라와 준 것이나, 여기까지 거의 쉬지 않고 이동하면서도 불평 한마디 없는 것만 봐도 그들의 성실함을 알 수 있지 않은가.

게다가 쉬어야 할 때에 쉬는 것은 잘못이 아니다.

'나도 모르게 모든 걸 반 소협과 비교하려고 하는구나.'

아마도 사조님께 극찬을 받은 반악에게 경쟁심을 느끼고 있는 모양이었다.

'집착을 버려야 하는 것을…….'

서문유강은 자신에게 실망감을 느꼈다.

사실 서문유강은 과거 소림에서 생활을 할 때 출가를 결심한 적이 있었다.

당시에 어떤 심정이었는지 지금은 명확하게 설명할 수 없지만, 막연하게 세속의 욕망과 의리와 굴레에서 벗어나 불도에 전념하고 싶다는 마음이었던 것으로 기억하고 있었다.

아마도 산장에 있었을 때보다 소림사에 있는 게 더 마음 편하다는 느낌 때문에 그런 생각이 들었는지도 모른다.

그때 우연히 굉요 대사를 만나게 되었다.

잠이 오지 않아 문밖을 서성이다 벌써 수 년 동안을 달마

동에 들어가 면벽수련을 하며 나오지 않았다고 하는 사조를 만나게 된 것은 그에게 크나큰 행운이었다.

그의 고민과 결심을 들은 사조는 짝 소리가 날 정도로 강하게 등을 내리치며 집착을 버리라고 말했다.

'열심히 하면 할수록 집착을 하게 되느니라. 전념과 집착은 큰 차이가 있는 것 같지만 세세히 따져보면 같은 의미이니, 너 자신을 옭아매려 하지 말고 관대해져야 할 것이니라. 겉모양에 치우친 형식적인 출가에 연연하지 말고, 정신적인 출가를 하거라. 자신의 마음속에서 집을 버리면 되는 것이니, 집에 집착하는 마음이 없어지면 그것이 바로 출가가 아니고 무엇이겠느냐.'

또한 세속을 벗어나고자 하는 건 삶의 자유를 원하기 때문이니, 머리를 깎고 승복을 입지 않더라도 몸과 마음을 풀어놓으면 애써 찾지 않더라도 자유가 찾아올 것이라고 말했다.

사조는 그 말을 남기고는 아무도 모르게 소림을 떠났고, 다시는 돌아오지 않아다.

'그런데 난 사조님의 말씀을 잊고 반 소협에게 집착을 하고 있구나.'

서문유강은 호흡을 길게 내쉬며 반악에게서 고개를 돌렸다.

그리고 동생들과 산장 무사들 사이에 앉아 자연스럽게 그들과 동화되어 웃고 떠들며 먹고 마셨다.

*　*　*

중모 선착장은 인구밀도가 높고 상업이 번창한 개봉과 가까워 많은 사람들이 이곳을 거쳐 황하를 건너가고 또 건너오는 곳이었다.

당연히 의식주를 포함한 대부분의 것들을 실속 있게 갖춰두고 있는 자그마한 마을이 선착장 주변에 형성되어 있었다.

마을에 도착한 서문유강과 무리는 곧바로 객잔을 찾아 들어갔다.

사람들의 말소리로 시끌시끌하던 객잔 내부가 한순간에 고요해졌다.

범상치 않은 분위기의 무림인들이 떼거리로 나타났으니 사람들이 긴장하는 것도 이상한 일은 아니었다.

"이층에 자리 있소?"

서문왕성이 앞으로 나서서 주인에게 물었다.

"예, 있습니다."

주인은 점소이를 부를 생각도 못하고 급히 계산대 밖으로 나와 일행을 이층으로 안내했다.

무리는 일층과 달리 한산한 이층에 삼삼오오 자리를 잡고 앉았고, 주인을 뒤따라 온 두 명의 점소이들이 무리 사이를 오가며 주문을 받았다.

염서성이 반악에게 조용히 물었다.

“저 사람들, 계획은 있는 겁니까?”

“일공자가 며칠 전에 이곳으로 사람을 보내두었다고 한다.”

수적들이 난데없이 출몰하지는 않았을 것이고, 그런 수적들을 직접 목도하고 당한 사람들도 적지 않을 것이며, 선착장 주변에 사는 사람들이라면 그에 관련한 이야기를 많이 알고 있을 거라고 판단하여, 먼저 가서 은밀히 알아보도록 한 것이다.

“여기 장태란 사람이 묵고 있느냐?”

서문만준이 음식을 가져온 점소이에게 물었다.

탐문을 위해 먼저 보낸 산장 무사의 이름이 장태였다.

“글쎄요. 가서 알아보겠습니다.”

고개를 갸웃거리며 아래층에 내려갔다가 돌아온 점소이의 대답은 그런 사람은 객잔에 없다는 것이었다.

장태는 마을에 들어서고 가장 먼저 보이는 객잔에 머물러 있기로 했었기에 서문유강으로선 의아하지 않을 수 없었다.

‘착각하여 다른 객잔으로 들어갔나?’

그래서 식사를 끝낸 뒤 서문만준이 무사 두 명을 데리고 객잔을 나섰다.

이곳이 아니라면 다른 객잔에 방을 잡고 있을 테니까.

서문만준은 반 식경 만에 돌아왔다.

“형님, 장태를 찾을 수가 없었습니다.”

마을에 있는 객잔은 모두 셋.

모든 객잔을 돌아다니며 숙박 여부를 물어보았지만 장태는 물론이고, 장태와 비슷한 인상착의를 가진 이를 봤다는 사람조차도 찾을 수가 없었다고 한다.

서문유강은 난감함을 느꼈다.

'어떻게 된 거지?'

이해할 수 없었다.

분명 장태에게 이곳으로 가라 했고, 성과가 있건 없건 간에 다른 명령을 내리기 전까지 기다리라고 단단히 일러두지 않았던가.

그렇다고 장태가 딴 짓을 하느라 자신의 명령을 어겼다고 생각할 수도 없었다. 그런 인물이었다면 애초에 보내지도 않았을 것이기 때문이다.

"형님, 왠지 느낌이 좋지 않습니다. 잠시 물러나서 마을의 상황을 관조하며 추이를 지켜보는 게 어떨까요?"

"둘째 형님, 그것보다 먼저 장태를 찾아야 하지 않을까요? 혹시 위험한 상황에 처한 것인지도 모르지 않습니까."

"셋째 형님, 그의 얼굴을 본 마을 사람이 아무도 없다는데 어떻게 찾습니까? 얼마 있지 않아서 우리가 누구인지 마을 사람들이 눈치채게 될 테니, 수적들에게까지 소문이 퍼지기 전에 행동을 개시해야 합니다. 지금 머뭇거릴 틈이 없다고요."

세 사람 모두 생각이 제각각이었다.

그리고 서문유강은 아우들의 의견들이 모두 일리 있다고 여겼다.

“내일 아침에 일어나면 왕성이는 여덟을 데리고 마을 밖으로 나가서 이상한 점이 있는지를 살펴봐라. 만춘이도 여덟을 데리고 마을 밖으로 나가서 장태가 이동로로 삼았을 법한 길을 되짚어서 종적을 찾아 보거라. 그리고 나는 학찬이와 함께 마을에 남아서 나머지를 데리고 수적들에 대해 탐문할 것이다. 명심해라. 나오는 게 없다하여 섣불리 달려들지 말고, 유시(酉時, 오후5~7시) 전까지는 다시 이곳 객잔으로 돌아와야 한다.”

“알겠습니다, 큰형님.”

서문왕성 등은 곧 점소이를 불러 일행 모두가 머물 수 있게 몇 개의 방과 씻을 물을 준비하게 하고, 조금 뒤 삼층 객방으로 올라갔다.

그리고 혼자 남은 서문유강은 이전과 달리 느긋하게 기름진 음식을 먹고 술까지 마시고 있는 반악 등이 앉은 자리로 가서 예상치 못한 상황을 설명했다.

“어쩌시겠소?”

서문왕성을 따라갈지, 서문만춘을 따라갈지, 아니면 자신들과 함께 마을에 남아 탐문을 할지 선택하라는 뜻이었다.

하지만 반악은 세 가지 모두 거부했다.

“우린 그냥 객잔에 남아 있겠소.”

서문유강은 눈살을 찌푸렸다.

여기까지 오면서 반악 등의 지극히 성실한 태도에 감탄을 했었는데, 막상 목적지에 당도하니 비협조적으로 나와서 실망감이 든 것이다.

하지만 산장을 나오기 전에 이미 묵담향과 합의를 했듯, 반악 등은 그의 말을 따를 의무가 없었기에 강요할 수가 없었다.

"알겠소. 그럼 다른 소식이 있으면 알려드리리다."

서문유강은 살짝 굳어진 얼굴을 하고 삼층으로 올라갔다.

견일은 계단 위로 사라지는 서문유강의 어린아이 같은 뒷모습을 힐끔 돌아보고는 반악에게 말했다.

"주인님, 돌아가는 분위기가 영 이상한 것 같습니다. 명령을 받고 떠났다는 놈이 마을에 나타나지도 않았다는 건 그 전에 사고가 생겼거나, 아니면 제거 당했다는 의미인데, 그렇다면 녹류산장이 움직일 거라는 정보가 이미 새어나갔거나, 수적들이 엄청나게 뛰어난 정보력을 가졌다는 뜻이잖습니까."

"넌 수적들이 그 정도로 이목이 넓고 밝은 놈들이라고 생각 하냐?"

"아니오. 그렇게 똑똑하면 수적질이나 하고 있진 않았겠죠."

"수적질을 한다고 똑똑하지 않다고 하는 건 선입견이야."

반악은 그런 차별적인 언행은 듣기 좋지 않다는 듯 고개를 내저었다.

"그럼, 주인님은 수적 놈들이 미리 알아내고 중간에 그 장태란 자를 제거했다고 보시는 겁니까?"

"아니."

"그럼 중간에 불의의 사고가 났다거나, 명령을 어기고 헛짓거리를 하느라 아직 도착하지 않은 거라 생각하십니까?"

"아니."

견일은 자신이 제기했던 의문들을 반악이 모두 부정해버리자 살짝 짜증이 났다.

하지만 겉으로 그러한 속내를 드러낼 수 없어 대신 어리둥절한 표정을 지으며 물었다.

"그럼요?"

반악은 술잔을 천천히 비우고, 다시 잔을 채우고 나서 대답했다.

"마을에서 사라진 거다. 마을 안에 들어와 제거된 거야."

"하지만 마을에서 아무도 본 사람이 없다고 했잖습니까."

"그걸 믿나?"

"예?"

"아, 왜 그리 답답하게 구쇼."

염서성이 평소답지 않게 왜 그리 눈치가 없는 거냐고 핀잔을 주었다.

견일은 이 녀석 봐라, 하는 눈빛으로 염서성을 노려보며 따져 물었다.

“그럼 넌 주인님께서 무슨 말씀을 하시는지 알고 있다는 거냐?”

“아는 게 당연하잖소. 설마 내가 하오문 출신이란 걸 잊은 거요?”

“네가 하오문 출신이란 게 이거하고 무슨 상관인데?”

“거 참, 진짜 답답한 소리 하시네. 나름 비슷한 업종에 종사했었으니 그들이 어떤 짓거리를 하고, 어떤 생각들을 하며 사는지 정도는 대충 꿰고 있을 거란 생각이 안 드시오?”

가만히 듣고 있던 견이와 견삼이 그럴듯한 주장이라고 염서성을 편들고 나서자 견일은 배반감이 든다는 듯 두 사람을 노려보았다.

“견 형, 삐지지 말고 내 말 잘 들어보시오. 수적들이라고 해서 완전히 딴 세상 사람들은 아니란 말이오. 다른 도적들도 마찬가지지. 산적도, 해적도, 강도들도 결국 보통 사람들과 비슷한 욕구가 있고, 비슷한 걸 먹고, 비슷한 옷을 입으려고 한단 말이오. 그러니까 수적들이라 해서 주구장창 물 위에만 떠다니는 게 아니고, 재미라고는 하나도 없을 게 분명한 어디 구석진 곳에 마련한 근거지에 틀어박혀 있는 게 아니라 사람 구경, 물건 구경, 세상 구경하겠다고 때때로 마을에 들락거리고 있을 거라는 말이오.”

“그러니까 네 말은 수적놈들이 이 마을을 드나들고 있다?

그리고 그놈들이 장태란 자의 행태가 의심스러워 죽였다? 마을 사람들은 수적들이 두려워서 장태에 대한 이야기를 못 하고 있는 거다?"

"바로 그런 거지. 이제야 말이 통하네."

견일은 이제 반악이 한 말과 염서성이 한 말의 의미를 어느 정도 이해할 수 있었다.

황하에 많은 부분을 의지하며 살아가는 마을 사람들은 수적들의 힘과 영향력을 무시할 수 없을 테고, 그래서 공생의 관계를 선택했을 가능성이 높다고 생각하는 것이다.

어쩌면 그 이상으로 밀접한 관계일 수도 있었다.

"주인님, 그렇다면 이 마을이 수적들의 소굴과 다름없다는 뜻이 아닙니까?"

견일은 목소리를 잔뜩 죽인 채 물었다.

이곳 객잔도 안심할 수 없으니, 대화를 함에 있어서 신중을 기해야 한다는 생각이 들었기 때문이었다.

그러나 반악은 크게 신경 쓰지 않는다는 듯 이전과 다름없는 목소리로 대답했다.

"그럴 수도 있겠지."

"당장 주인과 점소이들을 족쳐서 수적들과 관계가 있는지 알아볼까요?"

"나중에."

"……?"

"확실하지도 않은데 족쳤다가 관계도 없다는 게 드러나면 상황만 곤란해지잖아."

"관계가 없고 입을 놀릴 게 염려가 되면 어디 가둬두든지, 입도 뻥긋 못하게 묻어버리면 되잖습니까."

그러나 반악이 짜증난다는 듯 인상을 쓰자 죄송하다면서 얼른 고개를 숙였다.

견이가 물었다.

"주인님, 그런데 일공자는 눈치채지 못한 걸까요?"

"하는 말을 들어보면 아직까진 생각을 못하고 있는 거 같다."

염서성이 그게 이상한 일도 아니라는 듯 말했다.

"원래 명망 높고 강한 힘을 가진 문파의 사람들은 밑바닥에서 놀고 있는 무리들을 무시하는 경향이 있잖소. 탐문하라고 혼자 먼저 보낸 걸 보면 그 장태란 자는 나름 실력도 있고, 인정도 받는 무사일 거요. 그런 자가 수적들 따위에게 당했을 거라고는 생각도 못했을 테지. 물론 바보가 아닌 이상 결국엔 알게 되겠지만."

반악은 염서성의 냉소적인 의견에 완전히 동감하진 않았지만, 틀린 말도 아니라고 생각했다.

하지만 반악이 볼 때 서문유강은 염서성이 비난하는 그런 부류들과는 달랐다. 단지 경험의 차이일 뿐, 그가 수적들을 무시하고 업신여기기 때문은 아닌 것이다.

"일공자에게 이야기 안 해줍니까?"

"그냥 놔둬. 헛짓거리 하는 모습을 보여줘야 수적들이 방심하고 우릴 만만히 생각하여 모습을 드러내지 않겠냐."

"수적들이 우릴 죽이려고 할 거라 보십니까?"

"그 장태란 자도 죽였는데 우리라고 그냥 놔둘 리가 없지. 아마 어디선가 우릴 감시하고 있을걸? 아니면 의심받지 않을 자들에게 감시하라고 사주를 했든지."

견일 등의 시선은 자연스럽게 아래층으로 내려가는 계단 쪽으로 향했다.

주인과 점소이들이 사주를 받았을 수도 있으니까.

"나타날 때가 되면 나타날 테니까 느긋하게 기다리자고."

"알겠습니다, 주인님."

조금 뒤 식사를 끝낸 반악과 견일 등은 객방으로 올라갔다.

* * *

서문유강 등에 이어 반악 등도 객방으로 들어가 버리자 점소이 한 명이 주인의 눈짓을 받고 주방으로 연결된 뒷문을 통해 밖으로 나갔다.

점소이는 골목을 따라 쭉 걸어가 선착장과 가까운 곳에 자리 잡은 주점 안으로 들어갔다.

주점 안에는 십여 명의 사내들이 삼삼오오 앉아서 술을 마시고 있었는데, 점소이를 쳐다보는 시선이 꽤나 매서웠다.

기가 죽은 점소이는 감히 그들과 시선을 마주치지 못하고 고개를 숙였다. 그는 두 사람이 앉아 있는 중간 탁자로 조심스레 다가갔다.

그리고 그 중에 왼쪽 눈에 검은 안대를 한 사내에게 머리를 조아리며 말했다.

“나리, 수상한 자들이 저희 객잔에 들어와 묵고 있습니다.”

익덕채의 부채주 주극성은 하나뿐인 오른쪽 눈동자를 번뜩이며 점소이를 노려보았다.

“수상한 자들?”

“예, 나리.”

“어떻게 생겨먹은 놈들인지 설명해 봐.”

점소이는 마른침을 삼키며 서문유강과 그 무리의 숫자, 생김새 등등에 대해서 이야기했다.

주극성은 다 듣고도 아무 말 없이 술잔만 기울였다.

점소이는 혹 자신이 실수라도 한 게 아닌가 싶어서 잔뜩 긴장한 얼굴로 뭔가 반응이 나타나길 기다렸다.

조금 뒤 주극성은 손을 내저었다.

“가봐.”

“예, 나리.”

“잠깐.”

얼른 떠나려고 했던 점소이는 주극성의 앞에 앉아 있던 사내의 제지를 받고 어깨를 움츠렸다.

그를 제지한 사내는 과거 안휘 동쪽 무호채의 채주였으나, 지금은 익덕채의 소두목으로 전락한 요경심이었다.

"놈들을 잘 살피고 있다가 사소한 움직임이라도 보이면 즉각 달려와 알려야 한다. 알겠냐?"

"예, 나리."

점소이는 이제 가보라는 말에 이마가 땅에 닿지 않을까 싶을 만큼 허리를 깊이 숙이고는 부리나케 주점을 빠져나갔다.

"다른 객잔에서도 죽은 녹류산장의 무사를 찾는 자들이 나타났다고 전해오지 않았습니까. 부채주님, 그놈들은 녹류산장에서 온 놈들이 분명합니다."

"그걸 누가 모르냐? 동자승처럼 생겼으면서 그 많은 장정들을 이끌고 있는 놈이라면 이 근방에 만봉철벽밖에 없는데, 그것도 눈치 못 채면 병신이지."

주극성의 신경질적인 반응에 요경심은 내심 투덜거렸다.

'이게 다 누구 때문에 생긴 일인데, 짜증을 부리고 지랄이야.'

녹류산장의 무리들이 이곳에 나타난 것은 얼마 전 그들이 땅에 묻어버린 녹류산장의 무사 때문이었다.

사실 처음엔 녹류산장과 엮이게 될 줄 몰랐고, 이렇게 일이 커질 줄은 예상도 못했었다. 그냥 낯선 놈이 마을에 들어와 조심스레 그들의 뒤를 캐고 있다는 말을 전해 들었고, 혹시 동태를 살피고자 온 관병이라면 적당히 뇌물을 줘서 회유한 뒤 조용히 떠나게 만들 생각이었다.

그런데 불러오라고 보낸 수하들이 사고를 쳐버린 것이다.

일단 서로 간에 대화가 통하지 않았고, 자연히 거친 말이 오가고 나중엔 주먹이 난무하면서, 결국 수하들이 야비한 수법을 써서 간신히 제압하고 자신들이 당한 것에 대한 화풀이를 하고 나니, 무사의 몸은 만신창이가 되어버린 것이다.

헌데, 그를 조용한 곳으로 옮겨 정신 좀 차리게 만든 뒤에 물었더니 무사는 자신이 녹류산장의 무사임을 당당하게 밝혔고, 주극성은 그를 살려 보낼 수 없다며 땅에 묻어버렸다.

'수적질을 한다는 놈이 시체를 강에 던질 생각은 않고 땅에 묻으라고 하다니. 하여튼, 머리에 똥만 찬 새끼라니까. 게다가 녹류산장이 개입하게 된 것도 이 새끼의 병신 짓거리 때문이었잖아.'

그 무사가 이곳에 나타나 자신들의 뒤를 캐고 있었던 게 지난번 털었던 배에서 일어난 살인 때문이란 걸 알고 내심 주극성에게 얼마나 많은 욕을 했는지 모른다.

당시 돈은 순순히 내놓았던 선객이 신발만은 줄 수 없다고 강하게 저항하자, 술을 마셔 약간 취해 있었던 주극성이 발광을 하며 말릴 사이도 없이 선객의 목을 쳐버린 것이다.

그때 주극성이 자존심 상하고 열 받는다면서 쓸데없이 난리를 치는 바람에 그 선객 말고도 애꿎게 죽은 사람만 다섯이었다.

'예전에는 문제가 커져 토벌이라도 당할까 두려워서 적당히 돈만 뺏고 물러났으면서, 그렇게 몸을 사리던 겁쟁이 놈이…….'

사실 요경심이 안휘에서 데리고 온 수하 십여 명과 가족들을 데리고 익덕채에 들어갈 때만 해도 주극성은 부채주가 아니라 채주였다.

그리고 요경심은 일단 소두목으로 들어가서 수적들을 회유하고 포섭하여 자신의 사람으로 만든 뒤에, 주극성을 죽이거나 혹은 제압하여 자신이 채주가 될 생각으로 익덕채에 투신한 것이다.

그런데 어느 날 주극성이 배를 털다가 마침 그 배에 타고 있던 무림인에게 제압당하고, 채주 자리까지 빼앗기게 되는 어이없는 상황이 벌어지고 말았다.

헌데, 그를 제압하고 새로이 채주가 된 무림인이 엄청나게 유명하고 강하다는 걸 알고 나서부터 불만이 가득했던 주극성의 마음이 완전히 돌변해버렸고, 간덩이는 이전보다 몇 배나 커져버렸다.

무식하기는 했지만 나름 신중하게 도적질을 하던 놈이, 이제는 관군이나 어떤 무림문파가 와도 채주가 있으니 전혀 걱정이 없다면서 대책 없이 행동하기 시작한 것이다.

'그때 이 멍청한 놈이 신발 따위에 연연하지 않고, 함부로 선객을 죽이지만 않았다면 녹류산장과 문제가 생길 일은 없었잖아.'

물론 주극성이 채주의 명성과 실력을 믿고 간덩이가 커진 것은 이해할 수 있었다.

그만큼 새로운 채주는 대단한 사람이었으니까.

채주의 이름은 장통.

그는 원래 손 씨였으나 삼국시대 촉나라의 무장 장비를 좋아하고 존경해서 성을 장 씨로 바꾸었다고 한다. 사모를 무기로 사용하기까지 하니 더 무슨 말이 필요할까.

채주가 되자마자 패왕채였던 이름을 익덕채로 바꾼 것도 그러한 개인적인 취향 때문이었다.

장통은 천생신력에 엄청난 거구, 거기에 상승의 무공까지 익힌 데다 오만하고 성질까지 사나워서, 그가 무림 출도 후 어떤 곳에도 소속되지 않고 독행하며 수많은 사람과 다툼을 일으킨 것은 필연적이었다고 봐도 무방했다.

그래서 생긴 별호가 백인지적(百人之敵)이었다.

그러나 백인지적보다 그를 더 크게 알린 별호가 있었으니, 바로 오군(五君)의 일인인 강군(强君).

그는 천이서생이 꼽은 천하의 고수였던 것이다.

'하지만 녹류산장의 장주 서문열홍 역시 천하의 고수 중 한 명이라고.'

게다가 소림사에서 무공을 배워 호랑이처럼 용맹한 아들이 네 명이나 되고, 그 중에 한 명은 천이서생에게 오인의 잠룡 중 한 명으로 꼽힐 만큼 전도유망한 신진고수가 아니던가.

또한 녹류산장이 소림의 하남 속가문 중에 제일이란 평을 받고 있다는 것을 감안하면, 장통 한 명으로 만사가 평탄할 것이라는 주극성의 자신감은 너무나 순진하고 멍청한 생각인 것이다.

어쨌든 이미 벌어진 일이고 조용히 끝낼 상황이 아니게 되었으니, 유리하게 정리할 수 있는 방도를 찾아야만 했다.

"그 무사 놈을 죽여 땅에 묻어버린 것까지 포함해서 채주님께 사람을 보내 녹류산장과 문제가 생겼다는 걸 알려야 합니다."

"……."

"부채주님, 돌아가는 상황을 보십시오. 머뭇거릴 틈이 없단 말입니다."

요경심은 그래도 주극성이 아무 말이 없자 벌떡 일어났다.

"제가 지금 당장 수채로 가서 채주님께 전하겠습니다."

"안 돼."

요경심은 저도 모르게 짜증스런 말투로 반문했다.

"뭐가 안 됩니까?"

"이런 정도의 일로 날 전적으로 믿고 계시는 채주님을 실망시켜드릴 순 없지."

요경심은 순간 할 말을 잃었다.

'누가 누굴 믿었다고 실망을 한다는 거야?'

그가 볼 때 장통은 별 생각 없이 주극성을 부채주로 삼은 것이지, 믿고 어쩌고 하는 이유가 있었던 건 절대 아니었다.

요경심은 다시 자리에 앉으며 제발 이성적인 대답이 나오길 바라는 마음으로 물었다.

"그럼 어쩌겠다는 겁니까?"

"뭘 어째. 우리끼리 놈들을 처리해야지."

"우리끼리요? 무슨 수로요? 놈들 숫자만 스물이 넘고, 그 중에는 소림과 천이서생이 인정한 만봉철벽 봉룡도 있단 말입니다."

"아, 씨팔! 넌 왜 자꾸 아는 얘기를 귀 아프게 나불거리는 거야!"

요경심은 짜증이 울컥 치밀어 올랐다.

'염병할, 내가 이딴 놈의 밑에서 도대체 뭘 하고 있는 거냐!'

주극성의 등에 칼을 꽂고 수채를 집어삼켜 채주가 되겠다는 목표가 있을 때는 이런 대우를 받아도 참을 수 있었다.

그러나 장통이 새로운 채주가 되고, 자신이 채주가 될 엄두를 내지 못하는 지금 상황에서도 계속 참아야 한다는 게 너무 화가 났다.

'참자, 참아.'

요경심은 콧김을 길게 뿜어내며 마음을 가라앉히려고 애를 썼다.

돌이키기에는 너무 멀리 와 있었다. 총채주 여송의 보복이 두려워 도망치듯 떠나온 안휘에 다시 돌아갈 수도 없는 일이고, 다른 지역으로 가서 새로 기반을 잡기에는 이제까지 참고 공들인 시간이 너무 아까웠다.

그리고 지금 그는 단순히 서열 삼위에 만족하며 참고 있는 게 아니었다.

'그년들이 채주를 잘 꼬드기기만 하면…….'

지금 수채에서는 그의 당부를 받은 첩들이 장통의 시중을 들면서 아양을 떨고 있을 것이었다.

멍청한 주극성이 아니라, 자신을 부채주로 삼아 수채의 운영을 맡기도록 생각을 바꿔놓기 위해서 말이다.

'장통을 앞세우기만 하면 황하를 일통하는 것도 꿈이 아니니까.'

냉정하게 따져보면 이제까지 노력했던 모든 것을 잃고 떠나온 그에게 있어서 이번은 대박을 노릴 수 있는 절호의 기회였다.

일인자가 될 수는 없겠지만, 황하에서 일인지하 만인지상의 존재가 되는 것도 결코 나쁘지 않았다.

아니, 안휘에서 채주로 있을 때 총채주의 눈치나 보면서 자그마한 권력과 풍요에 만족했던 것과 비교한다면 수준과 격이 몇 배나 상승할 게 분명했다.

'누군 살아남아서 과거의 영광을 되찾겠다고 쓸개와 똥까지 핥았다는데, 멍청이의 비위를 맞춰주는 것 정도야 아무것도 아니지.'

요경심은 이제까지의 불만스런 감정을 얼굴에서 지우고 차분한 목소리로 물었다.

"부채주님, 혹시 따로 생각해둔 계획이라도 있으십니까?"

"당연히 있지."

"뭔데요?"

"독."

"독이요?"

"지난번 그 무사 놈도 힘이 약해서 수하들에게 당한 게 아니잖아."

당시 녹류산장 무사를 데리고 오려다가 얻어맞기만 한 수하들은 미혼약에 산공독, 그리고 석회가루까지 뿌린 끝에 무사를 제압할 수 있었던 것이다.

'독을 쓰겠다는 생각이야 나쁘지 않지.'

하지만 한두 명도 아니고, 이십여 명에 이르는 무리를 한꺼번에 중독 시키려면 지난번과 같은 무식한 방법으로는 힘들었다.

"구체적인 계획이 뭡니까?"

"일단 강에 나가 있는 애들 다 불러 모아라. 뭘 하기 전에 우선 쪽수부터 불러놔야 하지 않겠냐."

강에 나가 있는 수하들을 불러들인다고 해도 기껏해야 두 배 많은 것에 불과했다.

실력의 격차를 생각하면 크게 도움이 될 정도의 인원은 아닌 것이다.

'적은 것 보다는 낫겠지.'

요경심은 여전히 채주에게 사실을 알려야 한다고 생각하고 있지만, 지금 자신의 처지에서 주극성의 심기를 건드렸다가는 목이 날아갈 수도 있기 때문에 일단은 따라주는 척하기로 했다.

'내 입장에서는 오히려 잘 된 걸지도…….'

주극성이 실패를 하면 장통이 가만히 있지는 않을 테니까.

그리고 첩들이 잘 해주었다면 이걸 빌미로 자신이 곧바로 부채주의 자리에 올라설 수도 있었다.

"애들을 불러 모으겠습니다."

요경심은 안휘에서부터 데리고 온 수하 다섯을 데리고 주점을 빠져나가 선착장으로 향했다.

* * *

다음날.

서문왕성과 서문만준은 각각 여덟 명의 무사들을 데리고

마을 밖으로 떠났다.

"큰형님, 솔직히 말씀드리면 큰형님이 왜 그 자를 신경 쓰고 계신지 이해가 가지 않습니다."

서문유강을 따라 객잔을 나선 서문학찬이 삼층 쪽을 뒤돌아보며 말했다.

"무엇이 이해가 가지 않는다는 말이냐?"

"그가 아무리 오인잠룡의 일인으로 꼽혔다고는 해도 감히 형님과 비교될 수 있을 정도는 아니라는 게 저의 생각입니다."

"그와 나는 같은 오인잠룡인데 어떤 면에 있어서 비교가 되지 않는다고 보느냐?"

"모든 면에서요. 실력도, 배경도, 명성도, 어느 것 하나 형님께 비교될 수 없지요."

뒤를 따르던 무사들도 서문학찬의 말이 옳다는 듯 고개를 끄덕였다.

하지만 서문유강은 고개를 갸웃거렸다.

"글쎄, 난 잘 모르겠구나. 직접 손속을 겨루어 본 적이 없어 누구의 실력이 뛰어난지 판단내릴 수 없고, 녹류산장과 반룡복고당 중에 어느 곳이 더 낫다고 이야기하기도 모호하고, 명성이야 같은 오인잠룡으로 꼽혔으니 더 무슨 설명이 필요할까. 생각해보면 도리어 내가 반 소협보다 부족한 것 같은데?"

"그자보다 큰 형님이 부족한 게 뭐가 있습니까?"

"진정 몰라서 묻는 것이냐? 반 소협의 키와 외모가 나보다 낫지 않느냐."

"……."

서문학찬은 입술만 우물거릴 뿐 아무 말도 하지 못했다.

무사들도 어색한 표정을 지었다. 모두 알고 있지만 아무도 입 밖으로 꺼내지 않는 서문유강의 신체적 장애에 대한 문제이기 때문이었다.

서문유강은 빙긋이 웃었다.

"모두 그런 표정 지을 거 없다. 나도 알고, 자네들도 알고, 날 몰랐던 사람도 척 보면 알게 되는 사실인데 꺼려할 것이 무엇이냐."

"하지만……."

서문학찬은 그러한 장애로 인해 서문유강이 반악보다 부족하다고는 절대 생각하지 않는다고 말을 하려다가 입을 다물었다.

키가 작고 어린아이와 같은 외모는 결코 장애가 아니라고 생각해왔는데, 이제와 자신의 입으로 장애란 말을 내뱉게 되면 결국 지금까지의 생각을 부정하는 것이 되기 때문이었다.

서문학찬은 잠시 침묵하다가 단호하게 말했다.

"큰형님은 결코 그자보다 못하지 않습니다."

"그리 말을 해주니 고맙구나. 그리고 사실은 나 역시 너와 같은 생각이다. 사실 내가 여인들에게 얼마나 인기가 많으냐. 그게 다 이 작은 키와 귀여운 외모 덕분인데, 반 소협보다 부족하다 느낄 이유가 없지."

서문학찬과 무사들은 서문유강 답지 않게 능글맞은 항변에 멍한 표정을 지었다.

"하하하, 농담이었다. 웃자고 한 이야긴데, 그렇게 반응하니 내가 다 민망스럽구나."

그제야 서문학찬과 무사들도 웃기 시작했다.

"일공자님, 말이 나와서 드리는 이야기지만……."

무사들은 시녀들 사이에서나 마을의 처자들 사이에서도 서문유강이 가장 인기 있다는 등의 말을 늘어놓으며 한참을 웃고 떠들었다.

"그런데 큰형님, 지금 어디로 가시는 길입니까?"

"지금부터 알아볼 생각이다."

서문유강은 어리둥절해 하는 서문학찬 등을 남겨두고 그들을 힐끔거리며 지나가던 사내에게 빠르게 다가가 물었다.

"촌장님을 뵈려면 어디로 가야 하오?"

웬 동자승인가, 하는 눈빛으로 쳐다보던 사내는 전혀 어린아이답지 않은 말투에 놀라 눈을 크게 뜨며 되물었다.

"촌장님을 찾는다고 했느…… 하셨소?"

사내는 반말을 하려다가 서문학찬과 무사들의 매서운 시선에 놀라 재빨리 말투를 바꾼 것이었다.

서문유강은 그런 사정을 눈치챘으면서도 모른 척 고개를

끄덕였다.

"그렇소. 알고 있다면 가르쳐주시오."

"촌장님은……."

사내는 오른쪽 길을 가리키며 촌장의 집이 어디에 있는지를 설명해주었다.

서문유강 등은 곧 사내를 뒤로 하고 오른쪽 길로 움직였다.

"너도 느꼈느냐?"

서문유강의 물음에 서문학찬은 의아한 표정을 지었다.

"무엇을 말입니까?"

"우리에게 길을 알려준 사내의 눈동자에 불안감과 망설임이 보였다."

"그랬습니까?"

서문학찬은 그 사내가 서문유강의 외모와 말투에 대해 놀란 것 같다는 점 말고는 다른 느낌을 받지 못했다.

"낯선 얼굴에다 단단한 인상을 가진 우리들이 촌장을 찾는다고 하니, 알려줘도 괜찮은 건가 하는 생각이 들어서 그런 게 아닐까요?"

"그럴 수도 있겠지."

하지만 서문유강은 사내의 눈동자에서 읽어낸 감정이 단순히 그러한 이유 때문 만이라고 단정 지을 수 없었다.

'지나올 때 다른 사람들이 쳐다보는 시선도 이상했어.'

객잔을 나서며 본 마을 사람들은 그들을 힐끔거리면서도

눈을 마주치지 않으려고 했고, 혹시라도 말을 걸어올까 싶어 거리를 두고 있었다.

조금 전의 사내도 서문유강이 급작스레 다가가지 않았다면, 말을 걸 기회조차 얻지 못했을 게 분명했다.

'마을 사람들 모두 우리가 누구인지 알면서도 피하려는 것 같다고 할까.'

오해나 착각이라고 치부할 수가 없었다.

서문유강은 그래서 사람들에게 장태에 대해서 묻고 다니기 전에 촌장부터 만나볼 생각을 한 것이다.

촌장을 만나면 지금 드는 이 이상하고 의심스런 기분의 이유와 원인이 무엇인지 명확하게 알 수 있을 것 같았기 때문이었다.

"촌장이 꽤 부유한 사람인 모양입니다."

사내가 가르쳐준 곳에 당도한 무리는 주변의 다른 집들과 비교해 크기부터 확연한 차이를 보이는 촌장의 집을 보며 혀를 내둘렀다.

번화하고 인구가 많은 현에서는 심심치 않게 볼 수 있는 정도의 집이기는 하지만, 아무리 봐도 이런 마을에는 어울리지 않는 규모의 집이었다.

서문학찬의 눈짓을 받은 무사가 담장 문을 두드리며 소리쳤다.

쿵쿵쿵.

"안에 계시오!"
아무런 반응이 없었다.
"사람이 없는 것 같습니다."
무사의 말에 서문유강은 문 쪽으로 가까이 다가가 청각을 세밀하게 곤두세웠다.
"사람이 있다."
문에서 가까운 곳에 적어도 한 명 이상이 숨소리를 죽이고 있었다.
"그렇다면……."
서문학찬이 한 번 쳐다보고 높이를 가늠하더니 단번에 담장을 뛰어넘어버렸다.
조금 뒤, 안쪽에서 빗장을 치우는 소리와 함께 문이 열리고 서문학찬의 모습이 보였다. 그리고 저 뒤쪽에서는 기름기가 잘잘 흐르는 얼굴에 배가 불룩하게 튀어나온 노인이 어색한 웃음을 짓고 있었다. 노인의 옆에는 아들로 보이는 사내가 한 명 서 있었다. 그것도 손에는 몽둥이를 하나 들고서.
서문유강은 마치 초대받은 손님처럼 당당하게 안으로 들어서며 물었다.
"촌장님이십니까?"
"그, 그렇소만 누구신지?"
촌장은 불안한 마음을 감추지 못하겠다는 얼굴로 되물었다.
서문유강은 포권을 취하며 대답했다.

"기현 녹류산장의 서문유강이라 합니다. 긴히 여쭐 일이 있어서 찾아왔습니다."

촌장은 깜짝 놀란 표정을 지었다.

"아! 녹류산장의 분들이셨습니까! 이 늙은이는 그런 줄도 모르고 강도가 나타난 줄 알고 겁을 먹고 있었지 뭡니까! 귀한 분들이 찾아오실 걸 알았으면 진작 문을 열고 맞이했을 텐데, 정말 죄송합니다!"

그는 빠른 걸음으로 다가오더니, 불룩하게 나온 배 때문에 쉽지 않을 텐데도 머리가 땅에 닿지 않을까 싶을 정도로 허리를 깊이 숙이고 사죄를 했다.

그리고 어찌할 바를 모르고 어정쩡하게 서 있는 아들에게 몽둥이를 치우지 않고 뭘 하느냐고 호통을 치는 게 아닌가.

'너무 과장되게 행동하는군.'

서문유강은 촌장의 태도에 의구심을 느꼈다.

무엇보다 다른 사람들처럼 그의 외모에 놀라거나 당황하지 않는다는 게 신경 쓰였다.

'이 촌장은 나에 대해서 알고 있거나 들은 적이 있는 게 분명하다.'

"대낮에 강도를 걱정하시는 걸 보면, 이 마을에 그런 부류의 못된 자들이 자주 나타나는 모양입니다."

"예? 아, 뭐, 그렇다기보다는……."

촌장은 말끝을 흐리고 시선을 회피하며 대답하기를 꺼려

했다.

뭔가 숨기고 싶은 마음의 정곡을 찔렸기 때문일까?

촌장은 헛기침과 함께 말문을 열기 위해 혀끝으로 마른입술을 핥았다. 서문유강 등은 그 모습에서 왠지 모를 거부감을 느꼈다.

누군가의 야비하고 탐욕적인 인간성을 알아버렸을 때의 기분이라고 할까.

이런 마을의 촌장답지 않게 커다란 집과 자신이 잘 먹고 잘 산다고 자랑이라도 하는 듯한 외형 때문에 그런 느낌이 드는 것인지도 몰랐다.

"기현에 사시는 귀인들께서 이 궁촌벽지까지 어찌 찾아오셨습니까?"

뒤에 있던 서문학찬이 코웃음을 쳤다.

이런 집에 살면서 궁촌이란 말을 쓴다는 게 어이가 없어서일 것이다.

서문유강이 고개를 돌려 조용히 있으라고 질책을 한 뒤, 누구에게도 억지웃음으로 보일 얼굴을 하고 있는 촌장에게 용건을 이야기하기 시작했다.

"다름이 아니라, 최근 산장의 식구 한 명이 이 근방에서 소식이 끊겼습니다. 아무리 기다려도 돌아오지 않고 연락도 없어서 너무 걱정이 되더군요. 그래서 이렇게 찾아오게 되었습니다. 혹시 들어보신 적이 있습니까?"

"허허, 그거 참 안타까운 일이군요. 하지만 녹류산장의 무사님이 마을에 오셨다는 이야기는 들어본 적이 없습니다. 사실 이곳을 거쳐 황하를 건너는 사람들이 워낙 많아서 일일이 기억한다는 것 자체가 불가능한 일이랍니다."

"이름이 장태라 합니다. 얼굴 생김새는……."

촌장이 사실상 모른다고 했는데도 불구하고 서문유강은 개의치 않고 장태의 생김새와 특징을 설명하며 진짜 보지 못했냐고 반복해서 계속 물었다.

"글쎄요. 이미 말씀드렸다시피 그런 분에 대해서 들어본 적이 없군요. 하지만 공자님이 그렇듯 간절하게 물어보시니, 제가 돌아다니며 마을 사람들에게 물어보도록 하겠습니다."

서문유강은 원하는 대답을 들었기에 포권을 취하며 감사를 표했다.

"그리 해주신다니 고맙습니다, 촌장님. 녹류산장은 그 친구를 찾을 수 있기를 간절히 바라고 있습니다. 혹시 운이 없어 횡액을 당했다고 한다면 그의 가족이 장례를 치룰 수 있게 시신이라도 찾아야만 합니다. 그리고 만약 제보를 해주는 이가 있다면 장태의 생사여부를 떠나 충분한 양의 보상금을 드릴 용의가 있다는 걸 사람들에게 알려주십시오."

순간 촌장의 눈빛이 변했다.

보상금이란 말이 그의 마음을 자극한 모양이었다.

"마을 입구에서 첫 번째 객잔에 머물고 있으니 소식이 있으면 꼭 알려주십시오."

"알겠습니다."

"그럼, 촌장님만 믿고 가겠습니다."

서문유강 등은 촌장의 집을 나왔다.

집에서 어느 정도 떨어지자 아까부터 표정이 좋지 않았던 서문학찬이 물었다.

"형님, 촌장이 우리에게 뭔가 숨기고 있는 것 같던데, 왜 그냥 나오신 겁니까? 형님이 내키지 않아 하신다면 제가 가서 다그쳐보겠습니다."

"어떻게 다그치겠다는 것이냐?"

"일단 말로 하겠지만, 듣지 않으려 한다면 주먹을 써야죠."

서문유강이 갑자기 우뚝 멈춰 섰다.

그는 차분한 얼굴로 서문학찬을 올려다보며 말했다.

"주먹을 쓰는 것은 차선책이 아니라 최후의 선택이어야 하는 것이다."

"하지만 촌장이 우릴 속이고 있지 않습니까."

"악인을 벌하는 일이라 하여 그 과정과 행위가 악해도 괜찮다는 것이냐?"

"전 필요하다고 봅니다."

"그것이 누굴 위한 필요라고 생각하느냐? 장태를 위함이냐, 아니면 너 자신의 편의를 위해서인 거냐?"

"당연히 장태를 위함입니다. 지금도 어디선가 위험에 처해 있을지 모르는 일이 아닙니까."

서문유강은 기특하다는 듯 미소를 지었다.

"목적지가 눈앞에 보이는 것 같아도 때론 돌아가야 할 때가 있는 법이다. 그리고 난 지금이 바로 그러한 때라고 본다."

서문유강은 무사 한 명에게 근처에서 몰래 숨어 있다가 촌장이 집을 나서면 들키지 않게 뒤를 쫓으라고 지시했다.

서문학찬은 다시 걸음을 옮기는 서문유강을 바짝 뒤쫓으며 불만을 토했다.

"조금만 촌장을 닦달해보면 되는 것인데, 왜 시간을 낭비하시는 겁니까? 혹시 근방에 우릴 적대하고 있는 무리가 있을지 몰라 우려하시는 거라면, 아무 염려 마십시오. 큰형님이 나설 필요도 없이 제가 다 쓸어버리겠습니다."

서문유강은 한숨을 내쉬며 말했다.

"무림에서 경계해야 할 것 중에 하나가 자신의 능력을 과신하여 상대를 만만하게 보는 것이다. 설사 전혀 위험해 보이지 않는 육 세의 어린아이와 허리가 굽어진 칠순의 노파라 할지라도, 그들이 너에게 악심을 품었다면 언제 어느 때든 틈만 나면 네 심장에 칼을 꽂을 수 있다는 걸 유념해야 한다는 말이다. 무엇보다 이번이 네 초행길임을 잊지 말고, 앞으로 나서서 공을 세우기보다 뒤에서 참고 자중하며 몸을 보전할 수 있는 법부터 배우거라. 알겠느냐?"

"예, 큰형님."

서문학찬은 고개를 숙이며 공손히 대답했다.
하지만 실상 완전히 승복한 게 아니었다.
'큰형님은 언제나 바른 말씀만 하시지만, 이번엔 제 생각이 옳다고 봅니다.'
서문학찬은 고개를 슬쩍 뒤로 돌려 촌장의 집을 노려보고, 혼자 남은 무사가 어디에 몸을 감추는지를 확인한 후 뭔가 생각에 빠진 듯 말없이 서문유강의 뒤를 따라 움직였다.

* * *

"알아낸 게 있소?"
아침 식사를 끝내고 혼자서 느긋이 차를 마시고 있던 반악이 계단을 통해 올라오는 서문유강 등을 쳐다보며 물었다.
"아직 이렇다하게 말해줄 만한 건 없었소. 그런데 다른 일행 분들은 보이지 않는구려."
"난 종들의 일거수일투족에 일일이 신경 쓰는 성격이 아니오."
물론 견일 등이 지금 뭘 하고 있는지 모른다는 뜻은 아니었다.
그들이 새로 전수받은 무공 초식의 체득을 위해, 그리고 염서성은 개인 수련을 위해서 마을 밖으로 나간 걸 알고 있었지만, 굳이 서문유강에게 말해줄 필요성을 느끼지 못해 대충 대답한 것이다.

"그들에게 마을을 함부로 돌아다니지 말라고 해주시오."

"무슨 뜻이오?"

"그냥 노파심에 하는 말이오."

서문유강은 더 이상의 설명 없이 다른 이들과 함께 삼층으로 올라갔다.

하지만 서문유강은 아무 걱정도 할 필요가 없었다. 견일 등은 객잔 주인과 점소이를 의심하고 있기 때문에 그들 모르게 객잔을 빠져나갔으니까.

반악의 시선이 가장 마지막으로 올라가는 서문학찬의 얼굴에 꽂혔다.

'저 녀석의 표정이 이상하군.'

명확히 설명할 수는 없었지만 왠지 불만스러운 듯한, 그러면서도 어떤 행동을 결심한 것처럼 보이는 표정이었다.

'나가서 뭔가 알아낸 게 있기는 한 모양이구나.'

그러나 서문학찬의 표정으로 유추해볼 때 썩 만족스런 정보를 얻은 것처럼 보이진 않았다.

'녀석들이 돌아오면 마을을 조용히 한번 돌아다녀 보라고 해야겠어.'

서문학찬의 불만어린 표정이 신경 쓰여서 그러는 게 아니라, 장태를 제거한 자들이 슬슬 움직일 때가 되었다는 판단 때문이었다.

사실 이때까지 아무 일도 일어나지 않고 조용하다는 게 이상했다.

그러니 조용하다해서 안심하고 있기보다는 보이지 않는 곳에서 그들을 향해 칼이 겨누어지고 있다는 의심을 품고 있어야 나중에 후회할 일이 없을 것이었다.

'응?'

반악의 신경이 삼층 쪽으로 쏠렸다.

누군가 아주 조용히 움직이고 있다는 기척이 느껴졌기 때문이었다.

'놈들인가?'

아니었다.

안으로 들어오는 걸음이 아니라, 밖으로 나가는 걸음이기 때문이었다.

조금 뒤 기척은 삼층 복도 끝 창가에 다다랐고, 사라져버렸다.

반악은 자리에서 일어나 기척이 사라진 삼층 창가로 가서 밖을 확인해 보았다. 창문을 통해 빠져나간 사람은 서문학찬이었다.

'어딜 가는 거지?'

게다가 몰래 나갔다는 게 의아스러웠다.

서문유강을 비롯하여 아무에게도 알리고 싶지 않다는 의미였으니까.

'내가 신경 쓸 일은 아니지.'

서문학찬이 무엇을 하러 나간 것인지는 알 수가 없었지만, 그를 챙겨야 하는 건 자신이 아니라 서문유강의 몫이었으니까.

그런데 창밖을 향해 있던 반악의 눈빛이 달라졌다. 웬 사내가 서문학찬이 사라진 골목 쪽으로 따라 들어가는 걸 본 것이다.

이때 계단 쪽에서 인기척을 감지한 반악이 뒤를 돌아봤다.

점소이였다.

"저…… 무사님."

반악은 자신을 향해 조심스럽게 다가오는 어린 점소이를 날카롭게 쳐다보았다.

혹시 수적들의 사주를 받고 다가와 암습이라도 할 의도일지도 모르니까.

"공자님께 긴히 말씀드릴 것이 있습니다요."

점소이는 불안한 얼굴로 아래층을 힐끔거리면서 말을 이었다.

"제가 알려드렸다는 걸 주인어른이나 마을 사람들에게는 비밀로 해주셔야 합니다요."

반악은 점소이를 빤히 쳐다보다가 고개를 끄덕였다.

"알겠다."

"사실은……."

점소이는 녹류산장이 찾고 있는 무사와 인상착의가 비슷한 사람이 객잔에 묵었었고, 마을에 있던 수적들과 다툼이 있었으며, 그들에게 붙잡혀 끌려간 이후 다시는 볼 수 없었다고 했다.

그리고 촌장이 직접 나서서 함구하라고 했다는 것이다.

"마을 사람들이 사실을 알고도 무사님들께 말을 하지 않은 건……."

해코지를 당할까 두려워서라고 했다.

이 마을이 수적들에게 휘둘리기 시작한 것은 오래 전이고, 그 중심에는 수적들과 손을 잡고 이득을 챙기는 욕심 많은 촌장이 있다는 것이다.

마을 사람들은 수적들과 연관되는 것도, 촌장에게 갈취당하는 것도 원치 않았지만, 살해당할까 무서워서 감히 도망치지도 못하고 저항하지도 못하고 있는 형편이라고 했다.

초창기에 마을 사람 몇 명이 저항하거나 모든 걸 거부하고 도망치려다가 살해당한 적도 있었기 때문에, 막연한 두려움이 아니라 경험이 만들어낸 실질적인 두려움이었던 것이다.

게다가 대부분의 사람들은 간신히 이룬 터전을 버리고 떠날 처지가 아니었다.

그래서 점소이는 객잔 주인과 동료들이, 그리고 마을 사람들이 서문유강 등의 행적들을 수적들과 촌장에게 전할 수밖에 없었다고 했다.

"죄송합니다요, 무사님. 정말 죄송합니다요."

반악은 눈물까지 흘리며 용서를 비는 점소이를 가만히 보다가 물었다.

"그런데 넌 왜 그런 사실을 알려주려는 것이냐? 두렵지 않으냐?"

"두렵습니다요. 그렇지만 공자님의 일행 분들 중에 몸집이 어린아이처럼 작고 머리를 짧게 깎은 분께서 명성이 대단히 높은 고수시라는 말을 들었습니다요. 그리고 녹류산장은 소림사의 속가문파니까, 이 마을을 도와주실 것이라고 생각했습니다요. 너무 두렵지만, 소인은 가만히 있을 수 없었습니다요."

여전히 수적들이 무섭지만 녹류산장이라면 수적들을 물리칠 수 있다고 믿고 용기를 내어 나선 것이다.

그리고 지금껏 마을 밖으로 나가 도움을 청할 엄두도 내지 못했었기 때문에, 이번이 아니라면 더는 기회가 없을 거라는 절박함도 크게 영향을 주었다.

점소이는 간절한 눈빛으로 쳐다보며 말했다.

"공자님, 제발 저희 마을을 구해주십시오."

어찌 대답해야 할까.

자신은 녹류산장의 사람도 아니고, 이 마을을 도와야 할 의무도 없었다. 단지 맹약의 조건 때문에 따라왔으니, 서문유강 등이 수적들과 싸우게 될 때 같이 싸우면 그것으로 할 일을 다 한 것이다.

'그러나…….'

스물도 채 되어 보이지 않는 점소이는 비밀로 해달라고 부탁했지만, 실상 목숨을 걸고 진실을 알린 것과 다름없었다.

물론 세상 경험이 부족하고 아직은 때가 적게 묻어서 목숨을 내건다는 게 얼마나 큰 희생인지에 대해 둔감할 수도 있고, 이성보다 감성에 치우쳐 즉흥적으로 한번 해보자 하고 말을 한 것인지도 몰랐다.

하지만 점소이의 행동은 분명 용기 있는 행동이었다.

어떤 생각을 하고 어떤 과정을 거쳤든 간에 지금은 그것으로 충분하지 않은가.

게다가 이 마을의 사정이 석 무사를 만났던 절강 안길 근방의 시골마을을 떠올리게 했다.

그래서 예전에는 이런 부탁을 코웃음 치며 무시했을 테지만, 이젠 그럴 수가 없었다. 아니, 그러고 싶지가 않았다.

원한 건 아니었지만 조금은, 아주 조금은 힘을 가지지 못한 자들의, 가질 수 없는 자들의 사정과 절박함을 이해하게 되어버리고 말았으니까.

"알았다. 그만 가봐라."

"약속해주시는 겁니까요?"

"난 확실하지 않은 일에 약속은 하지 않는다. 그러나 해보겠다."

점소이는 그런 말이라도 감사하다는 듯 깊이 머리를 숙이고는 아래층으로 내려갔다.

반악은 씁쓸한 미소를 지었다.

'세상을 보는 방식이 바뀌어버리니 귀찮은 일이 끊이지 않는구나.'

잠시 생각에 잠겼다가 서문유강이 묵고 있는 방을 한 번 흘겨본 반악은 서문학찬처럼 창문을 통해 조용히 객잔을 빠져나갔다.

*　　*　　*

선착장 외곽 공터.

그곳에 오십 명도 넘는 숫자가 무질서하게 서서 떠들어대고 있었다. 주극성의 지시를 받고 모인 익덕채의 수적들이었다.

"다 됐냐?"

주극성의 물음에 요경심이 고개를 끄덕였다.

수적들 모두에게 해독약을 먹이고 미혼약, 산공독, 석회가루를 몸에 지니도록 했다. 그리고 구할 수 있는 모든 독을 무기에 바르도록 조치를 취해두었던 것이다.

원래 무림에서 무기에 독을 바르고 싸우는 건 지탄받을

일이지만, 수적인 우세만 있을 뿐 실력 면에서 한참 떨어지는 입장에서는 어쩔 수가 없는 선택인 것이다.

그리고 간이 배 밖으로 나온 지 이미 오래인 주극성은 이번 일을 성공시키기 위해서 물불을 가리지 않기로 작정했기에 누군가 반대를 하더라도 그냥 밀어붙였을 게 분명했다.

요경심은 그래서 탐탁지 않으면서도 막지 않았다.

주극성은 앞으로 나서서 수하들이 자신을 주목하도록 했다.

"모두 잘 들어라. 객잔에 당도하면 내가 지목한 녀석들은 문과 창문 앞에 자리를 잡는다. 그리고 몇 명은 안으로 들어가서……."

녹류산장의 무리를 자극하여 일층으로 내려오게 유도하고, 그들이 일층으로 내려왔다는 신호가 나오면 안으로 뛰어 들어가서 미혼약과 산공독을 뿌려 중독을 시키는 게 일차적인 목표였다.

"또 다른 일부는 객잔 밖에서 기다리다가 혹시라도 밖으로 빠져나오는 자들에게……."

재차 독과 석회가루 등을 뿌릴 것이고, 중독되고 눈에 석회가루가 들어가서 앞도 보지 못해 혼란스러워 하는 그들을 압도적인 숫자로 포위해 모두 죽인다는 게 주극성의 계획이었다.

마을 밖으로 나간 두 무리도 이런 방식으로 처리할 생각이었다.

"놈들이 녹류산장의 무사들이라고 두려워 할 거 하나 없다. 모두 세 무리로 갈라진데다가 객잔에 있는 숫자는 열 명도 되지 않고, 중독이 되어 힘을 쓰지도 못할 테니까."

하지만 수적들의 얼굴에선 불안감이 완전히 사라지지 않았다.

근방에서 가장 강하고 명성 높은 녹류산장의 무리를 공격한다고 하니 걱정이 되는 게 당연했다.

그러나 주극성의 이어지는 외침에 수적들의 표정이 달라졌다.

"우리의 뒤에는 백인지적 장통 채주님이 계시지 않느냐!"

이렇다 하게 내세울 정도의 무공도 익히지 못하고 그 흔한 별호도 갖지 못한 일개 수적일 뿐이지만, 그래서 천하의 고수가 갖는 무게감을 더욱 강하게 느낄 수 있는 법.

"맞아! 우리 채주님은 천하에서 이름 높은 고수시잖아!"

"그렇지, 아무리 녹류산장이라고 해도 우리 채주님이 있으면 조금도 두려워할 게 없지!"

수적들 사이에서 호응하듯 떠들어대는 자들은 주극성이 채주 자리에서 쫓겨났음에도 굴하지 않고 심복처럼 따르는 자들이었다.

장통의 이름을 듣고 자연스럽게 생겨나는 자신감과 선동하는 동료들의 외침에 자극을 받은 수적들의 얼굴에서 차츰 불안감이 사라지기 시작했다.

이때 요경심이 뒤쪽으로 바짝 다가왔다.

"부채주님."

"왜?"

주극성은 인상을 구겼다.

분위기가 좋은지라 몇 마디를 추가하여 수적들의 기세를 한층 더 높이려고 했는데 방해를 받았기 때문이었다.

"객잔을 감시하는 녀석이 그러는데, 놈들 중 하나가 혼자서 몰래 객잔을 나왔답니다."

"한 놈 나간 게 뭐 중요하다고. 그깟 놈 하나보다 만봉철벽을 처리하는 게 더 중요하다는 걸 몰라서 하는 소리냐?"

그래서 산장 무사 하나가 촌장의 집을 몰래 감시하고 있다는 걸 전해 들었으면서도 그냥 무시하고 있는 게 아닌가.

하지만 요경심의 생각은 달랐다.

"나이는 어리지만 지난번 점소이가 전해준 옷차림과 외형으로 볼 때 일개 무사가 아닌 듯 합니다. 제 생각에는 서문씨의 혈족같습니다. 혹시 모르죠. 만봉철벽의 아우 중에 하나일지도."

"……."

"만약 제 짐작이 맞는다면 무공실력이 만만치 않을 테니 먼저 놈을 제거하는 게 나중을 위해서도 좋지 않겠습니까. 아니면 사로잡아서 인질로 쓰는 것도 괜찮겠죠."

주극성은 괜찮다는 생각이 들었는지 고개를 끄덕거리며

물었다.

"어디로 가고 있다는데?"

"촌장의 집 쪽으로 가는 것 같다고 합니다. 감시까지 붙인 걸 보면, 아무래도 우리와 촌장이 손을 잡고 있다는 걸 눈치 챈 게 아니겠습니까. 그래서 다시 다그쳐 알아볼 속셈이겠죠. 그렇지 않고서야 이미 만난 촌장을 또 만나러 갈 이유가 없잖습니까."

"그런데 왜 혼자 가는 거지? 혹시 우리가 감시하는 걸 알고 함정을 판 거 아니야?"

"몰래 나온 걸 보면 그런 것 같지는 않습니다."

"그럼 뭐야?"

"그거야 저도 알 수가 없죠. 어쨌든 우리에겐 잘된 일이 아니겠습니까."

"흠, 그렇기는 하지. 그건 그렇고, 만봉철벽이 찾아갔을 때 그 늙은이가 바보 같은 소리를 떠들어댔을 게 분명해. 돈만 밝히는 병신 같은 늙은이 새끼. 돈 좀 만지게 됐다고 이런 구석진 마을에 그따위로 큰 집을 지으려고 할 때부터 알아 봤어야 했다니까."

주극성은 내심 이번 일만 끝나면 제 주제도 모르는 촌장의 목을 쳐버리고, 수하들 중 하나를 촌장으로 앉혀두어야겠다고 결심했다.

"어떻게 하시겠습니까?"

"좋아. 우선 촌장 집으로 가서 감시하는 놈을 죽이고, 지금 가고 있다는 놈은 서문 씨인지 아닌지에 따라 결정한다."

"알겠습니다."

곧 주극성을 선두로 한 오십여 명의 수적들이 촌장의 집을 향해 빠른 걸음으로 이동했다.

*　　*　　*

"아버지, 정말 그들에게 시체의 위치를 알려줄 생각입니까?"

방을 나서려던 촌장은 아들의 물음에 짜증스런 표정을 지었다.

"그러려고 지금 나가려는 게 아니냐."

"그랬다가 애꾸눈 주극성이 알게 되면 어쩌려고 그럽니까? 주극성은 우리가 시체를 어디다 묻었는지 안다는 것도 모르고 있었는데, 그걸 녹류산장에 알려주면 잘했다고 칭찬이라도 해줄 것 같아요?"

"이 아비가 다 알아서 하는 거니까, 넌 상관하지 말고 있어."

아들은 답답하다는 듯 가슴을 두드렸다.

"내 목숨도 달린 일인데 어떻게 상관을 안 해요. 주극성 그놈이 얼마나 속이 좁은 놈인데요. 그 새로 바뀌었다고 하는 채주도 성질이 지랄 같다고 하던데, 아버지뿐만 아니라 나까지 죽일 거라고요."

촌장은 어이가 없다는 얼굴로 호통을 쳤다.

"넌 아비 목숨은 걱정 안 하고, 네놈 목숨만 걱정하고 있냐!"

"그러니까 하지 말라는 거 아니에요! 돈 몇 푼 벌겠다고 꼭 그렇게 목숨을 걸어야겠어요!"

"돈 몇 푼이라니! 녹류산장이 크게 보상을 한다고 했으니, 엄청난 거금일 게 분명해."

"젠장, 억만금을 준다고 해도 그게 목숨보다 중요해요? 이럴 줄 알았으면 아버지한테 알려주는 게 아니었는데."

지난번 수적들이 장태의 시체를 옮겨 땅에 묻는 것을 목격한 아들이 촌장에게 알렸던 것이다.

"이놈아, 돈만 생각해서 하는 게 아니야."

"그럼요?"

"녹류산장의 무리가 개입을 했잖으냐. 수적들의 동태를 살피러 왔다고 하면서 결국 술 처먹고 돈 갈취하고는 나 몰라라 돌아가는 관리 따위가 아니란 말이다. 이번엔 주극성이 쉽게 해결할 문제가 아니란 거지."

"그래서요?"

"뭐가 그래서야. 당연히 익덕채가 무너졌을 때 우리가 빠져나갈 구멍도 만들어 둬야지."

촌장은 다짜고짜 객잔으로 찾아가 서문유강에게 시체의 위치를 안다고 말하려는 게 아니었다.

일단 약속했던 것처럼 마을을 돌아다니며 사람들을 만나 물어보는 시늉을 하면서 장태가 객잔에 머물렀고, 수적들에게 붙잡혀가는 걸 봤다는 이야기를 절대 하지 말라고 재차 엄포를 놓을 생각이었다.

그런 다음 마을 사람 중 하나가 며칠 전 배를 타러 온 외부인에게서 들었던 이야기에 의구심을 품고 마을 밖으로 나갔다가 시체를 찾게 되었다는 식으로 거짓을 꾸며 알려줄 생각인 것이다.

그렇게 되면 산장 무사의 죽음에 관련하여 의심을 받지 않아도 되고, 혹시 익덕채가 무너지더라도 나름 그들에게 도움을 주었다는 핑계로 지금의 촌장 자리를 계속 유지할 수 있지 않겠는가.

물론 이런 생각까지 하게 만든 건 엄청난 금액일 거라 예상되는 보상금에 대한 욕심 때문이었다.

"이놈아, 이제 이 아비의 깊은 뜻을 알겠냐?"

"깊은 뜻은 무슨……."

아들은 돈 욕심이 나 그런 거면서 아닌 척 한다고 내심 코웃음을 쳤지만, 어쨌든 녹류산장을 무시할 수 없다는 부친의 생각에 공감하고 있기에 더 이상 그를 만류하진 않았다.

"그런데 그들이 믿어줄까요? 솔직히 내용이 부실해요. 그들이 의심하기라도 하면 큰일 아닙니까."

"시체를 찾았는데 왜 의심을 해. 그리고 우리가 산장의 무사를 죽일 수 있을 거라고 그들이 상상이나 할 수 있을 거 같으냐?"

"그렇기는 하지만……."

"잔말 말고, 너도 따라와."

"예? 왜요?"

"그럼 나 혼자서 돌아다니리? 이게 나 혼자 먹고 살자고 하는 짓이냐?"

"그냥 하인들이나 데려가요."

"이놈이!"

촌장은 아들의 뒤통수를 손바닥으로 후려쳤다.

"머리 나빠지게 왜 때려요!"

"네가 나빠질 머리가 있기는 하냐? 이 멍청한 녀석아, 이런 일에는 입이 적을수록 좋다는 걸 몰라? 그리고 그놈들의 뭘 믿고 데리고 다녀? 너도 명심하고 있어. 비밀스런 일에는 핏줄만큼 믿을 수 있는 게 없는 거야. 수십 년을 따랐던 충복도, 아무리 아끼는 첩도 다 소용없어. 알겠냐?"

아들은 뒤통수를 쓰다듬으며 마지못한 듯 고개를 끄덕였다.

"얼른 따라 나와."

촌장은 아들과 함께 방을 나섰다.

하지만 두 사람은 방과 건물을 나와 앞마당을 눈앞에 두고 돌처럼 굳어버렸다.

서문학찬이 팔짱을 낀 채 문가에 기대고 서서 그들을 똑바로 쳐다보고 있었던 것이다. 문이 여전히 꽉 닫혀 있는 걸 보면 아까처럼 담장을 넘어 들어온 게 분명했다.

촌장은 내심 크게 놀랐지만, 겉으로는 어리둥절한 표정을 지었다.

"아까 뵈었던 산장 무사님이 아닙니까. 또 어쩐 일로 찾아오셨습니까?"

"아까 촌장에게 하지 못한 질문을 하러 왔소."

"물어보십시오. 이 늙은이가 아는 것이라면 모두 말씀드리겠습니다."

서문학찬은 마당 안쪽으로 걸어오며 물었다.

"장태는 어디 있소?"

"무, 무슨 말씀을 하시는 겁니까?"

촌장은 당혹감을 얼굴에 드러내지 않기 위해 애를 썼다.

"이 늙은이는 장태란 분에 대해서 알지 못한다고 이미 말씀드리지 않았습니까."

"당신의 뒤에 있는 사람의 표정은 알고 있다고 말하는 것 같소만?"

촌장은 서문학찬의 비웃음 섞인 말에 뒤를 돌아보고는 눈살을 찌푸렸다.

'저 멍청한 놈이.'

아들은 낯빛이 창백해져 있었고, 서문학찬의 말을 듣자 웃음을 지었지만 당황했다는 걸 빤히 알 수 있을 만큼 너무나 어색하고 억지스런 웃음이었다.

"하하하, 무사님께서 오해하신 겁니다. 이 녀석은 제 아들놈인데 속이 좋지 않아서 지금 의원을 찾아가려고 나서는 길이었답니다."

서문학찬은 불신어린 표정으로 물었다.

"이 작은 마을에 의원이 있다는 거요?"

"예? 아, 없습니다. 하지만 침을 약간 놓을 수 있는 사람이 있어서 일단 그 사람에게 가보려고 합니다. 그래도 안 되면 가까운 큰 마을로 갈 생각이었습니다."

서문학찬은 지적을 당할 때마다 당황하지 않고 바로바로 거짓을 지어내는 촌장의 임기응변에 감탄했다.

하지만 그 거짓말이 저 위쪽 어딘가에 있다고 하는 다른 나라가 흔하게 하는 거짓말처럼 너무 속이 들여다보여서 전혀 믿음이 가질 않는 것이다.

마치 쇠붙이에 청색색료로 글씨를 써 두고 활활 타오르는 장작불에 넣었다 빼도, 혹은 짜디 짠 소금물에 한참을 담갔다 꺼내도 글씨는 사라지지 않고 조금의 손상 없이 남아 있을 거라고 하는 얼토당토않은 거짓말을 들었을 때와 비슷한 심정이라고나 할까.

"촌장은 내가 바보 같소?"

"그럴 리가 있겠습니까. 조금도 그렇게 생각하지 않습니다."

"그럼 날 바보로 취급하지 말아야 하는 거 아니요?"

촌장은 차갑게 굳어지는 서문학찬의 표정을 보고 상황이 안 좋다는 걸 깨달았다.

'저놈이 눈치를 챘나? 아니면 그냥 찔러보려는 건가.'

"무사님, 동료분을 찾지 못해 답답해서 이러시는 모양인데, 제가 지금 나가서 사람들에게 물어보러 다닐 참이었습니다. 그러니 짜증이 나더라도 잠시만 참으시고 기다려 주십시오."

"아들이 아파 침을 맞으러 간다고 하지 않았소? 어떻게 촌장은 말을 할 때마다 내용이 바뀌는 거요?"

"아닙니다. 아니에요. 제가 드리고 싶은 말은……."

"이러다 끝이 없겠소. 양심상 뼈가 약한 촌장을 때리기는 뭐하니까, 아들로 대신하리다."

서문학찬이 촌장을 빠르게 지나쳐 아들 쪽으로 성큼 걸어갔다.

그러자 아들은 뒷걸음치며 다급한 얼굴로 촌장을 쳐다봤다.

"아버지! 그냥 다 이야기하세요!"

퍽!

"악!"

피하고 어쩌고 할 사이도 없이 다리를 걷어차인 아들이

신음을 내지르며 쓰러졌다.

서문학찬이 다시 걷어차려고 하자 아들이 앓는 소리를 내며 촌장을 향해 소리쳤다.

"아들이 죽는 걸 그냥 보고만 있을 겁니까!"

촌장은 소리는 내지 못하고 입만 우물거렸다.

아들이 맞는 꼴을 그냥 보고 있을 수도 없는데, 그렇다고 다짜고짜 진실을 이야기하면 자신의 치부가 드러나게 되니, 이러지도 저러지도 못하고 망설이는 것이다.

퍽!

"악!

복부를 걷어차이고 마당으로 나가떨어져 구역질을 하던 아들은 서문학찬이 조금의 망설임도 없이 냉랭한 표정을 하고 다가오자 급히 소리쳤다.

"말씀드리겠습니다! 제가 말씀드릴 테니 때리지 마십시오! 무사님의 동료분이, 그, 그 장태란 분이 묻힌 곳을 알고 있습니다! 지금 당장 그곳으로 안내해 드릴 테니까, 제발 때리지 마십시오!"

서문학찬은 우뚝 멈춰 섰다.

'묻힌 곳?'

그렇다면 장태가 죽었다는 뜻이 아닌가.

서문학찬은 분노에 억눌려 잔뜩 가라앉은 음성으로 물었다.

"누구의 짓이냐?"

"예?"

"누가 장태를 죽였느냐!"

벼락 치듯 떨어진 서문학찬의 고함소리에 촌장도 아들도 갑작스레 두려움을 느낀 것처럼 몸을 떨었다.

"그, 그것이……."

몸의 반응과는 달리 촌장과 아들은 대답하기를 망설였다.

장태의 시체가 있는 곳을 말해주는 것과 흉수들이 수적들이라고 발설하는 것과는 분명한 차이가 있었으니까.

하지만 아들은 서문학찬이 조금 전과 비교도 할 수 없이 냉랭한 얼굴을 하고 다가오자 나중에 수적들에게 보복당하지 않을까 따위에 고민하고 있을 틈이 없다는 걸 깨달았다.

당연히 촌장도 같은 위기감을 느꼈다.

그래서 두 사람이 뒷걸음치며 장태를 죽인 게 수적들의 짓이라고 말을 하려는데, 정문이 벌컥 열리며 서문학찬의 지시를 거부하지 못하고 밖을 감시하고 있던 무사가 급하게 뛰어 들어왔다.

"사공자님, 갑자기 무기를 든 수십 명이 골목 끝에서 나타나 이쪽으로 오고 있습니다."

"수십 명이라고?"

순간 상황이 어떻게 돌아가는지 깨달은 서문학찬의 얼굴이 일그러졌다.

그리고 매서운 시선으로 촌장과 아들을 노려보며 소리쳤다

"네놈들이 수적들과 내통하고 있었구나!"

촌장과 아들은 수십 명의 수적들이 오고 있다는 것에 이젠 살았구나 싶어 내심 안도했지만, 손을 내저으며 강하게 부정했다.

아직 어떻게 될지도 모르는데 수적들과의 관계를 밝히고 서문학찬을 적대할 수는 없는 일이었으니까.

쾅!

이 때 정문이 큰 소리를 내지르며 쓰러지고, 뒤에 오십여 명의 수적들을 대동하고 있는 주극성이 사나운 미소를 지으며 모습을 나타냈다.

"어라? 완전 애송이잖아?"

주극성은 서문학찬이 생각했던 것보다 어리다는 것에 실망스런 표정을 지었다.

하지만 외견만 보고 판단할 수는 없다는 생각에 정체를 물었다.

"네놈은 누구냐?"

"난 녹류산장의 서문학찬이다!"

주극성의 표정이 밝아졌다.

"서문학찬? 아, 그럼 네가 넷째구나!"

"그러는 넌 누구냐!"

"나? 나는 이제부터 네놈의 생명줄을 잡고 있을 분이시지! 얘들아, 저 새끼를 잡아라!"

주극성의 손짓에 수적들이 우르르 정문을 지나쳐 앞마당으로 몰려들어왔다.

"사공자님?"

긴장한 산장 무사는 이제 어찌 하냐는 얼굴로 서문학찬을 쳐다봤다.

서문학찬은 무사의 어깨를 두드리며 웃었다.

"뭘 긴장해. 이깟 놈들은 나 혼자서도 다 쓸어버릴 수 있다고."

그리고는 뒤춤에서 네 개의 철제 단봉을 꺼내 합체시켜 하나의 긴 철봉을 만든 다음, 가장 앞에서 달려오는 수적을 향해 와락 달려들었다.

무사도 지니고 있던 단봉으로 철봉을 만들어 그의 뒤를 따랐다.

* * *

'말만 앞서는 놈인 줄 알았더니, 담력이 제법일세.'

아래에서 잘 보이지 않는 지붕 끝에 올라 앉아 내려다보고 있던 반악은 한 명을 때려눕히고 망설임 없이 수적들의 중심으로 뛰어드는 서문학찬을 기특하단 시선으로 바라봤다.

하지만 그게 실력에 부합하는 담력일지, 아니면 주제도 모르는 만용일지는 조금 더 지켜봐야 할 일이었다.

그래서 바로 도와주지 않고 조금 더 지켜보기로 한 것이다.

'그건 그렇고, 장강에서 수적질을 하던 놈이 왜 여기에 있는 거지?'

반악은 광존 화임손 등과 같이 타고 가던 배를 털려다가 낭패만 당하고 말았던 요경심의 얼굴을 잘 기억하고 있었던 것이다.

하지만 내려가서 직접 물어봐야 해답을 알 수 있는 일이고, 크게 궁금하지도 않아 금방 관심을 접었다.

'응?'

반악은 싸움이 벌어지자 눈치를 보며 슬금슬금 뒷걸음치기 시작하는 촌장과 그 아들을 발견하고 비웃음을 지었다.

'너희들 같은 쥐새끼들을 그냥 도망치게 놔둘 수는 없지.'

기왓장 두 장을 집어 들었다.

그리고 그들이 건물을 지나쳐 뒷문에 다다랐을 때 공력을 실어서 던졌다.

퍽! 퍽!

정확히 뒤통수에 기왓장을 맞은 촌장 부자는 눈을 까뒤집으며 정신을 잃고 쓰러졌다. 워낙 충격이 클 것이기 때문에 한참 동안은, 아마도 오늘 안에는 깨어나지 못할 것이다.

반악은 싸움이 벌어지는 앞마당으로 다시 시선을 집중했다.

*　　*　　*

지난번 찾아온 사조의 가르침을 떠올리며 가부좌한 채 명상에 집중하고 하던 서문유강은 갑자기 의문이 생겨 눈을 떴다.

'막내가 너무 조용하군.'

어릴 때부터 조용히 인내하고 기다리는 성격이 아닌데다, 처음으로 자유롭게 집을 나온 게 아닌가.

그런데 이런 상황에서 너무 얌전히 있다는 게 서문학찬답지 않아 신경이 쓰였던 것이다.

'어머님께 약속드린 것 때문에 내가 너무 과민해진 건지도 모르지만…….'

서문유강은 동생이 뭘 하고 있는지 확인하기 위해서 방을 나왔다.

그런데 서문학찬은 객잔 어디에도 없었다. 산장 무사들도 그가 어딜 갔는지 모르고 있었다. 객잔주인과 점소이도 나가는 걸 본 적이 없다고 했다.

반악도 보이지 않았지만, 아우에 대한 걱정 때문에 그에 대해선 깊게 생각하지 않았다.

'설마?'

서문유강은 촌장의 집을 나오며 서문학찬이 불만을 터트렸던 상황을 떠올렸다.

"촌장의 집으로 가자."

서문유강은 무사들과 함께 객잔을 급하게 뛰어나갔다.

*　　　*　　　*

퍼퍽!

간결한 타격음과 함께 두 명이 뒤로 쓰러졌다.

철봉을 휘두르는 서문학찬의 움직임은 직선적이고, 간간히 내지르는 주먹에는 강맹한 소림권의 특징이 잘 살아 있었다.

저게 소림의 무공이구나, 하는 생각이 절로 나게 한다고 할까.

'하지만…….'

너무 정석적이라 그 의도가 눈에 빤히 보였고, 다음 행동을 예측하기가 쉬웠다.

그래서 서문학찬이 조금의 두려움도 없이 뛰어 들어와 위력적인 공격을 펼치자 당황하여 손발이 어지러웠던 수적들의 대응자세가 점차로 안정감을 찾기 시작한 것이었다.

물론, 서문학찬의 공격은 변함없이 매섭고 힘이 넘쳤지만, 수적들은 처음처럼 쉽게 당하지 않았다. 오히려 수적들이 그를 위협하는 빈도가 더 많아졌다.

조금 시간이 흐르자 서문학찬은 마음처럼 흘러가지 않는

상황에 당황하기 시작했고, 그보다 실력이 아래인 산장 무사에게 의존하는 처지가 되고 말았다.

'무공실력은 높지만, 경험이 한참 부족한 놈이구나.'

뒤쪽에서 지켜보고 있던 요경심은 서문학찬이 실전을, 특히 다수를 상대로 한 싸움을 충분히 겪어보지 못했기 때문에 저런 상황에 처한 것이란 걸 알 수 있었다.

나이는 어려도 상승의 무공을 익히고 무림에 출도한 초출이, 순수하게 실력만 따져볼 때 상대가 되지 않는 이류무사에게 목숨을 잃는 일들이 종종 생기는 것도 바로 경험의 차이가 원인인 것이다.

전통과 세력을 오래 유지해온 문파가 경험이 미천한 자파의 제자들을 무림에 홀로 내보내는 경우가 매우 드문 것도 그 때문이었다.

'대어를 큰 손실 없이 잡을 수 있게 되었으니 다행스런 일이지만…….'

하지만 결과적으로 모든 게 주극성의 성과와 공로로 남을 것이기 때문에 요경심의 마음이 불편한 것도 당연했다.

'저놈이 조금 더 잘 싸워서 부채주까지 나서고, 그래서 부채주와 동귀어진이라도 하면 얼마나 좋아.'

하지만 돌아가는 상황으로 봐서는 절대 일어나지 않을 일에 대한 기대일 뿐이었다.

헌데, 바로 그 때 그의 눈을 의심케 하는 일이 벌어졌다.

산장 무사가 다른 수적의 공격을 막는 틈에 서문학찬의 어깨를 노리고 칼을 찔렀던 수적이, 거의 성공한 것과 다름없어 보이던 수적이 갑자기 앞으로 고꾸라진 것이다.

그러나 멀쩡히 잘 싸우던 사람이 아무 이유 없이 그냥 고꾸라질 수는 없는 법.

요경심은 아주 잠깐 생각하고 쓰러진 수하를 관찰한 것만으로도 그가 머리에 뭔가를 맞아서 쓰러졌고, 그 무언가가 기왓장이었으며, 절대 서문학찬이나 산장 무사가 던지지 않았다는 결론을 얻을 수 있었다.

그래서 기왓장이 날아왔을 것이라 짐작되는 건물 위쪽으로 시선을 돌렸다.

'저놈은 뭐야? 언제부터 저기에 있었던 거지?'

지붕 위 잘 눈에 띄지 않는 위치에 앉아 양손에 기왓장을 들고 있는 반악을 발견한 요경심은 의문을 떠올리며 주극성의 어깨를 두드렸다.

"부채주님, 저길 보십시오."

"왜?"

이제 조금 있으면 끝나겠구나, 하고 흐뭇한 마음으로 싸움을 지켜보고 있던 주극성은, 지붕 쪽을 힐끔 쳐다보고 놀라서 외눈을 크게 떴다.

"저놈은 뭐야?"

"녹류산장의 무사가 아닐까요?"

"그런데 왜 저기 있어?"

"그거야 저도 모르죠. 어쨌든 무슨 짓을 할지 모르니, 그냥 놔둬서는 안 될 것 같습니다."

요경심의 말을 증명이라도 하듯 반악은 기왓장을 던져 서문학찬의 오른쪽에서 달려들던 수적의 머리통을 맞혔다.

"저 새끼가!"

주극성은 짜증을 내며 주위를 두리번거리다 오른쪽 담장 위에 놓인 기왓장을 집어 들었다.

그리고는 너도 당해보라고 소리치며 반악을 향해 던졌다. 하지만 기왓장은 스치지도 못하고 딴 방향으로 날아갔다. 암기술과 비도술을 익힌 적도 없는 그가 제대로 맞출 수 있을 리가 없는 것이다.

그러나 주극성은 포기하지 않고 계속 기왓장을 집어서 던지고, 또 던졌다.

"그만 하시죠."

보다 못한 요경심이 어깨를 잡고 말렸다.

수십 개를 던졌는데도 단 한 번 스치지도 못했고, 그 사이에 반악은 서문학찬과 산장 무사에게 위협적인 공격을 펼치려던 수적의 머리를 정확히 맞혀 어느새 열 명 가까운 수적들을 기절시킨 상태였으니, 계속하면 요경심의 꼴만 우스워질 뿐이었다.

"저 새끼 끌어내려!"

주극성은 잔뜩 열이 받아 붉어진 얼굴로 씩씩 거리며 가까이 있는 수하들에게 명령했다.

게다가 그의 분노는 바로 옆에 있는 요경심에게까지 미쳤다.

"넌 왜 멍청히 서 있는 거야! 너도 가서 저 새끼 끌어내려!"

요경심은 체통이 있지 소두목인 자신까지 나서야 하냐고 반발하고 싶은 걸 간신히 억눌러 참고 분수도를 빼들고 건물 쪽으로 걸어갔다.

퍽!

"악!"

요경심은 그의 뒤를 따라오던 수적이 머리에 기왓장을 맞고 쓰러지자 깜짝 놀라 지붕을 쳐다봤다.

반악이 무덤덤한 시선으로 내려다보고 있었다. 차라리 비웃음이라도 짓고 있으면 한번 싸워보자는 도발로 받아들일 텐데, 저 무표정 때문에 괜히 마음이 싸해지는 게 기분이 이상했다.

별 감흥 없이 개미를 짓눌러 죽이는 어린아이의 표정을 본 것 같은 기분이라고나 할까.

요경심은 고개를 흔들며 생각하기를 그치고 수적들을 다그쳤다.

"놈이 또 던지기 전에 빨리 움직여!"

그런데 막상 건물 아래에 당도하고 보니 난감하기 이를

데가 없었다.

'어떻게 올라가지?'

그가 평소 벽호공을 수련한 것도 아니고, 원래부터 경공에 일가견이 있는 것도 아니었으니까.

그의 뒤로 따라붙어 온 수적들도 난감하기는 마찬가지였다. 사닥다리 같은 거라도 있을까 싶어 주위를 둘러봐도 마땅히 도움이 될 만한 게 보이질 않으니, 괜스레 요경심만 쳐다봤다.

'저놈은 어떻게 올라간 거야?'

반악은 뒤쪽 담장을 밟고 한 번의 도약으로 가볍게 올라선 것이지만, 요경심 등은 시도할 능력 자체가 없기 때문에 그런 방법을 상상할 수도 없었다.

"안 올라가고 뭘 하는 거냐!"

주극성의 짜증 섞인 고성이 들려왔다.

요경심은 지금 올라갈 방도를 고민하고 있으니까 닥치고 있으라고 맞대응하고 싶은 것을 꾹 참으며 머리를 굴리는데 집중했다.

"그렇지! 안으로 들어가자!"

건물 안에는 탁자가 있을 테니, 그걸 밟고 대들보에 올라가면 쉽게 지붕 위에 당도할 수 있을 거라는 판단이었다.

'좋았어! 넌 이제 죽었다!'

지붕 위에 올라설 때만 해도 모든 게 순조로웠기에 요경심의 입가에 절로 웃음이 지어졌다.

그러나 그들을 힐끔 쳐다본 반악이 기왓장을 던졌고, 그걸 머리에 맞은 수적이 아래로 떨어지자 웃음기는 순식간에 사라졌다.

요경심은 다급히 소리쳤다.

"놈을 공격해!"

그러나 명령을 내리면서도 먼저 움직이지 않는 것은 아까부터 마음 한 구석에서 꿈틀거리고 있던 불안감 때문이었다.

반악은 분위기부터 서문학찬과 산장 무사와는 뭔가 다른 것 같다는 느낌에서 오는 꺼림칙함이라고 할까.

퍽!

"악!"

경사진 지붕에서 생각만큼의 속도를 내지 못하고 전진해가는 수적들은 한 명씩 기왓장을 맞고 아래로 굴러 떨어졌다.

이런 식으로 가다가는 반악에게 채 당도하기도 전에 한 명도 남아나질 않을 것 같았다.

'빌어먹을!'

요경심은 마음의 꺼림칙함을 애써 모른 척 하고 수하들과 반대쪽 위치로 옮겨 반악에게 접근해가기 시작했다.

그 사이에도 기왓장에 맞아 떨어지는 수적들이 계속 늘어났고, 간신히 반악의 지척까지 다다랐을 때는 남은 인원이 요경심을 제외하고 고작 세 명뿐이었다.

"놈을 죽여!"

주극성의 닦달하는 고함이 들려왔다.

그렇지 않아도 이를 갈고 있던 수적들은 지체 없이 반악을 향해 칼을 휘둘렀다.

휘휘휙-

"……!"

수적들의 얼굴이 돌처럼 굳어졌다.

반악이 앉은 채로 상체만 이리저리 움직여 모두 피해버렸기 때문이었다. 오죽하면 자신들이 칼을 휘두르긴 했는지에 의구심을 느낄 정도였다.

이 때 요경심이 버럭 소리쳤다.

"계속 공격해!"

수적들은 퍼뜩 정신을 차리고 괴성을 지르며 다시 칼을 휘둘렀다.

요경심도 반대쪽에서 바짝 다가가며 반악을 향해 분수도를 찔렀다.

반악은 벌떡 일어나 상체만 좌우로 흔들면서 칼을 모두 피했고, 곧장 손에 든 기왓장을 휘둘러 수적들의 얼굴을 후려쳤다.

수적들이 피와 이를 토해내며 아래로 굴러 떨어질 때, 반악은 분수도를 어깨 옆으로 흘려보내고 그대로 돌아서며 번개처럼 손을 뻗어 요경심의 목을 움켜잡았다.

숨통이 막힌 요경심은 컥컥거리면서도 반악의 복부를 향해 분수도를 찔렀다.

아니, 찌르려고 했다.

"끄으윽!"

요경심은 팔에 힘을 준 순간 생겨난 끔찍한 고통에 저도 모르게 꽉 막힌 신음을 내질렀다.

어느새 오른쪽 어깨가 빠져 있었던 것이다.

반악의 손에 숨통이 막혀 있지만 않았다면 민망하고 부끄러울 만큼의 날카로운 비명소리를 냈을 게 분명했다.

그래서 감히 왼팔의 상태를 확인할 생각조차 하지 못했다. 확인하겠다고 힘을 주면 조금 전의 그 고통을 다시금 맛보게 될 것 같았기 때문이었다.

'젠장, 이런 식으로 죽게 되다니!'

요경심은 좌절감과 함께 살고 싶다는 강한 욕구를 느끼며 눈물을 주룩 흘렸다.

반악은 그런 요경심을 빤히 쳐다보았다. 그러나 그의 눈동자에 동정의 빛은 보이지 않았다. 그냥 건조하고 차갑게만 느껴졌다.

금방이라도 손에 힘을 주고 목을 부러트릴 것만 같았다.

헌데, 반악의 고개가 마당 쪽으로 돌아갔다. 목이 잡혀 고개를 돌릴 수 없었지만, 요경심은 위치상 마당을 볼 수가 있었다.

그의 시선에 새로이 장내에 나타난 사람들의 모습이 들어왔다.

'동자승?'

나타난 사람들 중 하나가 빡빡 깍은 머리에 어린애 같은 외모와 체형이라서 잠깐 어리둥절했지만, 동자승이라 여겨지는 사람이 말로만 들어왔던 만봉철벽 서문유강이구나, 하는 생각이 바로 떠올랐다.

그리고 세 번의 발길질과 두 번의 주먹질로 주극성을 나뒹굴게 만드는 걸 보고 서문유강의 실력이 애초부터 자신들이 감당할 수 없는 수준임을 깨닫게 되었다.

산장 무사들의 실력과 기세도 대단해서, 수적들은 미혼약 등을 사용할 여유조차 없었다.

요경심의 머릿속에서 떠오른 생각은 하나뿐이었다.

'좆 됐네.'

第三十九章

서문유강 등의 등장과 함께 전세가 한순간에 뒤바뀌고 수적들이 빠르게 제압당해 쓰러지는 걸 가만히 지켜보던 반악은 요경심을 향해 피식 웃었다.

"두 번이나 죽을 고비를 넘기게 됐으니, 너도 운이 좋구나."

요경심은 안도감과 함께 의아함을 느꼈다.

죽을 고비를 넘기게 됐다는 건 그를 지금 당장은 죽이지 않겠다는 뜻이니 기뻐해야 할 일이지만, 언제 또 자신이 죽을 뻔했다고 두 번이라고 한단 말인가?

'안휘를 떠난 이후 특별히 목숨을 위협당했거나, 위태로웠던 적이 한 번도 없었는데. 내가 예전에 이자와 만난 일이

있었던가?'

하지만 아무리 생각을 해봐도 반악에 대한 기억이 전혀 없었다.

'젠장, 무슨 상관이랴.'

당장 살아남을 방도부터 찾는 게 중요했다.

물론, 반악과 과거 인연이 있었다고 한다면 그걸 빌미로 목숨을 구걸할 수도 있겠지만, 떠오르지도 않는 기억에 집착하여 시간을 낭비할 수는 없었다.

게다가 좋은 인연도 아니었다고 한다면, 오히려 역효과를 낼 수도 있는 일이 아닌가.

"나, 나리, 이 모, 목 좀 놔주시면……."

가까스로 숨을 쉬고 있어 요경심의 얼굴은 하얗게 질려 있는 상태였다.

반악은 움직이지 못하도록 요경심의 마혈을 찌르고 옆에 내려놓고는 앉아서 산장 무사들의 싸움을, 특히 서문유강의 움직임을 지켜보기 시작했다.

* * *

수적이 나름 날카롭게 칼을 휘둘렀지만, 똑바로 서도 키가 그의 가슴 높이밖에 되지 않는 서문유강이라 고개를 살짝 숙이는 것만으로 쉽게 칼을 피해버렸다.

"컥!"

서문유강이 칼을 피하며 빠르게 안쪽으로 파고들어가 주먹으로 명치를 치자 숨이 막히고 힘이 빠진 수적이 그대로 허물어졌다.

보기에는 위력적일 것 같지 않지만, 서문유강의 작은 주먹은 차돌멩이처럼 단단하고, 그 안에 응어리진 공력은 막강하여, 설사 수적이 외공의 고수였다고 해도 감당하기는 어려웠을 것이다.

슉-

서문유강은 땅을 박차고 위로 솟구쳐 올라 뒤쪽에서 찔러오는 칼을 피하고, 공중에서 빠르게 몸을 회전시켜 발끝으로 수적의 얼굴을 돌려 찼다. 그리고 땅에 내려선 그는 좌우에 있던 수적들의 다리를 연달아 발로 걷어차고, 비틀거리는 그들의 턱을 손바닥으로 올려쳐 쓰러트렸다.

순식간에 넷을 쓰러트린 서문유강의 놀랍도록 빠른 움직임과 위력적인 공격에 겁을 먹은 수적들이 감히 달려들 생각도 못하고 오히려 거리를 두기 위해 멀찌감치 물러났다.

서문유강은 어린아이 같은 얼굴과 어울리지 않는 강렬한 눈빛으로 주위를 둘러보며 외쳤다.

"무기를 버려라-!"

공력이 실린 외침은 앞마당을 쩌렁하게 울려 퍼졌다.

숫자의 우세에도 불구하고 지닌 독을 사용할 생각도 못한 채 방어하기 급급하던 수적들의 얼굴에 보다 짙은 두려움이 드리워졌다.

"도, 도망가자!"

서문유강에게 얻어맞고 정신을 못 차리다가 간신히 균형을 잡고 일어나 구석으로 피해 있던 주극성이 담장으로 올라서는 걸 본 수적은 그쪽으로 뛰어가면서 소리쳤다.

나머지 수적들도 기다렸다는 듯 우르르 뛰어가 담장을 넘어가기 시작했다.

서문유강과 산장 무사들은 그냥 있지 않고 그들의 뒤를 쫓았다. 하지만 서문학찬은 예외였다. 같이 가려고 했지만, 서문유강이 남아서 부상당해 도망치지 못하는 수적들을 지키고 있으라고 했기 때문이었다.

투덜거리면서도 창고에 들어가 밧줄을 가지고 나온 서문학찬은 쓰러져 있는 수적들을 일일이 묶은 다음 끌어서 한곳에 모아두었다.

그리고 잠시 머뭇거리다가 지붕 위를 쳐다보며 말했다.

"반 소협, 도와주어 고맙소."

"난 당신들을 돕기 위해서 여기 온 것이니, 따로 인사까지 받을 필요는 없소."

반악은 마혈이 잡혀 꼼짝도 못하고 있는 요경심을 발로 걷어차 서문학찬쪽으로 떨어트렸다.

서문학찬은 급히 요경심을 받아들었다.

"그놈을 다그쳐보면 수채에 대해서 여러 가지를 알 수 있을 거요."

"이자가 누구요?"

"정확히는 모르지만, 지위가 낮은 놈은 아닐 거요."

왜 하남으로 와서 황하의 수적이 되었는지는 모르지만, 장강에서 채주까지 했던 자가 여기서 졸자 노릇이나 하고 있지는 않을 테니까.

그러나 서문학찬은 요경심을 심문할 기회를 얻지 못했다. 요경심의 아혈을 풀어주고 물어보려고 할 때, 산장 무사들과 함께 여섯 명의 수적들을 잡아끌고 돌아온 서문유강에게 질책을 들어야만 했기 때문이었다.

"내가 참고 자중하라 한 말을 농으로 들은 것이냐?"

"저는 단지……."

서문유강은 쿵 하는 소리가 날만큼 강하게 발을 구르며 서문학찬의 말을 끊었다.

"네 변명을 듣자고 하는 말이 아니다."

"큰형님, 이 상황을 보시면 제가 생각했던 게 옳았음이 증……."

"이놈!"

서문학찬은 깜짝 놀라 입을 다물었다.

그는 서문유강이 지금처럼 화를 내는 걸 본 적이 없었다. 다른 산장 무사들도 마찬가지였기에 감히 끼어들 생각도 못하고 숨을 죽이고 있는 것이었다.

"어머님의 반대가 극심하고 아버님을 비롯하여 모두가 우려를 표함에도 내가 끝까지 고집을 부려 널 데려가겠다고 한 것은, 네가 공명을 쌓기 위한 욕심 때문에 마음대로 행동하는 걸 보기 위함이 아니었다!"

"……."

"네가 단순히 가풍에 따라 무공을 익히고, 가문의 명성과 위세에 익숙해져 눈과 귀가 어두워지면, 봐야할 것을 보지 못하고 들어야 할 것을 듣지 못할까 염려가 되었다! 그래서 네가 지금까지보다 많은 것을 보고 들으며 경험을 쌓게 해주고자 한 것이다!"

"……."

"그런데 공명심에 눈이 어두워져 이 같은 위험을 초래하다니. 너는 촌장이 감추고자 하는 걸 밝혀냈고, 수적들이 모습을 드러냈으니 모든 게 잘 되었다고 생각하는 것이냐? 이 자들은 품속에 독을 지니고 있었다."

그가 끝까지 뒤를 쫓자 채주란 자와 몇 명이 미혼약 등을 던지면서 견제를 했기에 알게 된 사실이었다.

"단 둘밖에 없어 만만히 보고 사용하진 않은 것 같지만, 만약 처음부터 너를 중독 시키려 했다면 어쩔 뻔했느냐?"

서문학찬은 고개를 푹 숙인 채 아무 말도 하지 못했다.

반성하고 있는 걸까?

독에 대해선 몰랐기에 아주 약간은 그러했다. 하지만 이전에도 그러했듯 서문학찬은 자신의 결정과 행동이 잘못되었다고 생각하지 않았다.

'결과적으로 내가 옳았잖아. 그런데도 큰형님은 잘못이라고만 하시니…….'

찾을 수 없었던 장태가 죽었다는 사실을 알아냈다. 그렇다고 서문유강이 걱정하는 것처럼 알아내는 과정 중에 죽은 사람이 있는 것도 아니었다.

오히려 수십 명의 수적들을 붙잡을 수 있었고, 그들을 심문해서 본거지를 알아낼 수도 있게 되었다.

물론 그가 다 잘했다는 게 아니었다.

서문유강의 말을 듣지 않고 행동했고, 약간의 위험스런 상황도 겪었으니까.

하지만 잘한 것과 못한 것은 분명히 구분해야 한다는 게 그의 생각이었다. 분명 자신의 결단으로 인해 잃은 것보다 얻은 게 더 많았다.

'큰형님의 말만 듣고 기다리고만 있었다면…….'

장태의 죽음을 알기까지 너무 오랜 시간이 소요되었을 테고, 도리어 수적들에게 기습을 당해 큰 위험에 빠졌을 수도 있었다는 게 그의 생각이었다.

그래서 서문학찬은 고개를 숙인 채 반성하는 모습을 보이고 있었지만, 내심으로는 조만간 큰형님도 자신을 인정할 수밖에 없도록 확실히 실력을 보여주겠다는 다짐을 하고 있었다.

엄한 서문유강은 단호한 음성으로 말했다.

"이제부터 넌 뒤로 물러나 지켜보기만 해야 할 것이다. 설사 마음에 차지 않는 일이 있더라도 아무 말 하지 말아야 한다. 알겠느냐?"

"예, 큰형님."

서문학찬은 말 그대로 뒤로 물러났고, 서문유강은 여전히 지붕에 앉아 있는 반악을 향해 포권을 취했다.

"반 소협이 아니었다면 낭패를 볼 뻔했소. 감사드리오."

반악은 서문학찬에게 했던 것처럼 대답하고, 요경심에 대해서도 똑같이 말해주었다.

서문유강은 포박해놓은 수적들을 창고에 가둬두게 하고, 무사들을 마을 밖으로 보내 서문왕성과 서문만준에게 이곳의 상황을 전하게 한 뒤, 서문학찬과 함께 요경심을 일으켜서 방으로 끌고 들어갔다.

'그럼 난 저 쥐새끼 같은 것들을 처리해 볼까.'

반악은 촌장 부자가 기절해 쓰러져 있는 뒷마당으로 뛰어내렸다.

그리고 그들을 짊어지고 장원을 빠져나갔다.

* * *

열 명도 되지 않는 수하들과 쾌속선을 타고 선착장을 벗어나는 것으로 서문유강 등의 추적을 간신히 떨쳐낼 수 있었던 주극성은 곧장 익덕채로 배를 몰아가게 했다.

'몰골이 왜 저래?'

수채에 남아 있던 수적들은 쾌속선에서 내려 급하게 걸어오는 주극성에게 인사를 하려다가 움찔하며 입을 다물었다.

터진 입술과 멍든 눈두덩이도 심상치 않았지만, 척 봐도 짜증과 분노로 가득 차 있는 얼굴을 하고 있어 말을 걸 만한 분위기가 아니었던 것이다.

"비켜!"

길목에 서 있던 수적들은 주극성이 외눈을 번뜩이며 쏘아보자 황급히 좌우로 길을 열었다.

그들은 조금 뒤 풀이 죽은 얼굴로 쾌속선에서 내리는 동료들에게 무슨 일이 있었느냐고 물었지만, 동료들이 주극성으로부터 함구할 것을 명령받았기 때문에 아무 설명도 들을 수 없었다.

방책 안으로 들어간 주극성은 수채에서 가장 안쪽에 있는 큰 건물로 걸어갔다.

그 건물은 얼마 전까지 그가 사용했었지만, 지금은 새로운 채주 장통이 머물러 있는 곳이었다.

'응?'

외문을 열고 들어가 방 앞에 당도한 주극성은 안에서 들려오는 묘한 소리에 숨을 죽였다.

분명 남녀가 교합을 갖는 소리였다. 그것도 여자가 한 명 이상이었다.

'젠장, 생긴 것만큼이나 힘도 좋군.'

여인들이 내지르는 소리를 들어보면 만족을 넘어서 거의 환장하고 있는 수준이었다.

주극성은 당장 문을 열고 들어가 중모 선착장의 상황을 알리고 싶은 마음이 굴뚝같았지만, 가뜩이나 좋지 않은 이야기를 해야 하는데 교합을 방해해서 더 큰 분노를 살 수는 없는 일이라 꾹 참고 기다렸다.

'와~ 괴물 같은 놈.'

주극성은 황당함과 부러움의 시선으로 방문을 노려보았다.

반 시진을 넘게 기다린 끝에 방 안에서 들려오는 소리가 멈췄기 때문이다.

그는 재빨리 문을 두드렸다. 잠시 머뭇거렸다가는 다시금 교합의 소리가 들려올지도 모른다는 생각이 들었기 때문이었다.

안에서 굵직하고 우렁우렁한 음성이 들려왔다.

"누구냐?"

"채주님, 주극성입니다."

"주극성?"

주극성의 얼굴이 일그러졌다.

장통은 지독히도 이름을 외우지 못했는데, 이전부터 들려오는 소문에 의하면 그는 기억할 가치가 있는 사람의 이름만 외운다는 것이다.

이를테면 그와 싸워서 살아남음을, 혹은 그를 이길 만큼 강한 고수이거나, 또는 눈이 돌아갈 만큼 미인인 경우가 그에 해당되었다.

그러나 한 번도 직접 물어봐서 진의여부를 확인한 적이 없었다. 만약 그게 사실이라면 자신은 장통에게 아무런 존재감도 주지 못한다는 뜻이니까.

모르는 게 약이라고, 그냥 장통의 머리가 나빠 외우지 못한다고 생각하는 게 속이 편한 것이다.

하지만 지금처럼 반문을 들을 때마다 기분이 나빠지는 것은 어쩔 수 없었다.

"부채주 주극성입니다. 긴히 드릴 말씀이 있습니다. 아주 중요한 일입니다."

부스럭거리는 소리가 들리고, 조금 뒤 문이 열렸다.

옷을 대충 걸친 채로 발갛게 달아오른 얼굴을 하고 문을 열어준 여인은 요경심의 첩이었다. 그리고 안에는 또 다른 첩이 있을 것이었다.

'가만 생각해보면 요경심의 의도가 의심스럽군.'

두 명의 첩을 장통의 침실로 밀어 넣을 때는 폭력적이고 급한 성질을 진정시켜 괜한 사고가 나지 않도록 하기 위함이라고 했지만, 지금은 환심을 사기 위한 의도가 아니었나 하는 생각이 드는 것이다.

물론, 요경심이 죽었을 가능성이 높기 때문에 이제는 신경 쓸 필요가 없지만.

"……."

방안으로 완전히 들어선 주극성은 멍한 표정을 지었다.

예상 못한 사람이 눈에 띄었기 때문이었다.

'저 여자가 왜 여기 있어?'

침상에 앉아 이불로 거시기만 가린 채 단단하고 우람한 근육질 몸매를 시원스럽게 드러내놓고 있는 장통에게 안겨 있는 여인은 다름 아닌 요경심의 아내였다.

자신의 처지가 부끄러웠는지 고개를 돌려 주극성의 시선을 외면하고 있었지만, 얼굴에 핀 홍조와 땀으로 촉촉하게 젖은 몸은 그녀가 얼마나 만족스런 교합을 가졌는지 잘 나타내주고 있었다.

'두 명으로도 부족해서…….'

곱게 늙어서 제법 봐줄 만한 미모를 간직하고 있다 해도, 애까지 있는 거의 마흔에 가까운 여자까지 침상으로 끌어들이다니.

그것도 두 명의 첩들까지 바친 수하가 자릴 비운 틈에 그

수하의 아내를 품은 게 아닌가.

주극성은 방금까지 세 여인을 품은 사내 치고는 묘하게 무료하고 권태롭기까지 한 표정의 장통을 조심스레 쳐다보았다.

'절륜한 정력에 나이를 가리지 않는 취향까지…….'

장통이 이렇게 여자를 밝히는 인물인 줄은 전혀 모르고 있었다. 성질이 더럽다는 이야기만 있었지, 여자를 밝힌다는 소문은 하나도 없었으니까.

주극성은 장통이란 인간에 대해 모르는 게 너무 많다는 걸 깨닫게 되었다.

그리고 반년 정도면 자신의 첩들과 아내는 물론이요, 수채 안에 있는 여인들이 몽땅 장통의 품에 안기게 될지도 모른다는 기분 나쁜 상상까지 떠올랐다.

'내가 무슨 생각을 하고 있는 거냐. 지금은 그게 문제가 아니잖아.'

"채주님, 큰일 났습니다."

장통은 털이 수북하게 난 큼직한 손으로 요경심의 아내를 만지작거리며 시큰둥하게 물었다.

"뭔 큰일?"

"중모 선착장에 있는 애들이 당했습니다."

순간 장통의 두껍고 굵은 눈썹이 꿈틀거렸다.

그는 가시덤불처럼 삐죽삐죽하게 난 수염을 쓰다듬으며

물었다.

"누구한테?"

"녹류산장의 무사들이었습니다. 제가 털 만한 배를 찾는다고 잠시 자리를 비운 사이에 당했습니다. 제가 선착장에 돌아갔을 때는 이미 끝난 상황이라 손을 쓸 수도 없었습니다. 좀 무리다 싶으면 일단 물러났어야 했는데, 아무래도 여기 온 지 얼마 되지 않아서 이 근방 물정에 어두운 요경심이 녹류산장을 만만히 보고 쓸데없이 고집을 부리다가 그리 된 것 같습니다. 어쩌면 술에 취해서 만용을 부린 것일 수도 있습니다."

요경심은 넙죽 엎드리며 이마가 바닥에 닿을 만큼 머리를 숙였다.

"죄송합니다, 채주님. 능력도 없는 놈한테 맡기고 자릴 비우는 게 아니었는데……."

오는 동안 생각해둔 거짓말을 늘어놓으며 자신의 잘못을 요경심에게 완전히 덮어씌운 주극성은 슬며시 고개를 들어 장통의 표정을 살폈다.

'젠장, 뭔 생각을 하고 있는지 모르겠네.'

호목 같은 눈과 큼직한 코, 이야기 속에 전해오는 장비처럼 입가를 덮고 있는 가시수염 외에는 보이는 게 없었다.

이제까지는 감정의 구분이 명확하여 속내를 알기가 쉬웠는데, 지금 장통의 얼굴에선 이상하게도 감정을 읽어낼 수가 없었던 것이다.

상대적으로 요경심의 아내와 첩들은 요경심이 당했다는 주극성의 말을 듣고 걱정과 불안감, 그리고 그걸 드러내지 않기 위한 노력이 엿보였지만, 여인들이 어떤 식으로 받아들이고 있느냐는 주극성에게 전혀 중요하지 않았다.

장통은 여인들을 밀쳐내고 침상에서 일어섰다. 엎드린 채로 구척장신의 장통을 올려다보고 있자니 엄청난 위압감이 느껴졌다.

"몇 명이냐?"

"스무 명이 넘었습니다. 그리고 그 중에는 동자승처럼 생긴 녀석이 하나 있었는데 아무래도……."

"만봉철벽 서문유강이구나."

지독히도 이름을 외우지 못하던 장통이 동자승이란 한마디에 바로 이름을 말하다니.

'염병, 소문이 진짜인 거야?'

주극성은 장통이 사람의 이름을 가려서 외운다는 소문이 사실일 가능성이 높아졌기에 기분이 나빴지만, 겉으로는 식견이 뛰어나다고 아부를 떨었다.

하지만 장통은 그의 말을 귓등으로 흘리며 생각에 잠겼다.

'봉룡이라……. 쓸데없이 말은 많아도 보는 눈은 제대로 박힌 천이서생이 인정했다고 하는 녀석이라면, 아직은 애송이라 해도 날 재밌게 해줄 만큼의 실력은 있겠지.'

장통은 옷을 걸치고, 구석에 세워놓은 사모(봉까지 철로 된)를 집어 들었다.

"가자."

"지금 바로 가시는 겁니까? 중모에 도착할 때쯤이면 이미 해가 떨어져 있을 텐데요?"

혹시라도 녹류산장의 무리가 선착장에 매복하고 있으면 어둠 때문에 더욱 큰 곤란을 겪을 수도 있기 때문에 하는 말이었다.

그러나 장통은 대답할 가치도 없다는 듯 주극성을 밀치고 방을 나갔다.

주극성은 뒤통수에 시선을 느끼고 돌아봤다. 세 여인이 그를 빤히 쳐다보고 있었다.

그녀들의 시선은 마치 부채주라고 해도 자신들보다 못한 취급을 받는 병신이라고 말하는 듯했다.

주극성은 신경질 적으로 소리쳤다.

"눈 깔아, 이년들아!"

그리고 장통을 뒤따라가기 위해 급히 방을 뛰어나갔다.

*　　*　　*

해가 저물어 노을도 사라질 무렵 마을로 돌아온 서문만준은 서문유강 등이 있다는 촌장의 집으로 향했다.

헌데, 그들이 큰길로 들어섰을 때, 저 끝으로 이상한 게 보였다.

"저거 나무기둥이지?"

"캄캄해서 잘 보이진 않지만, 나무기둥에 뭔가 매달려 있는 거 같은데?"

"피 같은 게 뚝뚝 떨어지네. 수적들을 쫓아낸 일공자님에게 고마워서 식사라도 대접하기 위해 마을 사람들이 돼지를 잡았는지도 모르지."

"사슴 아냐? 돼지라고 하기에는 몸통이 너무 가늘고, 다리가 길잖아."

"부위별로 도려내서 매달았나보지. 돼지 잡은 거야, 돼지."

"그런가? 내가 볼 때는 아닌 거 같은데……."

산장 무사들은 눈에 힘을 주고 쳐다보며 이러저러한 추측들을 늘어놓았다.

그러나 무리 중에 공력이 가장 깊고 눈도 밝은 서문만준은 얼마 있지 않아서 나무에 매달아 둔 것이 동물이 아니라는 걸 알아챘다.

"사람이다."

"예?"

산장 무사들은 처음엔 그럴 리 없다는 표정을 지었지만, 조금 뒤 그들도 식별할 수 있는 거리까지 가까워지자 서문만준의 말이 옳았다는 걸 알게 되었다.

게다가 나무기둥 꼭대기에 양손이 묶인 채 매달려 있는 건 한 명이 아니었고, 살아있지도 않았다.

"촌장과 그의 아들입니다."

서문만준에게 수적들과 싸웠던 상황을 전하고 같이 돌아온 산장 무사가 얼굴을 알아보고는 놀란 표정을 지었다.

한참 뚫어지게 쳐다보고 나서야 알아본 것은 촌장 부자의 얼굴이 심하게 얻어맞은 것처럼 엉망진창으로 망가져 있었기 때문이었다.

더구나 옷은 핏물로 흥건했으며, 몸 곳곳에 크고 작은 상처가 가득했다. 몽둥이로 두들겨 맞고 칼에 찔리고 베인 흔적들이었는데, 척 봐도 어느 한 사람의 짓이 아니라는 걸 알 수가 있었다.

시체의 발밑으로 가득히 흘러내린 핏물로 볼 때, 죽고 나서 옮겨진 게 아니라 이곳에서 죽었을 가능성이 높았다.

서문만준은 결코 보기 좋은 광경이 아니었기에 눈살을 찌푸리며 산장 무사에게 물었다.

"촌장 부자가 왜 여기서 이런 꼴로 죽어 있는 거지?"

하지만 그도 영문을 알 수 없는 건 마찬가지였다.

"저도 모르겠습니다."

서문유강을 따라 촌장의 집에 도착했을 때는 이미 싸움이 한창 진행 중이었기에 두 사람의 존재여부를 따질 상황이 아니었던 것이다.

"누가 이런 짓을 했는지는 모르지만, 원한이 꽤 깊었던 모양입니다."

서문만준은 동감한다는 듯 고개를 끄덕이며 주위를 둘러보았다.

'이자들을 죽인 건 마을 사람들이군.'

이런 처참한 몰골의 시체가 있는데도 치우려 한 흔적이 없고, 주변에 사람 한 명 없다는 게 그런 추측을 하게 된 이유였다.

어쩌면 마을 사람들은 이미 모두 마을을 떠난 것인지도 몰랐다.

'촌장이 수적들과 유착관계였다고 하더니, 마을 사람들에게 지독히도 못되게 굴었던 모양이야.'

서문만준은 새삼스럽게 사람이 무섭고 잔인하게 느껴졌다.

무사 하나가 물었다.

"시체를 치울까요?"

굳은 표정의 서문만준은 고개를 흔들었다.

처음엔 치우고 갈까 하는 마음도 있었지만, 시간을 낭비할 상황이 아닌데다 결국 이러한 죽음도 그들이 자초한 것이라는 생각이 들었기 때문이었다.

'큰형님이었다면 그냥 두고 가진 않으셨겠지…….'

그 역시 소림의 속가제자이고 불가에 대해 배웠으나 서문유강과는 생각과 가치관이 약간 달랐다.

자비보다는 인과와 응보에 더 치우쳐 있다고 할까. 그리고 그런 면에서는 다른 두 형제도 마찬가지일 것이다.

서문만준을 비롯한 무리는 조금 빠르게 촌장의 집 쪽으로 이동해갔다.

*　　*　　*

반악은 염서성과 함께 촌장의 집 오른쪽에 위치한 별실에 들어가 있었다.

염서성은 뭔가 고심을 하는 듯 미간을 찌푸리고 구석에 앉아 있다가 반악을 쳐다봤다.

"주인님."

침상에 가부좌하고 명상을 하던 반악이 눈을 뜨고 귀찮게 왜 불렀냐는 시선을 던졌다.

"아까 마을 사람들의 행동은 정당한 것이었겠죠?"

염서성은 견일 등과 마을 밖에서 무공 수련에 힘쓰다가 반악의 부름을 받고 이곳으로 오는 중에 나무에 매달린 촌장 부자가 마을 사람들에게 살해되는 장면을 목도했다.

살려달라고 울며불며 애원하는 촌장 부자에게 십수 명이 욕을 하며 달려들어 때리고, 나무로 내리치고, 결국에는 칼로 찔러 죽이는 광경을.

"그건 왜 물어?"

“사실 전 그렇게 사람을 죽이는 광경을 처음 봤습니다.”

물론 염서성은 지금까지 많은 죽음을 보았고, 자신의 손으로 죽인 적도 한두 번이 아니었다.

그러나 너무나 평범하다 못해 순박해 보이기까지 한 수많은 사람들이, 남녀를 가리지 않고 얼굴 가득 분노와 원한을 드러내며 저항할 수도 없는 사람을 때리고 찔러 죽이는 광경을 본 건 이번이 처음이었다.

“마을 사람들의 얼굴에서 뭐라고 할까…… 광기 같은 게 보였습니다. 욕심 많은 촌장 부자가 못된 짓거리를 해서 그들에게 원한을 얻었다는 건 대략 짐작이 되었지만, 그 사람들의 행동을 보고 있자니 등줄기에 소름이 돋으면서 사람이란 참 잔인하고 무섭구나, 하는 생각이 들더군요.”

염서성은 사람을 죽여본 적도 있는 자신이 이런 말을 한다는 게 바보 같이 느껴진다면서 웃었다.

하지만 그 웃음은 어색하고, 씁쓸했다.

“아까부터 계속 얼굴을 찌푸리고 있던 게 그것 때문이었냐?”

“예.”

“심심하면 그냥 잠이나 자라. 아니면 너도 강가로 가서 감시를 하던가.”

반악은 코웃음을 치며 다시 눈을 감았다.

그러나 괜스레 머릿속이 복잡하여 곧바로 명상에 집중하기가 힘들었다.

왜냐하면, 그도 촌장 부자의 죽음을 목도하고 기분이 불편했기 때문이었다.

'죽을 놈들이 죽었는데 왜 이런 기분이 드는 거지? 내가 매달아서인가…….'

대로에 나무를 박아놓고 그들을 매단 게 다름 아닌 반악이었다.

하지만 그들을 죽이겠다는 의도가 아니었다. 이제부터는 촌장이 수적들을 믿고 마음대로 횡포를 부리며 마을 사람들을 괴롭힐 수 없다는 걸 알릴 생각으로 한 것이다.

정신을 잃고 있던 두 사람을 깨운 것도 마을 사람들에게 용서를 빌도록 하기 위한 조치였다.

물론 폭력적인 상황이 벌어질 거란 예상은 했었다.

그러나 말 그대로 화풀이의 개념으로 약간의 폭력이 일어날 줄 알았지, 아까와 같은 상황이 생길 줄은 몰랐다.

'그게 광기일까?'

몇 명의 경우에는 그럴 수도 있었다.

점소이에게 들었던 사연을 생각하면 그들 중에는 촌장의 사주를 받은 수적들에게 가족이나 친구를 잃은 사람들이 있었을 테니까.

허나, 반악은 분명히 보았다. 분노 섞인 욕을 퍼부으면서도, 몽둥이와 칼을 휘두르면서도, 창백해진 낯빛으로 눈물까지 흘리는 사람들을.

원한에 사무쳐 촌장 부자를 죽이면서도 죄책감과 후회를 하고 있었던 것이다.

사람이란 원래 그런 게 아닐까?

원한이 쌓일 만큼의 피해를 입어 되갚아주는 것인데도 마음 한편으로는 아파하고, 슬퍼하고, 괴로워하는 존재.

물론 염서성의 말처럼 무섭고 잔인한 것도 사람일 것이다.

그리고 반악은 자신이 전자보다 후자에 속하는 사람이란 걸 잘 알고 있었다.

'그런 상황이 정상이었냐 아니냐는, 그들의 살인 행위가 옳았냐 아니냐는, 그들 자신이 판단할 문제인 거지 저 녀석이나 나는 알 수가 없는 거다. 아니, 우리같이 칼을 품고 살아가는 무림인들에겐 자격조차 없다고 해야겠지.'

그러니 쓸데없는 고민하지 말고 그냥 마음이 이끄는 대로 살아가면 되는 거라고 생각을 정리했다.

조금 뒤, 문이 열리고 견일이 방 안으로 들어왔다.

"수적들이 탄 배가 나타났습니다. 곧장 선착장 쪽으로 들어올 것 같습니다."

"선착장으로?"

반악은 의외라고 생각했다.

그는 견일 등에게 강가를 살피라고 보내면서도 선착장은 크게 주시할 필요가 없을 거라고 여겼다. 아까 그렇게 당했으니 기습을 노릴 가능성이 높고, 그런 면에서 상대적으로 시야가 넓고 눈에 띄기 용이한 선착장 쪽은 좋은 선택이 될 수 없다고 봤기 때문이었다.

그런데 개선장군이라도 되는 것처럼 곧장 선착장으로 오다니.

'그 새로 바뀌었다는 채주가 범상한 놈은 아닌 모양이군.'

반악은 익덕채 채주란 자에 대해 새삼 궁금증이 일었다.

사실 붙잡은 요경심을 서문학찬에게 넘길 때만해도 수채에 대해 많은 것을 알아낼 줄 알았다. 그러나 서문유강은 상대적으로 너무 얌전하게 심문을 했고, 요경심은 강압적 추궁이 없어서 자신감을 얻었는지 수채에 대해 거의 이야기를 하지 않았다.

특히 새로운 채주에 대해 물었을 때는 눈을 내리깔고 입도 뻥긋하지 않았는데, 그가 채주를 매우 두려워하고 있다는 걸 알 수가 있었다.

'직접 보면 알게 되겠지.'

"알았다. 너희들은 먼저 가 있어라."

견일과 염서성을 먼저 선착장으로 보낸 반악은 박도를 챙겨들고 방을 나와, 수적들의 등장을 알리기 위해서 서문유강이 있는 방 쪽으로 갔다.

'응?'

반악은 조용히 방을 나오고 있던 서문왕성과 시선이 마주쳤다.

서문왕성은 서문유강 등이 있는 방이 아니라, 요경심을 가둬둔 방에서 나온 것이었다.

'만봉철벽과 달리 아우들은 현실적인 성향을 가졌군.'

서문왕성이 요경심을 가둔 방에 들어갔다 나온 이유야 뻔했다.

서문유강 몰래 다른 방식의 심문을 하고 나온 것이다.

그런데 방을 나온 서문왕성의 표정이 좋지 않은 걸 보면, 요경심에게서 심각한 정보를 얻은 모양이었다.

반악은 들킨 것이 민망한 듯 살짝 얼굴을 붉히며 왜 왔냐고 물어보는 시선으로 쳐다보는 서문왕성에게 말했다.

"수적들이 나타났소."

서문왕성은 깜짝 놀라 되물었다.

"어디에 나타났다는 것이오?"

"강가를 감시하고 있던 내 종들이 수적들이 탄 배가 선착장으로 다가오고 있는 걸 발견했소. 지금 당장 가서 대비해야 할 거요."

서문왕성은 급히 서문유강 등이 있는 방으로 갔다.

"형님, 수적들이 선착장 쪽으로 오고 있다고 합니다!"

운기를 하고 있다가 눈을 뜬 서문유강은 놀란 기색을 보이지 않았다.

수적들이 공격해올 것에 대해 마음의 준비를 하고 있었다는 의미인 것이다.

'오늘 안에 나타날지도 모른다고 생각을 했었다면, 역시 경험이 부족할 뿐 머리는 잘 돌아가는 녀석이야.'

서문왕성을 뒤따라 방으로 들어간 반악은 서문유강의 차분한 표정을 통해서 그에 대한 자신의 평가가 옳았다는 확신을 가지게 되었다.

그러나 이어지는 서문왕성의 말에는 서문유강도, 반악도 놀라지 않을 수 없었다.

"익덕채의 채주가 백인지적 장통이랍니다."

"……!"

서문유강의 놀람은 반악과는 그 의미가 약간 달랐다.

그는 장통이란 이름을 들었기 때문만이 아니라, 서문왕성이 그걸 알고 있다는 것에도 놀라고 있었던 것이다.

의문어린 시선을 받은 서문왕성은 자신이 방금 전에 따로 요경심을 심문하고 정보를 알아냈다고 솔직하게 밝혔다.

그리고 배를 약탈하고 오 노인의 장남을 죽인 게 부채주 주극성이란 것도 말해주었다.

"죄송합니다, 큰형님."

서문유강의 얼굴이 살짝 굳어졌다.

서문학찬에 이어서 서문왕성까지 그가 반대하는 행동을 했기 때문이었다.

'내가 이렇듯 동생들에게 믿음을 주지 못하고 있었는가…….'

아니면 근본적으로 자신의 생각과 행동이 틀렸기 때문일까.

하지만 그것에 대해 계속 생각할 수 없었다. 왜 자신에게 말도 없이 심문을 했냐고 서문왕성을 추궁하지도 않았다. 지금은 그보다 더 중요한 문제를 앞에 두고 있기 때문이었다.

"서둘러 선착장으로 가자."

서문유강은 아우들에게 무사들을 모이게 하고, 얼마 있지 않아 반악과 함께 촌장의 집을 나왔다.

그런데 집 앞에는 수십 명의 마을 사람들이 모여 있는 게 아닌가.

사람들은 서문유강 등이 나오자 일제히 머리를 숙이고, 손에 들고 있던 음식들을 앞으로 내밀었다.

"무사님들, 감사합니다!"

"무사님들 덕분에 저희들이 마음 놓고 살 수 있게 되었습니다!"

마음이 급한 서문유강은 차분하게 그들의 정성과 말을 받아줄 수가 없었다.

"아직 끝난 게 아닙니다."

지금 수적들이 선착장 쪽으로 오고 있다는 걸 알려주자, 마을 사람들의 얼굴이 창백하게 변했다.

그리고 모두 마을을 떠나 있으라는 서문유강의 말이 끝나자마자 너나 할 것 없이 서둘러 사라졌다.

그 모습에 서문유강 등은 왠지 모를 씁쓸함을 느꼈지만,

감상에 빠져 있을 시간이 없었기에 곧바로 선착장을 향해 이동했다.

* * *

수십 명의 수적들을 실고서 선착장으로 접근해가고 있는 중형선.

주극성이 고개를 앞으로 쭉 내밀고 선수에 서 있었다.

'멍청한 새끼들, 선착장에 감시자도 세워두지 않고 있다니.'

자신들이 이 늦은 시간에 정면으로 치고 들어올 줄은 예상하지 못했겠지만, 그렇다고 완전히 열어두고 있다는 것에 비웃음이 나오는 건 어쩔 수가 없었다.

물론 이런 식으로 치고 들어가는 건 그의 생각이 아니었다. 그는 다른 곳에서 은밀히 하선해 놈들의 뒤통수를 치자고 했었지만, 장통이 그게 무슨 겁쟁이 같은 짓거리냐며 다짜고짜 선착장으로 가라고 명령을 해서 어쩔 수 없이 온 것이다.

'하지만 마냥 안심할 수는 없지. 우리의 방심을 노리고 근방에 매복하고 있는지도 모르니까…….'

주극성은 뒤돌아 갑판 위에 쭉 나열해 있는 오십여 명의 수하들에게 나직한 음성으로 말했다.

"배를 선착장에 붙이면 지체 말고 뛰어내려라. 어떤 일이 있건 간에 채주님께서 내리실 공간을 확보해야 한다. 알겠냐?"

"……."

수하들이 묻는 말에 대답을 하지 않자, 주극성의 얼굴이 험악하게 일그러졌다.

"이 자식들아, 내가 지금 묻고 있잖아!"

하지만 호통소리에도 수하들은 대답하지 않았다.

오히려 갈수록 가관이라, 이젠 그를 쳐다보지도 않고 있었다. 하나같이 선착장 쪽만 눈을 크게 뜨고 쳐다볼 뿐이었다.

'이것들이 지금 날 무시하는 거야? 아무리 채주 자리에서 쫓겨났다고 해도, 엄연히 지들 위에 있거늘!'

"감히 내 말을 씹어?"

주극성은 가장 앞에 있는 수하의 멱살을 잡아 끌어당겼다.

일단 한 놈을 집중적으로 패서 분위기를 조성하려는 의도였다. 그러나 멱살을 잡힌 수하는 겁을 먹기는커녕 답답하다는 표정으로 전방을 가리켰다.

"저, 저기 좀 보십시오!"

"……?"

주극성은 조금 전 자신이 볼 때까지 별다른 점이 없었기에, 짜증스런 얼굴로 뒤를 돌아보고는 저도 모르게 헛바람을 내질렀다.

화르르.

선착장이 불길에 휩싸여가고 있었다.

"뭐, 뭐야!"

갑자기 웬 불이란 말인가.

주극성은 채주에게 이를 알리기 위해 급히 선실로 뛰어 들어갔다.

*　　*　　*

"이정도면 시간은 벌수 있겠지?"

견일 등은 흡족한 시선으로 불타는 선착장을 바라봤다.

수적들의 배는 점점 가까워오는데, 반악과 서문유강 등은 나타날 기미가 없어서 고민 끝에 불을 붙이게 된 것이다.

그런데 수적들의 배를 빤히 쳐다보던 견삼이 의문을 드러냈다.

"어라, 배의 속도가 줄지를 않는데?"

"뭐?"

견일과 견이는 그럴 리 없다는 표정으로 배를 유심히 쳐다보다가 당황했다.

"저것들이 미쳤나. 배에 불이 붙어도 상관없다는 거야, 뭐야?"

"아무래도 그런 것 같은데."

이 때 선수에서 크고 우렁우렁한 외침이 들려왔다.

"불 따위로 날 막을 수 있을 것 같으냐-!"

견일 등은 선수에 서서 외치는 엄청난 거한의 사내가 채주란 것을 짐작할 수 있었다.

"덩치만 보자면 굉장한 놈인데."

"그러게. 저 정도의 거한도 쉽게 볼 수 있진 않은데 말이야."

"그런데 저놈 손에 들고 있는 게 창이냐?"

"창?"

"창이라고 하기에는 날이 날카롭게 튀어나와 있지 않고, 뱀처럼 구불구불한데."

"구불구불?"

"사모다!"

순간 세 사람의 머릿속에 천하의 고수로 유명한 한 사람의 별호와 이름이 떠올랐다.

"저자가 바로 백인지적 장통이군."

뒤에서 그들이 떠올린 별호와 이름이 들려왔다.

어린아이의 음성이라 돌아볼 것도 없이 서문유강이 한 말이란 걸 알 수 있었다. 그 옆에는 반악이 있었고, 상대적으로 경공의 수준이 떨어지는 아우들과 산장 무사들이 뒤늦게 도착했다.

반악이 짧게 평했다.

"소문 대로 거침없는 성격이군."

서문유강도 동감한다는 듯 고개를 끄덕였다.

서문만준이 혀를 내두르며 말했다.

"속도를 줄이지 않는 건 배를 선착장에 들이박겠다는 건데…… 정말 무식하기 짝이 없는 자군."

하지만 반악은 서문만준과 생각이 달랐다.

장통이 거침없는 성격이기는 하지만 나름 머리를 굴릴 줄 아는 자라고 본 것이다.

속도를 줄이지 않고 선착장을 부수며 밀고 들어오면 불길에 별 영향을 받지 않고 뛰어내릴 공간을 확보하고, 더불어 자신들에게 위압감을 주는 양득의 효과를 얻을 수 있을 테니까.

물론 반악이 과대 해석했을 뿐, 장통은 그냥 무식하게 치고 들어오겠다는 생각일 수도 있다.

어쨌든, 분명한 건 이대로 보고만 있어서는 안 된다는 것이다.

서문왕성도 같은 생각을 했는지 행동을 취해야 한다고 말했다.

"형님, 놈들이 배에서 내리면 상황이 안 좋게 돌아갈 겁니다."

평균적인 실력의 격차는 확실하나 숫자의 우세 또한 무시할 수 없기에 하는 말이었다.

물론 낮에도 숫자의 격차에 영향을 받지 않고 이기기는

했다. 하지만 지금은 상황이 달랐다.

무엇보다, 오군의 일인인 장통이 수적들을 이끌고 있기 때문에 산장 무사들이 위축되어 실력을 제대로 발휘하지 못해 낭패를 당할 수도 있는 것이다.

'내가 놈을 맡으면…….'

반악은 장통을 상대할 만큼의 충분한 실력을 가지고 있기 때문에, 그가 앞장서서 장통이 날뛰지 못하도록 한다면 별 어려움 없이 싸움을 끝낼 수 있을지도 몰랐다.

하지만 문제는 서문유강이 장통을 그에게 넘기려 하지 않을 게 분명하다는 점이었다.

그리고 예상대로 서문유강이 반악을 쳐다보며 말했다.

"반 소협, 내가 백인지적을 상대하겠소."

"마음대로 하시오."

원래는 아우들과 힘을 합쳐 싸우라고 말하려 했으나, 서문유강의 호승심 어린 표정 때문에 그런 말을 할 수가 없었다.

뭐라 해도 그는 조력자의 입장이었으니까.

대신 서문왕성의 의견을 재차 강조했다.

"수적들이 배에서 내리게 해선 안 되오."

"그럼 어떻게 하자는 것이오?"

"무력은 높지만 숫자가 적은 우리가 배로 올라가면 공간이 좁아서 상대적으로 수월한 싸움을 할 수 있을 거요. 그러나 장통도 배에 있으면 곤란하니, 일공자가 그를 땅으로 유인해 싸우시오."

서문유강은 나쁘지 않은 의견이라고 생각하면서도 고개를 흔들며 말했다.

"난 먼저 그와 대화를 해볼 생각이오."

대화?

이 상황에 무슨 대화를 한단 말인가.

말보다 주먹이 앞서는 걸로 유명한 장통과 대화가 통할 거라 생각하다니.

반악은 어이가 없어 되물었다.

"진심이오? 장통이 대화가 가능한 사람이라 생각하는 거요?"

서문유강은 당연하다는 듯 진지한 표정으로 고개를 끄덕였다.

"천이서생께서 천하의 고수로 꼽은 사람이잖소."

천하의 고수인 만큼 그 정도의 수준은 된다는 의미였다.

반악은 천하의 고수를 꽤 여러 명 만나본 적이 있기 때문에 전혀 동감할 수 없었지만, 서문유강은 그와 달리 천이서생을 매우 높이 평가하는 모양이었다.

'그 말 많은 늙은이를 믿겠다는데 내가 더 무슨 말을 하랴.'

반악은 계속 따져보았자 달라질 것은 없다 생각하고 입을 다물었다.

서문유강은 아우들과 무사들에게 기다리라 하고, 뒤춤에

서 네 개의 철제 단봉을 꺼내 하나의 긴 철봉을 만들었다.
그의 철봉은 서문학찬이나 무사들의 것보다 굵기가 가늘고 짧았는데, 어린아이처럼 작은 키에 맞추고, 그의 작은 손으로도 어려움 없이 꼭 감아쥘 수 있도록 하기 위해서였다.
이때, 쿵 하는 묵직한 충돌음이 터져 나오고, 중형선이 선착장을 부수면서 밀고 들어왔다.
조각나고 부서진 나무판이 좌우로 밀려나가고, 강물로 떨어진 불길이 매캐한 연기를 뿜으며 꺼져갔다.
서문유강은 아직도 멈추지 않고 조금씩 선착장을 부수며 들어오는 배를 향해 걸어갔다.

*　　*　　*

"놈들이 배웅을 나와 있군!"
장통은 녹류산장의 무리를 보고 비웃음을 지었다.
그는 밤인데도 불구하고 호목처럼 번뜩이는 눈빛으로 뒤에 도열해 있는 수하들을 돌아보며 피터지게 싸울 준비가 됐냐고 물었고, 수적들은 무기를 치켜들며 함성을 내질렀다.
헌데 바로 그때, 어린아이처럼 앳되면서도 공력이 실려 힘이 넘치는 서문유강의 음성이 함성을 뚫고 장통의 귀에 들어왔다.
"백인지적!"

장통은 아래를 내려다보고 어리둥절한 표정을 지었다.

"저건 웬 꼬마야?"

장통이 공격하라고 명령하기만을 기다리고 있던 주극성이 재빨리 다가와 말했다.

"저 꼬마새끼가 만봉철벽입니다."

"아~ 그렇지, 동자승처럼 생긴 놈. 그런데 직접 보니 신기한데. 목소리도 영락없이 애잖아."

다시 서문유강의 음성이 들려왔다.

"난 녹류산장의 서문유강이오! 귀하께 할 말이 있소!"

장통은 재미있다는 듯 웃었다.

이제껏 이런 상황에서 그에게 대화를 하자고 청한 사람이 한 명도 없었으니까.

"놈이 채주님의 상대가 될 수 없다는 걸 알고 수작을 부릴 생각인 것 같습니다. 그냥 무시하십시오."

주극성은 이전의 실패를 모두 요경심에게 뒤집어 씌웠기 때문에 혹시라도 대화를 나누는 중에 사실이 드러날까 불안했던 것이다.

하지만 장통은 짜증난다는 듯 큼직한 손으로 주극성의 얼굴을 밀쳐내며 서문유강의 말에 대꾸했다.

"꼬맹아, 나와 무슨 대화를 하자는 거냐?"

"우리가 이곳을 찾아온 이유를 먼저 알려주겠소!"

서문유강은 오 노인의 장남이 장사를 하러 나갔다가 죽었고, 시체도 찾지 못한 그의 억울한 죽음을 조사하기 위해 왔으며, 그 과정 중에 먼저 공격을 당했으니 이전의 싸움은 정당방위였다고 말했다.

그리고 오 노인의 장남을 죽인 게 주극성임을 알고 있으며, 그를 자신들에게 넘겨달라고 요구했다.

"채주님, 저들의 말을 믿으시면 안 됩니다. 거짓말을 하고 있는 겁니다."

주극성은 억울하다고, 서문유강의 말은 거짓이라고 항변했다.

하지만 장통의 얼굴에 별다른 반응이 없자 불안한 표정으로 조심스럽게 물었다.

"모든 게 수적질을 하다 생긴 일이고, 그걸 탓하겠다고 온 놈들이잖습니까. 그래서 먼저 손을 쓴 것입니다. 설마 절 넘겨줄 생각은 아니시겠죠? 채주님? 채주…… 컥!"

갑자기 장통의 손에 목을 틀어 잡힌 주극성은 사지를 바동거렸다.

"커커컥…… 채, 채주님! 왜, 왜 이러십니까!"

장통은 주극성을 쳐다보지도 않고 서문유강을 향해 우렁우렁한 목소리로 소리쳤다.

"관리가 도적질을 한 것도 아니고, 수적이 수적질을 한 건데 뭐가 문제냐! 힘도 약한 것이 주제도 모르고 저항을 해서 죽인 것인데, 그게 억울할 건 또 뭐냐! 도대체가 네놈들 스스로 중심이라 외치며 주장하는 것들 때문에 왜 우리가 잘못했다고 느껴야 하냔 말이다! 그런 개 같은 주장 따위는 네놈들 안방에서나 떠들어대란 말이다!"

"와~!"

수적들이 무기를 쳐들고 장통의 말에 환호를 보냈다.

하지만 한 사람, 숨을 쉬기가 힘든 주극성은 어리둥절하고 이해할 수 없다는 시선으로 장통을 쳐다봤다.

그렇다면 왜 자신의 목을 틀어잡고 있냐고 말이다.

시선을 느낀 듯 장통이 고개를 돌려 호목 같은 눈으로 그를 쳐다봤다.

"넌 스스로를 부끄럽게 만들었다. 네놈이 응당 해야 할 일을 했다고 하면 그 와중에 누굴 죽였건 간에, 남들이 널 비난하더라도 상관 말고 당당하면 되는 거다. 능력이 안 돼도 먼저 저놈들을 쳐야한다고 생각했다면 내게 그렇게 말하면 되는 거였다. 그런데 내게 거짓부렁이를 나불거려? 똥만 찬 그 대가리를 굴려서 날 조종하려고 했냐? 멍청한 새끼, 너 같이 얍삽하게 이득을 따지는 놈이 난 제일 싫어. 내 옆에 있는 것만으로도 구역질이 나려고 한단 말이다."

반악은 장통의 말에서 과거의 자신을 떠올렸다.

잔혹마 시절의 그가 충분히 하고도 남을 법한 말이었으니까.

'하지만…….'

그렇기에 지금은 반감이 들었다.

이젠 저러한 주장이 옳다 생각할 만큼 세상을, 사람을 단순하게 볼 수가 없기 때문이었다.

'나의 풍요로움을 위해 남의 것을 빼앗는 것이야 그럴 수도 있다고 치자…….'

하지만, 아무리 양육강식의 세상이라지만, 무림인이라면 또 모를까, 힘도 없는 양민을 죽인 게 잘한 일인가?

그게 당당하게 소리 높여 외칠 만한 일인가?

강자에게 약하고 약자에게 강한 건 영리하게 살아가는 방식으로 여겨질 수도 있으나, 냉정히 따지면 그건 야생의 삶이다. 본능에 충실한 짐승들이 살아남기 위한 방식인 것이다.

그리고 사람이기에, 인간이기에 그런 본능적 방식을 탈피할 수 있는 게 아니겠는가.

'불존 그 늙은이의 말이 그거였겠지.'

사람은 짐승이 아니기에 여유와 아량이 있어야 한다.

아직도 깊이 동감하긴 힘들고, 죄를 미워하되 사람을 미워하지 말라는 듯한 극단적 주장을 받아들일 수는 없지만, 그의 말에도 맞는 부분이 있다는 걸 인정하게 된 것이다.

장통은 선수에 올라서며 주극성을 높이 들어올렸다.

"모두 잘 봐둬라! 겁쟁이는 내 앞에서 이렇게 되는 거다!"

그는 사모를 주극성의 목에 가져다대고 그대로 휘둘렀다.

스악-

목이 깨끗하게 잘리고, 몸통은 강물 속으로 뚝 떨어졌다.

풍덩!

장통은 손에 들고 있던 머리통을 서문유강 쪽으로 던졌다.

서문유강은 굳은 얼굴로 자신의 발치에 떨어져 옆으로 굴러가는 주극성의 머리를 내려다보다가 고개를 들고 장통을 향해 포권을 취하며 외쳤다.

"백인지적, 한 수 배움을 청하겠소!"

장통은 히죽 웃었다.

"요즘도 그딴 식으로 싸움을 거는 놈이 있냐? 어린애 같이 생긴 놈이 늙은이처럼 말하니까 나름 귀여운 맛이 있어. 크하하하, 재밌어. 아주 재밌는 놈이야. 좋다, 내가 그 목을 베어버리기 전에 한 수 가르침을 주도록 하지."

장통은 수적들에게 따로 명령을 하기 전까지 움직이지 말고 기다리라 한 뒤, 선수를 박차고 뛰어올랐다.

* * *

쿠웅.

장통이 절반밖에 남지 않은 선착장에 내려서자, 묵직한 울림이 나무로 된 바닥을 타고 올라가 서문유강의 발끝까지 전해져왔다.

천하의 고수라고 한다면 솜털처럼 가볍게 내려설 충분한 실력이 될 텐데도 그러지 않은 것은, 자신의 강인한 육체의 무게감을 먼저 느껴보라는 의미일 것이다.

장통은 삐죽삐죽한 수염을 쓰다듬으며 피식 웃었다.

"가까이서 보니 더 작군."

"……."

"그 조막만 한 몸으로 내 사모를 막아낼 수나 있겠냐?"

서문유강은 자세를 잡고 철봉의 끝을 장통에게 겨누며 말했다.

"귀하의 사모는 내가 아니라 이 철봉이 상대할 것이니 조금도 염려하지 마시오."

조롱어린 말에도 전혀 흔들림 없이 당당한 서문유강의 태도에 장통은 크게 웃었다.

"하하하하!"

"……."

"마음에 드는 꼬맹이군. 그래, 어디 천이서생이 인정했다는 그 봉술 좀 보자꾸나."

장통은 앞으로 성큼성큼 다가가더니 지체 없이 사모를 내리쳤다.

서문유강은 뒤로 물러나지 않았다. 장통과 같이 강공을 좋아하는 자는 물러날수록 기세가 올라 더욱 거세게 공격해 올 테니까.

게다가 장통 정도의 천하고수를 상대할 때 한 번 밀리기 시작하면 수세에서 공세로 바꾸기가 쉽지 않을 것이었다.

그래서 옆으로 빠르게 움직이며 그의 움직임을 따라 방향이 틀어지는 사모의 끝을 노리고 철봉을 찔렀다.

팅—

철봉에 튕긴 사모가 살짝 비껴져서 떨어졌다.

공격이 실패했음에도 장통의 기세는 조금도 줄어들지 않았다.

"고작 그거냐!"

떨어지던 사모가 방향을 틀며 서문유강의 허리를 노리고 휘둘러졌다.

서문유강은 위로 뛰어올라 사모를 발 아래로 지나게 하고 공중제비를 돌아 다시 내려섰다. 그리고 곧장 앞으로 한걸음 내딛으며 철봉을 연속으로 찔렀다.

쉬쉬쉬쉬쉬!

일순간에 십여 개의 봉영이 생겨나며 장통의 상체를 노렸다.

"흥!"

코웃음을 친 장통은 꿈쩍도 않고 그 자리에서 사모를 역으로 휘둘렀다.

퍼퍼퍼펑!

그 일격에 십여 개의 봉영이 폭발음과 함께 흩어졌다. 충돌의 여파로 생겨난 바람이 휘몰아치며 주변에 남아있던 불길을 날려버렸다.

가히 만근의 힘을 가진 일격이 아닐 수 없었다. 그러나 진짜 위력적인 공격은 그 정도가 아니었다.

장통은 사모를 위로 번쩍 치켜들었다.

우르르!

갑자기 우렛소리가 울리며 사모의 날이 빛을 발하기 시작했다.

'오뢰경혼창!'

장통을 천하의 고수로 불리게 만든 창술의 이름이 서문유강의 머릿속을 빠르게 스치고 지나갔다.

그는 맞설 생각을 버리고 급히 옆으로 움직였다.

번쩍, 쾅!

방금까지 서문유강이 있던 자리가 터져나가고 나무와 흙의 파편이 하늘로 치솟아 사방으로 비산했다.

"하하하, 내 광뢰낙파의 맛이 어떠냐?"

장통은 통쾌한 웃음을 터트리며 소리쳤다.

그 순간 서문유강의 철봉이 어둠과 먼지를 꿰뚫고 나와 장통의 이마를 노렸다.

캉!

장통은 한 걸음 물러나고 동시에 허리를 뒤로 젖히면서 사모를 위로 휘둘러 철봉을 막았다.

철봉을 따라 모습을 드러낸 서문유강은 빠르게 바닥을 디디며 철봉을 내리치고, 또 내리쳤다. 장통은 그 때마다 뒤로 한 걸음씩 물러나며 막고, 또 막았다.

언뜻 서문유강이 우세를 점하게 된 것처럼 보였다.

하지만 그런 상황은 아주 잠깐에 불과했다.

"으랏차!"

장통이 굉장히 정교한 솜씨로 내리쳐지는 철봉 끝에 사모를 딱 붙이더니 기합을 지르며 밀어냈다.

서로를 밀어내는 힘이 아주 잠깐 우열을 가리기가 힘들어, 두 사람은 돌처럼 굳어진 듯 순간적으로 정지했다.

그러나 결국 힘에 부친 서문유강이 던져지듯 뒤로 붕 떠올랐다가 바닥에 내려서고, 광뢰낙파가 떨어져 박살이 난 곳까지 뒷걸음질쳐야했다. 그것도 철봉으로 바닥을 내리찍어서야 간신히 멈출 수 있었다.

두 걸음만 더 뒤로 물러났다면 강물로 빠지고 말았을 것이다.

서문유강은 어이없다는 표정으로 장통을 쳐다봤다.

'이런 무지막지한 힘이라니!'

어떻게든 버틸 생각으로 천근추까지 사용했었다.

그런데도 견디지 못하고 강제적으로 던져진 것이다.

장통은 사납게 웃으며 그를 향해 달려왔다.

"소림에서 잘 가르쳤구나! 하지만 내 앞에선 송사리일 뿐이다!"

장통은 달려오던 그대로 발을 구르며 공중으로 치솟아 올랐다.

육중한 거구의 것이라고는 생각할 수 없을 만큼의 엄청난 도약이었다. 게다가 공중에 뜬 채로 사모를 치켜들었고 잔잔하게 우렛소리가 울리며 날이 빛났다.

또다시 오뢰경혼창 광뢰낙파의 초식이었다.

서문유강은 이를 악물었다. 자그마한 그의 전신에서 강력한 기세가 뿜어져 나왔다. 소림의 정심한 신공으로 쌓은 공력이 단전에서 끌어올려져 양팔에 집중되고, 철봉으로 흘러들어갔다.

번쩍!

사모가 아래로 내리그어지며 그 끝에서 강력한 기운이 튀어나와 창날의 아래로 떨어졌다.

서문유강 역시 철봉을 좌우로 흔들며 위로 밀어 올렸고, 왜 그의 별호가 만봉철벽인지를 증명하듯 한순간에 수십 개의 봉영이 생겨나며 머리 위를 빼곡하게 뒤덮었다.

쾅—

* * *

서문학찬은 굉음에 이를 악물었다. 그리고 그의 좌우에 있는 서문왕성과 서문만준에게 아까부터 계속해서 해오던 말을 더욱 절박하게 외쳤다.

"형님들, 저 상황을 보고도 모르시겠습니까? 우리도 같이 가서 싸워야 한다니까요!"

그는 첫 번째 광뢰낙파의 초식으로 바닥이 터져나갈 때부터 자신들도 같이 가서 큰형님과 합공을 해야 한다고 두 형들에게 주장했었던 것이다.

하지만 두 사람은 서문유강을 믿어야 한다고, 그가 진짜 힘에 부치면 자신들을 부를 것이라며 오히려 자중하지 못하는 서문학찬을 나무라기만 했었다.

그런데 이제는 두 사람의 표정도 달라졌다. 서문유강이 너무도 확연하게 밀리고 있었던 것이다.

"큰형님은 강합니다! 하지만 상대는 오군의 한 사람입니다! 아버님이라고 해도 승부를 장담할 수 없는 상대란 말입니다!"

"……."

"큰형님은 언제나 옳은 선택을 하죠! 압니다! 하지만 이번엔 큰형님의 판단이 틀렸습니다! 혼자서는 절대 장통을 이길 수 없습니다! 이젠 우리 스스로 결단을 내릴 때입니다! 형님들! 지체할수록 큰형님이 위험해질 겁니다!"

결정을 못 내리고 망설이던 두 사람은 서문유강과 장통이 싸우는 모습을 다시 한 번 보더니 고개를 끄덕였다.

"큰형님을 도우러가자!"

세 사람은 허리에 차고 있던 네 개의 철제단봉을 결합시켜 긴 철봉을 만들었다.

그리고 곧장 앞으로 달려 나갔다.

*　*　*

캉!

무섭도록 강하고 빠르게 떨어지는 사모를 막아냈지만, 서문유강은 이전처럼 기민하게 반응하지 못하고 양손이 저릿할 만큼 고통을 느껴야만 했다.

'강군과 싸우려 한 자체가 나의 만용이었나.'

작정하고 맞선 한 번의 정면격돌로 작은 내상을 입은 서문유강은 열세의 상황을 극복할 만큼 몸을 추스르지도, 상황을 타개할 방법을 찾지도 못하고 있었다.

둘 다 천이서생에게 인정받았지만, 천하의 고수로 꼽은 것과 후기지수로 꼽은 것의 차이가 이리도 크다는 것에 절망감까지 느꼈다.

"고작 이거냐! 천이서생이 인정했다는 놈이 요것밖에 안 되는 거냐!"

장통은 실망스럽기 그지없다는 듯 더욱 맹렬하게 사모를 휘둘렀다.

그리고 서문유강은 그 공격에 억눌려 좌우로 휘청거리며 뒷걸음질 쳐야만 했다.

이때, 서문유강을 뛰어넘어온 서문왕성 등이 일제히 철봉을 내리쳤다.

"하룻강아지들이 주제도 모르고 어딜 끼어들어!"

장통은 당황하지 않고 버럭 소리치며 사모를 크게 휘둘렀다.

카카캉-

세 개의 철봉은 사모에 막히고, 세 사람은 그 힘에 밀려 정신없이 뒤로 물러나야 했다.

'엄청나다!'

세 사람은 장통의 힘에 깜짝 놀랐다.

그의 위력은 보는 것 이상으로 엄청나다는 걸 실감한 것이다. 하지만 세 사람 중 서문학찬은 형들과 약간 다른 생각을 했다.

'이런 장통을 내가 죽일 수만 있다면…….'

세 사람의 가세로 기회를 얻은 서문유강이 장통을 공격해 그쪽으로 이목을 집중시켰고, 서문학찬은 그의 쪽으로 환히 드러난 장통의 등을 보며 눈빛을 날카롭게 번뜩였다.

그리고 두 형들에게 말도 없이 먼저 앞으로 몸을 날렸다.

깜짝 놀란 서문왕성과 서문만준도 다급히 뒤따랐지만, 서문학찬은 이미 장통의 등을 향해 철봉을 내리치고 있었다.

'됐다!'

서문학찬은 자신의 철봉이 장통을 격중시키리라 확신하며 내심 환호를 질렀다.

그때 서문유강의 놀란 얼굴이 눈에 들어왔다. 그리고 피하라고 외치는 소리도 들렸다. 이해할 수 없었다. 이제 그가 장통에게 치명적인 일격을 가할 수 있는 시점에 왜 저런 표정과 외침으로 저지하려고 하는 걸까.

원망스러웠다. 이 상황에서도 자신을 어린애로만 보는 건가 싶어서 화가 났다.

그리고 그 순간, 사모가 그의 배를 깊숙하게 가르고 지나갔다. 장통의 가시수염 가득한 얼굴은 그 다음에야 볼 수 있었다.

"끄아악!"

서문학찬은 자신의 목소리라고 믿기 힘들 정도의 고통스런 비명을 지르며 한쪽으로 내동댕이쳐졌다.

쩍 갈라진 그의 배에서 내장이 삐져나오고, 피가 물컹거리며 뿜어져 땅으로 흘러내렸다.

만약 서문유강이 머리를, 서문왕성과 서문만준이 양 어깨를 노리고 철봉을 휘둘러 장통이 중간에서 힘을 빼게 만들지 않았다면, 그대로 양단되었을 것이다.

"학찬아!"

세 사람은 서문학찬에게 달려갔다.

장통은 그런 세 사람을 향해 걸어갔다. 치켜든 사모와 표정을 보니 이제 모두 끝내버리겠다고 작정을 한 듯 했다.

이 때 산장 무사들이 우르르 몰려가 그의 앞을 막았다.

"졸개들은 비켜."

하지만 무사들은 손에 쥔 철봉을 더욱 꽉 움켜잡으며 투지어린 얼굴로 그를 노려볼 뿐이었다.

장통은 이가 드러날 정도의 사나운 미소를 지었다.

"오냐, 다 죽여주마."

그는 사모를 치켜들고 그들을 향해 성큼성큼 다가갔다.

"우리도 나가자!"

"빌어먹을 녹류산장과 싸우자!"

기대감과 불안감에 물든 얼굴로 숨죽인 채 지켜보고 있던 수적들이, 장통의 명령이 떨어지지 않았음에도 채주와 함께 싸우자고 호기 있게 함성을 지르며 배 아래로 뛰어내렸다.

* * *

서문유강 등은 서문학찬을 똑바로 눕히고 둘러앉아 상처를 살폈다.

말 그대로 끔찍한 부상이었다. 즉사하지 않은 게 신기할 정도였다. 그래도 세 사람은 포기하지 않았다. 내장을 다시 밀어 넣고, 갈라진 부위에 금창약을 뿌리고 옷을 벗어 틀어막고, 피가 나오지 않도록 혈도를 찌르고, 내공을 주입해 몸이 식어가지 않도록 했다.

그들은 서문학찬을 살리기 위해 안간힘을 썼다.

하지만 서문학찬의 얼굴과 눈동자에선 갈수록 힘이 빠져나가고 있었다.

그들은 서문학찬이 의식을 잃지 않도록 하기 위해 뺨을 때리고 크게 소리쳤다.

"견뎌! 임마, 눈을 똑바로 뜨고 있으란 말이다!"

"금방 의원에게 데려갈 테니까, 조금만 참아!"

서문학찬은 희미하게 웃었다.

무얼 보고 있는지, 무엇 때문에 웃는지 알 수가 없었다. 그의 눈동자는 이미 초점을 잃은 상태였다.

"혀, 형님들……."

그가 손을 뻗어 서문유강의 옷깃을 잡았다. 서문유강인 줄 알고 잡은 게 아니라, 뭔가 붙잡을 게 필요했기 때문이었다.

그는 힘겹게 숨을 쉬며 말했다.

"어, 어머니가 보, 보고 싶어……."

말을 끝맺지도 못하고 숨이 멈췄다.

서문유강 등은 동생의 몸에서 급속도로 힘이 빠져나가는 걸 느낄 수 있었다.

세 사람은 누가 먼저랄 것도 없이 서문학찬을 감싸 안으며 울부짖었다.

"학찬아-!"

*　　*　　*

"주인님, 우리도 같이 싸워야 하지 않을까요?"

견일은 늑대 무리에 뛰어든 호랑이처럼 광폭하게 날뛰고 있는 장통을 난감한 시선으로 쳐다보며 물었다.

'저 무지막지한 놈을 처리할 수 있는 사람은 주인님 밖에 없잖아.'

하지만 반악은 서문유강 등이 있는 쪽을 쳐다보고만 있고 아무런 대답도 하지 않았다.

견삼이 입모양으로 견이에게 물었다.

『주인님이 왜 이러시냐?』

『나라고 알 리가 있냐.』

나름 열심히 노력한 끝에 능숙하진 않지만, 대충 소리 없는 대화가 가능해진 염서성이 끼어들었다.

『서문학찬이 죽은 것에 충격을 받으신 거 아니오?』

『그놈이 뭐라고 주인님이 충격을 받아?』

『그럼 왜 저러시는 거야?』

『나도 모른다니까.』

네 사람이 의견을 나눠보지만, 반악이 대답해주지 않는 이상 그들이 아무리 머리를 굴린다고 해도 해답이 나올 리 없었다.

사실 반악의 태도에 어떤 복잡하고 거창한 이유가 있는 건 아니었다.

단지 자신의 능력도 생각 않고 욕심을 부리며 나섰다가 죽은 어리석은 동생에 연연하느라고 정작 중요한 문제를 해결하는 데 집중하지 못하는 세 형제들을 한심스럽다 생각하며 보고 있었던 것이다.

'저 녀석들은 언제까지 저러고 있으려는 거야?'

반악은 장통과 그의 활약에 들뜬 수적들이 굶주린 개떼처럼 몰려오는 상황에서도 서문학찬의 시신을 부여안고 울고만 있는 세 형제들에게 짜증이 났다.

형제가 죽었으니 슬픈 게 당연하겠지만, 이미 죽어버린 사람 때문에 살아 있는 산장 무사들을 모두 죽게 만들 셈인가?

'어쩔 수 없이, 나서야겠군.'

자신이 이 싸움의 주체가 아니라는 이유 때문에 적극적으로 행동하지 않았던 반악은 한숨을 내쉬며 앞으로 걸어갔다.

이대로 방관하고 있다가 소득 없이 물러나면 녹류산장과 맹약을 맺는 것도 어그러질 것 같고, 촌장 부자가 죽어서 못 가게 가로막을 사람이 없음에도 끝까지 떠나지 않은 마을 사람들이 나중에 큰 피해를 입게 될 테니까.

견일 등도 한번 신나게 싸워보자는 표정을 하고서 그의 뒤를 따랐다.

헌데, 반악이 장통에게 다가가기 위해 앞을 가로막고 있던 수적의 다리를 걷어차고 얼굴을 후려쳐 쓰러트린 뒤 다시 나아가려 할 때, 갑자기 뒤에서 괴성에 가까운 소리가 터져 나왔다.

"으아—!"

서문유강이었다.

"장통—!"

그는 벌떡 일어나더니 엄청난 속도로 달려와 산장 무사들과 수적들 위로 뛰어올랐고, 장통의 머리 위로 떨어져 내리며 철봉을 내리쳤다.

깡!

철봉과 사모가 맞부딪치며 만들어낸 소리의 파동이 너무나 커서 주변에 있던 산장 무사들의 얼굴이 일그러지고, 수적들은 귀가 아파 신음을 터트렸다.

'이놈 봐라?'

장통의 낯빛이 살짝 변했다.

철봉에 실린 힘이 이전에 비할 바 없이 강력하고 위력적이었기 때문이다. 게다가 서문유강의 눈빛도 달랐다. 그를 쓰러트리고 말겠다는 강력한 의지와 더불어 살기까지 서린 눈빛이었던 것이다.

깡! 깡! 깡! 깡!

서문유강은 거칠고 투박하게 철봉을 휘둘렀지만, 장통은 반격할 틈도 찾지 못하고 막는 데만 급급했다.

그만큼 철봉의 움직임이 빠르고 맹렬했던 것이다.

마치 딴 사람을 상대하는 것만 같았다.

'애송이 놈이!'

장통은 반격을 위해 고의로 물러났던 아까와 달리, 공세에 밀려 어쩔 수 없이 물러나는 상황에 어이가 없고 화가 났다.

게다가 그와 함께 싸우겠다고 몰려온 수적들 때문에 움직일 공간이 좁아지고, 그들이 재빨리 비켜주지 않아서 팔과 다리에 부딪치며 거치적거리기까지 해서 짜증이 솟구쳤다.

"병신 새끼들아, 방해 말고 저리 비켜!"

장통의 고함에 화들짝 놀란 수적들은 산장 무사들과 싸우다 말고 좌우로 몸을 피해야만 했다.

산장 무사들도 두 사람의 싸움을 방해하지 않기 위해 뒤로 물러났다. 그리고 신기할 정도로 장통을 몰아붙이고 있는 서문유강을 신망어린 시선으로 쳐다보며 응원을 했다.

"일공자님, 놈을 죽이십시오!"

"사공자님의 복수를 하십시오!"

그러자 수적들도 가만히 있지 않았다.

채주를 힘껏 연호하며 콩알만 한 놈을 때려눕히고, 밟아 죽이고, 찢어죽이라는, 보다 험악하고 잔인한 응원의 함성을 내질렀다.

하지만 무리의 응원 소리는 두 사람의 귀에 들어오지 않았다. 서문유강은 오직 공격하는 데만 집중했고, 장통은 이에 맞서고 반격을 가할 생각만 하고 있었으니까.

그런 가운데 반악이 객관적이고 냉정한 시선으로 지켜보며 상황을 예상했다.

'이제 곧 다시 장통이 우위를 보이겠군.'

서문유강의 변화는 훌륭했다.

이전에는 개인의 성향으로 인해 수동적이고 방어적이던 자세를 능동적이면서 공격적인 태도로 바꾼 것은 칭찬을 받아 마땅했다.

하지만 무조건적인 공격이란 양날의 칼과 같다.

싸움은 공수를 유기적으로 전환시키고, 공력과 체력을 잘 분배해야 하는 것이다. 그게 영리한 것이고, 상대적으로 이길 가능성을 높여 줄 수 있다.

그런데 서문유강은 그게 없었다.

분노에 휩싸여 오직 공격, 공격, 공격뿐이니 힘의 분배란 걸 고려할 리 없고, 공력과 체력은 급속도로 떨어져 얼마 가지 못하고 약점으로 부각될 것이다.

물론 상대의 무공실력이 비슷하거나 약간 우위에 있는 고수였다면 앞 뒤 생각하지 않는 그의 맹렬한 공격이 통했을 수도 있다.

하지만 안타깝게도, 상대는 천하의 고수 중에서도 상위에 꼽히는 장통이 아닌가.

깡!

쇠붙이가 따갑게 맞부딪치는 소리와 함께 서문유강의 상체가 흔들렸다.

장통의 힘에 밀린 것이다.

그리고 그때부터 장통이 우세를 보이기 시작했다. 장통이 조금 더 빨리, 조금 더 강하게 사모를 휘두르며 서문유강을 몰아쳤다.

그런 상황에서도 서문유강은 피가 나도록 이를 악물고 맞섰다. 아까 같았으면 뒷걸음치느라 정신이 없었을 텐데, 지금은 좌우로 오가며 어떻게든 이전의 우위를 되찾기 위해, 장통의 공세를 꿰뚫고 한 대라도 격중 시키기 위해 온 힘을 다했다.

하지만 밀고 들어오는 장통의 기세는 갈수록 높아지고, 그의 사모가 만들어내는 광폭한 위력은 머리 위에서부터 서문유강을 압도해 갔다.

이때, 서문유강의 좌우로 투지 어린 얼굴의 서문왕성과 서문만준이 나타났다.

대화는 필요하지 않았다. 시선을 교환해 합공에 대한 의지와 마음을 확인하지도 않았다. 세 사람은 자연스럽게 자기 위치에 서서 철봉을 앞으로 겨누고 장통을 향해 마치 한 사람처럼 일시에 공격을 시작했다.

세 형제가 함께 호흡을 맞춘 것처럼 상중하를 점하며 철봉을 내리치고, 찌르고, 휘두르자, 동시에 세 방향을 막아야만 했던 장통이 당혹해하며 뒤로 물러났다.

퍼퍽!

"윽!"

어깨와 복부를 얻어맞은 장통이 인상을 찡그렸다.

고통도 고통이지만, 처음으로 빈틈을 허용했다는 점이 그의 자존심에 상처를 준 것이다.

"내가 이 정도로 끄떡이나 할 줄 아느냐!"

장통은 사모를 좌우로 크게 휘두르며 세 형제가 잠시 머뭇거리게 만들어 시간을 벌었다.

재빨리 뒤로 두 걸음 물러난 그는 기혈을 따라 공력을 휘돌렸다.

순간 그의 전신 힘줄이 불끈 일어서고, 막강한 기운이 팔을 타고 사모에 밀려들어갔다.

서문유강 등은 공격할 기회를 주지 않기 위해 즉각 달려들어 머리를 노리고 철봉을 내리쳤다.

장통은 사모를 위로 쳐올렸다.

퉁.

"……!"

세 개의 철봉은 사모에 닿기도 전에 날에 맺힌 기운이 만들어낸 투명한 막에 튕겨졌다.

분노와 살기에 물들어 공격 외에는 아무 생각도 하지 않았던 서문유강은 뒷골이 찌르르 하고 울릴 만큼의 위험스런 기운을 감지하고 다급히 외쳤다.

"모두 물러나!"

그 때 장통이 사모를 높이 치켜들고는 기이한 각도로 내리쳤다.

우우웅-

먼저 공간에 파동이 일어나는 느낌이 오고, 그 다음으로 눈이 부실 만큼 강렬한 빛이 번쩍이고, 마지막으로 피부가 욱신거릴 만큼의 압박감이 밀려왔다.

콰광!

창끝이 향했던 곳을 중심으로 오 장여의 공간이 뒤흔들리며 말 그대로 폭발을 해버렸다.

선착장은 완전히 박살이 나고, 땅은 반 장 깊이로 파여 흙을 사방으로 비산시키고, 가까이 있다가 제대로 피하지 못한 몇 사람은 팔과 다리가 떨어져나가거나 머리가 박살나 즉사했다.

피하기는 했지만 파동의 영향으로 내상을 입고 장기가 상해서 피를 토하며 쓰러지는 사람도 있었다.

"……."

장통은 한꺼번에 엄청난 공력을 발출했기에 살짝 창백해진 얼굴로 난장판이 된 장내를 노려보았다.

천지만뢰(天地滿雷).

장내의 모습이 증명을 하듯, 최후이자 궁극의 초식인 오식을 제외하면 가장 높은 살상력과 막강한 위력을 자랑하는 초식이었다.

장통은 크게 웃음을 터트렸다.

"크하하하, 어떠냐! 이것이 바로 천하의 고수가 가진 힘이란 거다!"

산장 무사들 뿐만 아니라, 수적들까지도 장통의 웃음과 외침에 두렵고 질려버린 표정을 지었다.

장통의 공격은 적아를 구분하지 않고 피해를 입혔기 때문에, 상대적으로 반응이 느려 산장 무사들보다 더 많은 사상자를 낸 수적들로서는 대단하다고, 엄청나다고, 역시 우리의 채주님이라고 맞장구를 칠 분위기가 아니었던 것이다.

"백인지적, 아직 끝난 게 아니다!"

장통이 비웃음을 지으며 먼지가 가라앉은 정면을 노려보았다.

입가를 따라 가늘게 피를 흘리는 서문유강이 철봉 끝을 그에게 겨눈 자세로 서 있었다. 서문왕성과 서문만준도 비틀거리며 그의 좌우에 섰다.

기파를 완전히 피하지 못하여 내상과 크고 작은 상처까지 입은 데다 먼지까지 뒤집어써서 보기 좋은 모양새는 아니었지만, 그들의 자세와 표정, 그리고 눈빛은 결코 포기할 수 없다고 말하고 있었다.

하지만 그들에게 더 이상 가망이 없다는 건 누가 봐도 분명했다.

그럼에도 산장 무사들은 우르르 그들의 뒤로 몰려가 싸울 태세를 갖추었다. 그들도 물러나고 싶고, 살고 싶은 마음이 드는 것이야 당연한 일이겠지만, 명령이 떨어지지 않는 이상 결코 도망치지 않겠다는 얼굴들이었다.

수적들은 서로 눈치를 보다가 슬금슬금 장통의 뒤쪽으로 움직였다. 부하들의 안위에 조금의 관심도 없는 채주라는 걸 알게 되었지만, 그가 강하다는 건 분명한 사실이고, 적아를 구분해야 하는 상황에서는 어차피 같은 편을 선택할 수밖에 없지 않겠는가.

장통은 사모를 치켜들었다.

"크크크, 그래! 그렇게 원한다면 모두 여기서 뼈를 묻어라!"

하지만 바로 공격할 수 없었다. 서문유강과의 사이에 반악과 견일 등이 나타나 가로막았기 때문이다.

장통은 인상을 쓰면서 넌 뭐하는 놈이냐고 물었다.

하지만 반악은 그의 말을 무시해버리고 서문유강을 돌아보았다.

"이보전진을 위한 일보후퇴란 말도 못 들어봤소?"

* * *

'저 새끼가!'

장통은 어이가 없었다.

감히 자신을 앞에 두고 딴 곳을 쳐다보다니. 그것도 말을 싹 무시하면서.

하지만 그가 인상을 찌푸리며 성난 콧김을 내뿜는데도 반악은 눈길 한 번 주지 않고 계속해서 말을 했다.

"살아남아 훗날을 기약할 수 있음에도 죽음을 선택하는 건 어리석은 짓이오. 더구나 따르는 이들까지 의미 없이 목숨을 던지게 놔두는 건 매우 멍청한 거고."

서문유강은 좌우에 선 동생들과 뒤에서 그와 함께 싸우려고 하는 산장 무사들을 돌아보며 한숨을 내쉬었다.

'반 소협의 말이 맞다. 난 이들을 살릴 생각부터 해야 하는 것을…….'

"알겠소. 물러나도록 합시다."

"이미 늦었소."

"……?"

서문유강은 반악의 어깨 너머로 화가 잔뜩 나 있는 장통의 얼굴을 보고서야 그 말을 이해했다.

조용히 후퇴를 결심하고 물러났다면 모를까, 바로 앞에서 도망치겠다고 말했는데 장통이 그냥 보고만 있을 리가 없는 것이다.

'내가 시간을 벌면 된다.'

수적들이야 자신들에게 위협이 될 수 없으니, 장통만 막으면 도주할 수 있는 시간 정도는 얻게 될 것이다.

물론, 자신이 이런 몸으로 반각이나 버틸 수 있을지 자신할 수는 없었지만.

그런데 그가 앞으로 나서려하자 반악이 손을 들어 막았다.

"뒤로 물러나 있으시오."

'설마 우리가 물러날 수 있게 반 소협이 시간을 벌어줄 셈인가?'

천이서생과 사조에게 인정받은 반악이지만, 직접 장통을 상대해본 경험에 비추어볼 때 적수가 될 수 있다고는 생각되지 않았다.

'하지만…….'

만만치 않은 실력일 거라 예상되는 견일 등과 염서성도 함께 싸워준다면 시간을 벌어줄 정도는 되지 않을까하는 기대감이 들었다.

하지만 서문유강은 곧 얼떨떨해지고 말았다. 반악과 함께 싸울 거라 생각한 견일 등과 염서성도 그들 쪽으로 물러나는 게 아닌가.

'설마?'

반악 혼자서 장통과 싸우려고 한다는 말인가?

자신이 아우들과 합공을 했음에도 이처럼 패배하고 만 것을 직접 보았는데?

서문유강처럼 황당해하고 당혹스러워하는 건 다른 이들도 마찬가지였다. 특히 낌새를 눈치 챈 장통이 가장 어이없어 했다.

"네놈 혼자 나에게 덤비겠다고?"

"아니."

"그럼?"

"내가 아니라 네가 덤비는 거다."

장통은 순간 멍한 표정을 지었다.

그리고 갑자기 큭큭 하며 이죽거리더니, 이내 주변이 떠나가라 웃음을 터트렸다. 하지만 반악이 박도를 뽑아들고 손가락으로 그를 가리키며 까딱이자 더 이상 웃을 수 없었다.

반악의 태도는 도발을 넘어 조롱에 가까웠기 때문이다.

장통은 성난 눈빛으로 노려보며 물었다.

"너, 내가 누군 줄이나 알고 있냐?

"알아. 오군의 일인인 강군이고, 백인지적이라 불리는 천하의 고수 장통이잖아."

"그런데도 감히 내 앞에서 아가리를 그 따위로 나불거리는 거냐?"

"내 눈에는 힘만 센 곰으로밖에 보이지 않거든."

"이 머리에 피도 마르지 않은 애송이 놈이!"

반악은 피식 웃었다.

탈태환골한 이후로 어려 보이는 외모 때문에 무시의 말을 들은 적이 한두 번이 아니었지만, 매번 들을 때마다 웃기면서 짜증이 나는 건 어쩔 수가 없는 것이다.

하지만 그 웃음조차 장통에게는 건방지게 보였음은 당연

지사.

장통은 너무나 화가 난 데다 반악이 먼저 공격해 올 기미도 보이지 않고 빤히 쳐다만 보고 있자, 체면 불구하고 선수를 취하기로 결심했다.

"그래, 내가 먼저 덤벼주마!"

후악-

한 걸음 내딛으며 단번에 이 장의 거리를 줄인 장통이 일도양단의 기세로 사모를 내리쳤다.

반악은 박도를 마주 휘두르며 앞으로 나아갔다.

츠악-

"……!"

장통의 얼굴이 일그러졌다.

반악이 박도를 스치듯 밀어내며 앞으로 전진해왔고, 그의 팔을 가늘게 베기까지 했던 것이다. 만약 재빨리 팔을 내리지 않았다면 그대로 잘려나가고 말았을 게 분명했다.

카캉!

사모를 당겨 박도를 쳐내는 것으로 이어질 피해를 차단한 장통은 강풍이 불 만큼 빠르게 사모를 좌우로 휘둘렀다.

반악은 앉았다 일어나고, 왼쪽으로 움직였다 다시 오른쪽으로 자릴 옮기며 사모를 피해버렸다. 그리고 다시 박도를 휘둘러 공격하고, 그러다 위치를 바꾸어 피하고 공격하기를 반복했다.

'빠르고, 부드럽다.'

서문유강은 감탄했다.

반악의 움직임은 간결하고 빠르면서도 물이 흘러가듯 부드럽고 자연스러웠다.

광폭하게 휘둘리는 사모에 거스르지 않고 그 주변을 맴도는 게 마치 산들바람처럼 느껴지기도 했다.

'이놈, 만만치 않다.'

장통의 얼굴이 심각하게 굳어졌다.

그의 움직임은 언뜻 힘에 치우쳐 있는 것처럼 보이지만, 실상은 전혀 그렇지 않았다. 죽은 사부는 무공을 가르칠 때 무엇보다 절도와 간결함을 강조하고 또 강조했는데, 그래서 장통은 싫어도 어쩔 수 없이 그에 맞는 움직임을 몸에 익히게 된 것이다.

하지만 천생신력의 몸인데다, 오뢰경혼창의 근간이라 할 수 있는 경혼기(驚魂氣) 자체가 워낙 강력한 기운을 발출하기 때문에 대부분의 사람들은 그가 매우 세밀하고 효율적인 움직임으로 싸우고 있다는 걸 인식하지 못할 뿐이다.

사람의 가치를 대부분 무공의 고하로 평가하는 그가 무공 실력이 형편없는 천이서생을 인정한 것도 그러한 점을 장점으로 꼽으며 그의 능력이 천하의 고수로 손색이 없다고 말했기 때문이다.

그런데 그러한 간결함과 세밀함이 반악에게는 전혀 통하

고 있질 않는 것이다.

'기교가 통하지 않는다면…….'

장통이 경혼기를 운용하며 공력을 힘껏 끌어올리자 온몸의 근육이 불끈거리면서 공기가 들어차는 것처럼 부풀어 올랐다.

펑! 펑! 펑!

사모가 휘둘러지는 방향을 따라 공간이 일그러지고, 땅이 움푹 움푹 파였다.

속도는 그대로였지만, 위력이 두 배로 증가한 것이다.

'정말 무지막지한 힘이군.'

반악은 완벽하게 사모를 피하고 있었지만, 피부를 자극하고 움직임을 억눌러오는 기파의 압박감이 엄청나서 편한 상황이 아니었다.

보는 입장에서는 더 했다. 서문유강이 안 되겠다며 앞으로 나서려고 하는 건 금방이라도 사모에 짓눌려 버릴 것처럼 매우 위급해 보였기 때문이었다.

하지만 견일이 그를 막았다.

"우리 주인님은 당신 이상으로 자존심이 강한 분이오."

서문유강이 누구의 도움도 바라지 않고 혼자 장통과 맞서려 했던 것처럼 반악도 그럴 것이라는 뜻이었다.

할 말이 없어진 서문유강은 가만히 지켜만 볼 수밖에 없었다.

*　　*　　*

까강-

허공을 베거나 스치듯이 막히고 튕기기만 하던 사모가 박도와 정통으로 부딪치며 무거운 충돌음이 일어났다.

"어떠냐!"

장통은 득의의 외침을 터트리며 더욱 세차게 사모를 휘둘렀다.

반악이 여유를 잃어 어쩔 수 없이 사모를 정면으로 막아야만 했고, 그래서 이제부터는 힘과 중병기의 이점으로 자신이 우위를 점할 수 있으리라 생각한 것이다.

하지만 그게 큰 착각이란 걸 곧 알게 되었다.

까강! 까강! 까강!

"……!"

장통의 얼굴이 일그러졌다.

몇 번이나 박도를 정면으로 내리쳤지만, 반악은 뒤로 물러날 기미도 보이지 않았기 때문이었다.

오히려 사모를 쥔 자신의 손에 아릿한 욱신거림이 생겨나 그를 당혹케 했다.

'뭐, 뭐냐!'

시간이 갈수록 장통의 당혹감은 더욱 커져갔다.

반악의 움직임은 여전히 부드러우면서 빨랐고, 정면으로

맞서는 횟수는 점점 늘어났다. 그러나 압박감을 느끼는 건 그가 아니라 자신이었다.

손뿐만 아니라 팔에도 충격이 전해졌고, 물러나지 말아야 한다고 생각하면서도 저도 모르게 조금씩 뒷걸음치고 있었다.

'이럴 리가 없다!'

장통은 믿기지가 않았다.

기교뿐만이 아니라, 힘과 기세에서도 밀리다니.

그렇다면 반악이 일부러 정면 대응을 하고 있다는 말인가?

'말도 안 돼!'

도저히 이 상황을 이해할 수도, 용납할 수도 없었다.

"하압!"

기합과 함께 사모를 맹렬하게 휘둘러 틈을 얻은 그는 뒤로 두 걸음 물러나서 공력을 끌어올렸다.

"어디 이것도 막을 수 있는지 보자!"

막대한 공력이 두 팔을 타고 들어가 사모에 응집되고, 구불구불한 날이 하얗게 물들며 번개처럼 보였다. 그리고 사모가 부르르 떨리며 회전하기 시작했다.

"받아라!"

빠르고 무겁게 공간을 내리찍어오는 사모의 움직임은 오뢰경혼창 사식 만출독뢰(万出獨雷)였다.

지켜보는 이들 대부분은 멀리 떨어져 있음에도 피부에 느껴지는 강력한 기운에 놀라며 반악이 피할 것이라 생각했다. 아니, 피해야만 한다고 생각했다. 그렇지 않고서는 저 엄청난 위력 앞에서 안전할 수 없다고 여긴 것이다.

하지만 장통이 뒤로 물러나는 순간부터 박도에 내공을 응집시키고 있던 반악은 오히려 앞으로 나아갔다.

우웅—

사모를 향해 마주 휘둘러지는 박도는 강기에 휩싸여 새하얗게 빛나며 진동하고 있었다.

제왕무적검 삼식 일일천패(一一千敗)였다.

광—

사모와 박도가 맞부딪치며 강력하고 멍멍한 울림이 터져 나오고, 공간이 무겁게 파동을 일으키면서 억눌린 기운이 사방으로 훅 퍼져나갔다.

쿵쿵쿵.

반탄력을 이겨내지 못하고 바닥을 묵직하게 밟으며 강가까지 물러난 장통의 입가를 타고 핏물이 흘러내려 가시수염을 적셨다.

낯빛이 살짝 창백하고 눈동자가 충혈된 것 외에는 큰 부상을 입은 것 같지는 않지만, 사실 그는 바로 움직이지 못할 만큼의 내상을 입은 상태였다.

'빌어먹을!'

장통은 내심 욕을 하면서도 자신이 이 정도니, 반악은 절대 무사하진 못했을 거라고 믿었다.

확실히 반악도 그처럼 몇 장을 물러난 상태였다. 하지만 그와 다른 점이라면 피를 흘리지도 않았고, 곧바로 그를 향해 달려오고 있다는 것이었다.

장통은 다급해졌고, 무리인 줄 알면서도 공력을 끌어올리며 사모를 휘둘렀다.

후앙-

사모가 빛나며 뿜어낸 새하얀 기파가 달려오는 반악을 향해 날아갔다.

반악은 지체하지 않고 박도를 휘둘렀다.

쾅!

잠시 주춤하긴 했으나, 반악은 달려오는 걸 멈추지 않았다.

장통은 속이 뜨끔뜨끔하며 울렁거렸지만, 억눌러 참고 다시 사모를 휘둘렀다.

쾅!

사모에서 발출된 기파가 박도와 충돌하며 터져나갔고, 반악은 변함없이 주춤했다가 다시 거리를 좁혀왔다.

"천하의 고수란 게 고작 이거냐!"

반악은 땅을 박차고 이 장의 간격을 단번에 뛰어넘어 장통의 머리 위로 떨어지며 박도를 내리쳤다.

캉!

다급히 사모를 들어 박도를 막은 장통은 옆으로 몸을 빼며 피가 나도록 입술을 깨물었다. 그러자 힘이 빠지고 굳었던 몸이 조금은 풀어졌다.

하지만 그 정도의 회복으로 반악의 매섭고 강력한 공격에서 벗어날 수 있는 건 아니었다.

퍼퍽!

가슴을 연달아 걷어차인 장통은 얕은 강물에 넘어졌다.

'여, 염병!'

장통은 뒤이어 그의 머리를 노리고 떨어지는 박도를 피해 오른쪽으로 몸을 굴렸다.

펑!

박도는 내리쳐지다가 중간에서 멈췄지만, 날 끝에서 내뿜는 기파에 닿은 수면이 폭발하듯 사방으로 터져나갔다.

장통은 누운 채로 사모를 휘둘러 반악의 다리를 노렸다.

반악은 살짝 뛰어오르며 물속에 창대가 잠긴 채 비스듬히 베어 오는 사모를 피하고, 그대로 공중제비를 돌아서 일어나려고 하는 장통을 향해 발끝을 빠르게 내질렀다.

장통은 급히 사모를 들고 양 팔뚝을 모아서 상반신을 방어했지만, 모두 막아내지 못하고 어깨와 가슴을 한 대씩 걷어차이고 말았다.

"으아-!"

무릎이 잠기는 깊이까지 밀려난 장통이 사모를 어지럽게 휘두르며 괴성을 터트렸다.

고통 때문이 아니라, 형편없이 당하고 있는 자신의 모습이 꼴사납고 화가 나서였다.

허나, 대부분의 사람들이 그러하듯, 분노는 자신이 아니라 다른 누군가에게 향하기 마련.

장통의 분노와 살기는 곧바로 반악에게 집중되었다.

"죽여 버리겠다!"

이미 몸 상태가 정상이 아니었지만, 장통은 개의치 않고 공력을 끌어올렸다.

순간 그의 전신 힘줄이 불끈 일어서고, 막강한 기운이 팔을 타고 사모에 밀려들어갔다.

아까 단 일격에 수많은 사상자를 만들어낸 천지만뢰의 초식이었다.

후아앙-

공간이 파동 치고, 강렬한 빛이 번쩍이고, 강한 압박감이 수면을 밀어내며 반악과 그 주변으로 덮쳐들어갔다.

지켜보던 사람들은 뒤로 물러나며 헛바람을 터트렸다. 서문유강 등은 위험하다고 외치면서 이번에야 말로 반악이 피하지 않을 수 없을 거라고 생각했다.

하지만 반악은 이번에도 피하지 않았다.

이전처럼 앞으로 나아가며 하얗게 물든 박도를 열십자로 빠르게 그었고, 십자 모양의 기파가 압력의 중심을 꿰뚫어 버렸다.

제왕무적검 일식 십자광무였다.

반악은 그렇게 만들어진 공간으로 뛰어들었다.

"……!"

장통은 크게 놀라고 당황했다.

압력에 쓸려서 양 어깨의 옷깃과 피부가 찢어지는데도 눈썹 하나 까딱하지 않고 수면을 박차며 다가오는 반악의 매서운 눈동자가 먼저 그의 심장을 찔렀다.

푹!

"큭!"

박도가 장통의 어깨를 파고들었다.

몸을 뒤로 빼며 최대한 방향을 틀었기 때문에 깊이는 손바닥 반 뼘 정도에 그쳤다.

캉!

상체를 좌우로 흔들면서 계속 찔러 들어오려고 하는 박도를 사모로 쳐낸 장통은 뒤로 풀쩍 뛰어올라 거리를 벌렸다. 그리고 뒤쪽에 있던 중형선의 외벽을 빠르게 타고 갑판 위로 올라섰다.

도망치려고 하는 걸까?

그를 쫓아 외벽을 타고 올라가 선수에 선 반악은 그렇지 않다는 걸 알았다. 혈도를 눌러 어깨에서 피가 나오는 걸 막을 생각도 않고 그를 노려보고 있는 장통의 눈동자에선 투지와 집념이 맺혀있었기 때문이다.

도망치려는 자에게서 볼 수 있는 눈빛이 아니었다.

장통이 사모를 꽉 움켜잡으며 물었다.
"네놈의 이름이 뭐냐?"
반악은 알려줄 필요가 있을까, 하면서도 마지막이란 생각이 들어 이름을 말했다.
"반악이다."
장통의 입가가 실룩거렸다.
"네놈이 바로 오인의 잠룡 중에서 의룡이라 하는 철심무정객이었구나."
그는 다행이라는 듯 말하고 있었다.
자신을 이렇게까지 몰아붙인 상대가 무명소졸은 아니라는 게 안도감을 준 것일까?
알 수도, 알 필요도 없었다.
반악은 장통이 지금 어떤 마음인지 조금도 관심이 없었다.
"이제 정리하자."
반악의 말에 장통은 이가 드러나도록 웃었다.
그리고 갑자기 힘이 넘치는 표정을 지으며 사모를 치켜들었다.
"그래, 이만 끝내자."
"……!"
반악은 갑자기 장통에게서 뿜어져 나오는 엄청난 압박감에 깜짝 놀랐다.
마치 억눌리고 갇혀있던 기운이 풀려나온 것처럼 갑작스

러운 기의 분출이었다.

사모가 빛났다.

어둑한 공간 속에서 홀로 빛을 발하는지라 장통의 모습은 빛에 가려 사라지고, 마치 사모가 스스로 공중에 떠 있는 것처럼 보였다.

"네놈의 이름을 기억해 두겠다."

장통은 나무가 우그러들 만큼 갑판을 묵직하게 밟고서 높이 솟구쳐 올랐다.

석 장의 높이까지 떠오른 장통은 새하얀 구체가 끝에 맺혀 있는 사모를 내리쳤다.

오랫동안 노력해 왔지만 아직까지도 완성시키지 못했고, 너무나 막대한 공력을 소모해 함부로 펼칠 수 없었던, 오뢰경혼창 궁극의 초식인 오식 오뢰경혼(五雷驚魂)이었다.

반악은 어디로 움직이든 자신을 향해 낙하하고 있는 기파를 피할 수 없다는 걸 알았다.

아니, 애초부터 피할 생각이 없었다.

그의 전신에서도 막강한 기운이 흘러넘쳤다.

박도가 진동하고, 장통의 사모에서 뿜어지던 빛에 조금도 뒤지지 않는 광채가 생겨났다.

반악은 하늘을 향해 박도를 휘둘렀다.

제왕무적검에서 가장 파괴력이 높인 초식 진천파지(震天破地)였다.

광-

*　　*　　*

가슴속이 멍멍했다.

마치 꿈속을 유영하는 것처럼 온몸에 힘이 하나도 없었다.

풍덩.

온몸을 강타하는 엄청난 반탄력에 의해 멀리 날아간 장통은 강물 속으로 처박혔다가 천천히 수면 위로 떠올랐다.

흐릿한 시야에 어둑한 밤하늘이 가득히 들어왔다.

'죽는 건가…….'

아무런 고통이 느껴지지 않았다.

죽음에 대한 두려움도 생기지 않았다.

완성되진 않은 것이라고는 해도, 가장 강력한 위력의 초식이 무참히 깨졌다는 좌절감 때문일까?

아니, 그보다는 힘껏 싸우고 깨끗하게 졌다는 마음에 죽어도 후회가 없다는 느낌이라고 하는 게 더 맞을 것이다.

'그래, 이렇게 죽는 것…… 윽!'

장통은 갑자기 온몸에서 생겨나기 시작하는 고통에 헛바람을 내질렀다.

저도 모르게 몸을 움직여서 비릿한 강물이 몇 번이나 입안으로 흘러들어와 기분을 더럽게 만들었다.

몸이 자극에 반응한다는 건 좋은 징조일까?

'모르겠다.'

몸이 어느 정도의 부상을 당했는지 확인하고 싶은 마음이 들지 않았다.

지금은 죽는 것도, 사는 것도 그에겐 아무 의미가 없었다.

물론, 나중에 또 어떤 마음으로 바뀔지는 모르지만.

'반악…….'

장통은 멍하니 밤하늘을 바라보며 강물을 따라 천천히 흘러갔다.

죽음이 올지, 삶이 올지 알 수 없는 어둑한 물결이 일렁이는 황하의 저편으로.

* * *

기현에서 동쪽에 위치한 녕릉(寧陵)으로 넘어가는 경계의 길목.

반악 등이 타고 있는 마차가 천천히 속도를 줄이더니 완전히 멈춰 섰다.

염서성과 묵담향은 창문 밖으로 고개를 내밀고 뒤쪽을 쳐다봤다.

그곳엔 말에서 내리는 서문열홍과 그의 세 아들이 있었다.

반악 등과 함께 떠나는 서문유강을 배웅하기 위해 이곳까지 따라온 것이다.

"아무리 생각해도 너무하는 거 같지 않습니까?"

염서성이 마음에 들지 않는다며 인상을 찌푸렸다.

묵담향이 안쓰럽다는 듯 작게 한숨을 쉬었다.

"서문 장주님조차 윤 부인의 분노를 가라앉히지 못하시니 어쩌겠어요."

서문유강이 반악 등을 따라 나선 것은 윤 부인이 막내아들 서문학찬의 죽음에 분노하여 모든 책임이 그에게 있다고 난리를 쳤기 때문이었다.

그녀는 심지어 서문유강을 죽이겠다고 칼을 뽑아들기까지 하지 않았던가.

"일공자의 처지가 안타까우면서도 윤 부인의 심정이 이해가 가기도 해요. 너무나 아끼고 사랑했던 막내아들이 싸늘한 시신으로 돌아왔으니, 그녀의 슬픔과 분노가 얼마나 크겠어요."

염서성은 그렇기는 그렇다고 말했다.

그녀는 서문학찬이 가는 것을 극구 만류했지만, 서문유강이 잘 보호하겠다며 설득해 데려갔으니 그에게 책임이 있다고 하는 주장도 틀린 게 아닌 것이다.

하지만 두 사람의 대화를 듣고 있던 반악은 생각이 달랐다.

'목숨이란 것은 누구도 책임져 줄 수 없는 거다.'

특히 무림에선 더욱 그러했다.

어디서 칼이 날아올지 모르는데 누가 누구의 목숨을 지킨단 말인가.

보표들이 많은 돈을 받는 것도 그 때문이다. 세상에 자신의 안위와 목숨만큼 소중한 것이 없는데, 어떻게 될지 모르는 상황에서 남의 안위와 목숨을 지키기 위해 죽음을 각오해야 한다는 게 어찌 쉽게 할 수 있는 일이겠는가.

'게다가…….'

반악이 지켜보았던 바로는 서문학찬의 죽음은 순전히 그 자신의 만용과 욕심, 그리고 공명심 때문이었다.

서문유강이 자신의 목숨을 걸고 지키겠다고 맹세를 한 것은 어리석은 짓이었지만, 모든 책임이 그에게 있다는 것은 억지와 다름없는 것이다.

'어쩌면 원망의 대상이 필요했는지도 모르지…….'

반악의 입장으로 서문유강을 향한 윤 부인의 분노는 그렇게 밖에 설명할 수 없었다.

그녀가 울부짖으며 칼을 뽑아들고도 죽음을 각오한 듯 고개를 숙인 채 꼼짝하지 않는 서문유강을 끝내 찌르지 못한 건 그의 잘못만이 아니란 걸 그녀도 알기 때문일 테니까.

하지만 반악이 아직도 이해하지 못하는 게 한 가지 있으니, 그건 모정이란 감정이었다.

너무나 사랑했던 친아들의 사망 소식을 듣고 생겨난 슬픔, 분노, 그리고 원망.

당시 상황을 지켜보았던 반악은 그녀가 서문유강을 칼로 찔렀다면 완전히 해소될 수는 없었겠지만, 약간의 위로 정도는 될 수 있지 않았을까, 하는 생각을 했었다.

그러나 윤 부인은 결국 칼을 내던지고 복잡한 감정이 뒤엉킨 시선으로 서문유강을 노려보다가, 당장 사라지라는 비명과 같은 고함을 터트리고 방으로 들어가 버렸다.

이후 그녀는 식음을 전폐했고, 서문유강이 자신들과 함께 장원을 떠나도록 만들었다.

배가 아파 낳은 자식과 그렇지 않은 자식.

상반된 배경의 두 자식을 향한 윤 부인의 반응과 행동은 이성적인 판단보다는 모정에 의해 생겨난 것들이란 건 알겠지만, 그 감정의 깊이와 절절함, 애증 등은 반악에게 있어서 이해불가의 것들이었다.

윤 부인의 심정을 이해한다는 묵담향의 말에 공감할 수 없는 것도 그러한 답답함에서 생겨난 반감이 아닐까, 하는 생각이 들 정도였다.

'너무 복잡하게 생각하기 때문일까?'

반악은 대부분의 사람들이 자연스럽게 이해할 수 있는 감정들이 자신에게는 너무나 어렵다는 게 새삼 짜증나고, 씁쓸해졌다.

'갈수록 생각이 많아져버리는구나.'

이게 긍정적인 변화일까?

자신의 고민은 과거와 달라져가고 있는 가치관과 행동을 취함에 있어서 내세우고자 하여 찾고 있는 나름의 정당성 때문이었다.

그냥 마음의 이끌림을 따라 자연스럽게 움직이려고 하지만, 그래도 아주 조금쯤은 자신의 행동에 이성적인 확신을 갖고 싶어서였다.

하지만 문득 모든 걸 이해할 필요가 있을까, 하는 의문이 들었다.

누군가의 고통이, 누군가의 아픔이, 누군가의 원망이 머릿속에 뚜렷이 그려지고 가슴에 분명히 느껴져야만 행동할 수 있는 건 아니지 않은가.

'난 아직도 석 무사를 제대로 이해하지 못하고 있는 것 같구나.'

반악은 무릎 위에 올려놓은 박도를 조심스럽게 손끝으로 쓰다듬었다.

"반 소협, 무슨 생각을 해요?"

묵담향은 왜 갑자기 인상을 찌푸리고 있냐는 듯 물었다.

반악은 얼굴에서 감정을 지우고 고개를 내저었다.

"아무것도 아니오."

조금 뒤, 서문유강이 부친과 아우들을 뒤로하고 들어오자 마차가 천천히 출발을 했다.

그의 어린아이 같은 얼굴은 무겁게 가라앉아 있었다. 언제 다시 돌아올지 알 수 없는, 언제 다시 가족을 만나게 될지 알 수 없는 여정을 앞에 둔 그의 심정은 어떤 말로 표현될 수 있을까.

그 자신 외에는, 아니, 그 자신도 지금 당장은 표현할 말을 찾지 못할 것이다.

그래서 묵담향과 염서성은 그에게 말을 걸지 않았다. 이럴 때는 스스로 마음을 다독이고 풀 때까지 그냥 조용히 지켜봐주는 게 낫다는 걸 알기 때문이었다.

하지만 한 사람, 반악만은 달랐다.

묵담향이 아무 말 말고 있으라고 눈짓을 보냈지만, 개의치 않았다.

"당신의 그런 얼굴은 안휘에 도착하기 전까지만 참겠소."

서문유강은 고개를 들지도 않고 힘없이 물었다.

"내 얼굴이 어떻다는 거요?"

"패배자 같고, 죽든 살든 상관없다는 인생의 낙오자 같소."

"……."

"당신의 처지가 어떤지 알고, 녹류산장과 맹약을 맺은 데다 당신 정도의 고수가 도와준다면 나쁠 것이 없어 같이 가겠다는 부탁을 거절하지 않았지만, 계속 그딴 얼굴을 하겠다고 한다면 중간에 내려줄테니까 그냥 다른 곳으로 가시오. 거대한 적과 싸워야 하는 우리에겐 실력의 고하를 떠나

패기조차 없는 인간은 티끌만큼도 필요가 없소."

서문유강은 잠시 침묵하다가 말했다.

"삼 일의 시간을 주시오. 그때까지 이 마음을 추스르지 못한다면 당신들에게 짐만 될 뿐이니, 두말 않고 마차에서 내리도록 하겠소."

"딱 삼 일이오."

두 사람의 대화는 그렇게 끝났고, 마차는 반룡복고당으로 귀환하기 위해 동남쪽, 안휘를 향해 달려갔다.

〈10권에서 계속〉

dream books
드림북스

이환 판타지 장편소설

FANTASYSTORY & ADVENTURE

숲의종족 클로네

『은빛마계왕』, 『정령왕 엘퀴네스』의 작가!

이환이 그려간 신비로운 숲의 종족 클로네!

태곳적부터 이어온 클로네와 마물족 간의 대결.

그리고 그에 얽힌 세계의 종말에 관한 비밀!

세계를 구하려면 클로네의 비밀을 찾아야 한다.

운명의 아이, 세이가 그 끝 모를 모험에 뛰어든다!

dream books 드림북스

Dark Blaze

다크 블레이즈

김현우 판타지 장편소설

FANTASYSTORY & ADVENTURE

『레드 데스티니』, 『골든 메이지』의 작가!
김현우 판타지 장편소설.

십 년 전쟁의 승리에 파묻힌 충격적 비화.
제국이 아버지의 죽음을 감췄다!

알파드 공의 죽음과 엘리멘탈 프로젝트의 실체.
뒤틀린 진실을 알기 위해 아르미드 남매가 복수의 칼을 들었다!

dream books
드림북스

SKT II
SWALLOW KNIGHTS TALE
『드래곤 레이디』, 『SKT』의 작가 김철곤,
초인기 FPS게임 'A.V.A'의 아트디렉터 김성규!
최고의 두 스타일리스트가
혼신을 담아 그려간 판타지 대작!
전작을 뛰어넘는 웃음, 예측을 불허하는 반전.
뒤틀린 세계와 싸우는 그들의
마지막 이야기가 시작된다.
dream books
드림북스